爱琴海
—06—
Aegean sea

一生向晚

2

奇葩七 ——

著

贵州出版集团
贵州人民出版社

一生
向晚

我希望陪伴你，
从心动到古稀。

人物介绍

乔晚

我说了所有的谎，你全都相信。
——简单的我爱你，你却从不信。

乔家大小姐，性格偏成熟冷静。

她从高中开始，一直暗恋祝靖寒。十八岁那年KTV大火，她为救祝靖寒闯入火海，腹部留下一道永生的伤疤。后来，她满心欢喜地嫁给祝靖寒，却发现祝靖寒对她误会重重，不仅不爱她，还从未相信过她。

祝靖寒

明知是时候放手，但我绝不接受。
——因为除了你，我一无所有。

海城名门祝家之子，祝氏集团总裁。

高中时，他与顾珩是好哥们，对乔晚有好感，但并不自知。

六年前KTV大火，他醉酒昏迷，深陷火场。他不知自己被乔晚所救，反而因顾珩之死对乔晚冷眼以待。

他一直认为乔晚与他结婚完全是另有目的，直到真相大白……

　　六年前，一场大火成了乔晚、祝靖寒与顾珩宿命的导火索。

　　那年，十八岁的乔晚为救祝靖寒，闯入火场，腹部烙下了一道不可磨灭的伤疤，而心心念念挂记着乔晚的顾珩，在闯入火海后不幸逝世。

　　所有人都认为是乔晚害死了顾珩，就连祝靖寒也因此对她冷眼以待。

　　乔晚无从辩解，也无心逃避罪责，她独自背负起一切和祝靖寒成婚，却没想到祝靖寒心里藏着另一个女人。

　　乔晚不想放弃，可祝靖寒的冷漠与拒绝，终是将她伤得体无完肤。

　　这时，顾珩的昔日好友林倾从海外归来，他带着恨意，设下陷阱将乔晚一点点逼入困境。

　　进退维谷的乔晚渴望着祝靖寒会帮她一把，却没想到最后握住她双手的人是六年前离她而去的顾珩……

一生向晚

②
Contents

一生向晚

② Contents

YI SHENG XIANG WAN

Chapter 01
魂牵梦萦

1

一辆黑色的布加迪威航停在了医院门口，车上下来的是东时，他得到消息后就赶来了。

东时跑进医院后，门口的人都散得差不多了，只有两三个还拿着摄像机的记者，不过也正在收工中，满足的样子，似乎是采访到了大新闻。

东时一路上了电梯，然后跑到乔晚所在的病房，里面根本就没有人。难道受到围堵后出院了？

东时突然对乔晚升起了敬佩之心，看来挺有魄力，刚想下去，他的手机便响起了铃声，他低头一看，忙不迭地接起。

"祝总，会议结束了吗？"

"你在哪儿？"

"我在海世。"

"乔晚呢？"

"乔秘书不在，好像已经离开了。"

东时开始往下走，一步一步地下着楼梯，没乘电梯，是因为信号不好。

祝靖寒脸色凝重，站在医院的一楼，的确已经没人了。

可是乔晚呢？

东时没找到人，那么她去哪儿了，他不是叫她在医院多待一下的吗？

他拨通乔晚的电话，那边是清冷的声音，响了很多声，似乎是没有人接听的样子。祝靖寒眸子的颜色越来越沉，大概几秒后，电话终于接通了。

祝靖寒怒吼："你在哪儿，赶紧告诉我。"

那边静默良久，然后稳然出声，是个男人的声音。

"我是顾珩。"

祝靖寒沉眸，他的声音冰冷，不带一丝温度。

"她人呢？"

乔晚的手机在顾珩的手里，那么证明乔晚一定在他那里。

"在我这里，她睡着了。"顾珩回头看了一眼闭着眼昏迷的女人，旁边的私人医生已经给她吊好了点滴。

"阿珩，你在哪儿？"祝靖寒走到车前，打开车门钻了进去，然后发动引擎。

顾珩想了想，然后嘴角勾起："清海别墅，2栋。"

祝靖寒敛眸，结束通话，车子飞一般地冲了出去，蛰伏了这么久，顾珩出现的原因是什么？

祝靖寒也是前些日子才知道，顾珩并没有死，当年的现场，就只有他知道发生了什么。

顾珩将手机随意地扔在了一边，他单手抄兜走到欧式大床前，床上的女人闭着眼睛，面色苍白得不像话，她的嘴角有些干。顾珩就站在那里，脸上的神情不温不火，不热不冷。

"你出去吧。"他侧头，对着站在一旁的私人医生说道。

那私人医生点头，拿着药箱子走了出去，顾珩站在那里，眼眸深幽，直到卧室的门被带上，他看了一眼输液管里的点滴流下来的速度，伸出手缓慢地调节了滚轮。

乔晚见到他的反应，他来的时候想过很多场景，只是没想到会让她如此受打击。

他伸出手，想去触碰她的脸颊，在离她的脸不到一厘米的时候，他的动作停住，而后收回手，淡淡地看着乔晚，目光澄澈。

乔晚皱了皱眉，脸上冷汗涔涔，像是在挣扎。

　　祝靖将车子开得飞快，一路狂奔，终于到了顾珩所说的地方，这地方地段不错。不是城中，却是一个十足金贵的好地方，他还不知道，顾珩什么时候在这里买了房子。

　　祝靖寒心里一凛，既然活着，那么多年都诈死的男人，怎么会回国？

　　对于顾珩，祝靖寒是想念的，可是顾珩这么多年都在隐瞒，甚至是回国的事情。要不是他偶然派人接洽国外客户的行程，根本就不会发现顾珩的名字，更不会发现顾珩还活着，并且就要回国了。

　　车子滑行出一个好看的弧度，猛地停在了别墅2栋门口。祝靖寒下车，缓步走到门口，然后按动门铃，他现在几乎已经保持不了平静。

　　似乎早有准备，门被人从里面打开，室内出现了顾珩的身影，祝靖寒内心似是万马奔腾，亲眼见到总是比在照片中或者别人口中得到的消息要震撼得多。

　　"她在里面。"顾珩温声开口，还是以前的样子，只不过棱角轮廓被岁月打磨得更坚毅了一些。

　　少了几分浮躁，多了几分沉淀，现在的顾珩，浑身上下都散发着成熟的魅力，多年不见，两人之间甚至没有丝毫的陌生。

　　没有男人之间的拥抱，祝靖寒点头，然后往里面走去。顾珩关上门，缓慢地跟在祝靖寒的后面，祝靖寒三步并作两步地上了二楼。

　　"右边第一间。"顾珩出声提醒着，然后一步一步地上了楼梯。

　　卧室门开着，祝靖寒走了进去，乔晚好像是真的睡着了，吊着的点滴提醒着他，乔晚应该是看到顾珩，才变成了这个样子。点滴没有吊完，还差很多，瓶子的药水只漏下了一点点。

　　祝靖寒拿起一旁的毛巾给乔晚擦了擦额头上的汗，然后回头，看向缓慢走进来的顾珩。

　　"她怎么了？"

　　"晕倒了。"顾珩不急不缓地回答，停在那里。

　　他刚才目击了祝靖寒对乔晚擦汗的一幕，什么时候他也会那样细心地照顾一个人了？

祝靖寒抿唇，眼神锋锐。

"不回家吗？"

顾珩既然回来了，如果跟顾家联系，相信顾阿姨会很开心的，对于乔晚的那些怨恨也会放下吧。

"嗯，打算明早就回去。"

顾珩看向乔晚，嘴角勾起一抹笑意。

"怎么会有记者说晚晚是祝太太？"顾珩收起眸子，看向祝靖寒。

祝靖寒眼神幽深，看样子恐怕顾珩还不知道乔晚和他结婚了。林倾是知道的，但是他没告诉顾珩的原因是什么？

见祝靖寒脸色有些冷酷，顾珩笑笑，而后说道："放心吧，我已经解释过了，她是我的女朋友，估计媒体等会儿不会报道在你的头上。"

顾珩的脸色温柔，细看之下眉间一抹温软，以前的顾珩，就是这么看乔晚的。祝靖寒心里一沉，而后说道："阿珩，她就是我的妻子。"

顾珩目光一下子收紧，手指动了动。

"有些玩笑不能开得过了。"他的声音陡然变冷。

"我没开玩笑。"祝靖寒低头，摸了摸乔晚的额头，温凉温凉的，可能是真的被吓到了。

顾珩沉默地站在那里，他看着祝靖寒的动作，细致入微。祝靖寒起身后，看了一眼点滴的瓶子，他把乔晚的手放在她的腹部，动作轻缓，生怕滚了针，然后抱起乔晚，他看向顾珩说道："帮我拿一下吊液瓶。"

顾珩清楚地知道，祝靖寒不想让乔晚在这里待了，他走上前，伸手拿起吊在一边的瓶子，然后拿了下来，缓慢地举着。

祝靖寒眼色不明，慢慢地向外走。顾珩跟在后面，目光微然地看着闭着眼的乔晚，她的长睫毛一动不动地覆在那里，像一个安静的睡美人。他眸光清涟，嘴角再也勾不起来，刚才乔晚在医院看到他，是被惊吓住了。

那天他去医院看乔晚，他只不过是想试验一下林倾所说的话的真实性，林倾告诉他，乔晚嫁给了祝靖寒，他不信。

可是那天，乔晚的反应明显就是依赖的，他一句话都没说，匆忙地走了。

直到从祝靖寒嘴里得到这个答复，他才清楚地知道林倾说的话是真的，这么多个日日夜夜，徘徊在梦中模糊又清晰的身影，他的想念，就如此化成了泡影。

出了别墅，暖阳已经高高地挂起，炽烈的光线让祝靖寒眯了眯眼，他单手把她的脑袋往自己怀里靠了靠，乔晚的脸背过光线，睡得安稳。

顾珩在看到祝靖寒的这个小动作之后，终究是笑了，这些他未曾参与过的时间内，到底发生了什么，能让一切翻盘？

唯一相同的是，自从想起来之后，他知道自己爱着一个女人，一个隔着千山万水，跨着大洋彼岸的女人。

一个以为他死了，一个他魂牵梦绕的女人。

顾珩笑得冷清，眸光微冷。祝靖寒先把乔晚放进车里副驾驶的位置上，再把吊瓶从顾珩的手中接过，然后挂在上面的小钩处，在顾珩的目光中，他关上了车门，然后转身挡住顾珩的目光。

顾珩脸色已经不像刚才那么温暖，一双澄澈的眸子淡淡的，然后轻抬。

"为什么她会嫁给你？"

两人几乎齐平的身高，祝靖寒微低眼眸看着顾珩。

"祝乔两家有婚约。"现在的祝靖寒，再也无法说出那些伤害乔晚的话语，他倒是愿意相信乔晚。

但是他无法说别的，因为眼前的人不是别人，是顾珩，无论伤害哪一个他都做不到。顾珩轻笑，祝靖寒的回答，让他有些发冷。

他不爱乔晚不是吗？

"原来，一向怕拘束的你，也会听从家里的安排。"顾珩的话，缓慢而深沉，他宁愿相信，祝靖寒对乔晚真的没别的意思。

那样，他的晚晚，就还是他的晚晚。

祝靖寒轻轻一笑，阳光炽烈，一大片金色镀在了他的身上。

"人总是会变的。"

2

快如闪电的车速，宽阔的柏油路上，那辆改装过的火红色玛莎拉蒂在疾驰。

只是车里却十分稳当，与外面的车速形成了鲜明的对比，大手紧紧握着方向盘的男人面色清冷，薄唇抿着。而倚在副驾驶位置上的女人长睫毛动了动，而后睁开了眼睛。

乔晚睁开眼睛，偏过头，然后猛地坐了起来，她睁大眼睛看着坐在她旁边的人，眼睛氤氲。

她手指扬起，然后拽住他的胳膊。

"顾珩呢？"她的声音略带沙哑，还有些颤抖。

祝靖寒侧头，然后清冽的眸光蹙起，她这一动作让输液管内鲜血回流。

乔晚的目光，让他没由来地烦躁。

"祝靖寒，我看见顾珩了。"乔晚见他没回答，以为他不信，她以为他觉得她疯了，所以她拼命地想证明她真的真的看见顾珩了。

祝靖寒将车子猛地停在了路旁，然后一下子擒住她白皙的手腕，伸手利落地把针管拔了出来，红色的血珠忽地冒了出来，祝靖寒快速地拿出纸巾，按在针口处。

乔晚"嘶"的一声，这才觉得疼。

"我知道。"祝靖寒低着头，然后眸光熹微。

乔晚张了张嘴，半晌没发出声来，因为祝靖寒脸上没什么表情，沉静如水，让人看不清他的情绪。

他就那样握住乔晚的手，半天没有松开，她的手指冰凉，指尖冷得似冰块一样。

"你早就知道了是吗？"乔晚不再去看祝靖寒，他刚才的表现太过于平静了一些。

如果他也像她一样是在毫无防备的状况下见到，一定不会是现在的状况，不是吗？

祝靖寒抿唇，眸光森冷，他松开乔晚的手，然后坐正身子，手指握住方向盘，直接将车开了出去。

乔晚的手心空空的，她木然地收回手。是啊，她有什么资格去质问祝靖寒呢？是她迫不及待地嫁给了他。

"我们离婚吧。"

乔晚低下头，她的心里太难受，难受到根本就无法想象以后该怎么过，她当时宁愿把自己的命还给顾珩，而如今他回来了，顾珩真的回来了。

祝靖寒手指握紧方向盘，手背上交错的青筋突起。

"这件事情以后再说。"

他的目光骇人，顾珩回来了，所以他这个靠山就没用了是吗？

"别推后了，就像当时结婚一样，就算我们离婚，也不会有人知道的。"乔晚低头，然后自嘲地笑笑，她低落的情绪祝靖寒察觉得很紧。

"想都别想。"他冷着声音。

"祝靖寒，这不是你想要的吗？"乔晚情绪有些失控，她眼睛睁得大大的，看着祝靖寒，眼中带着受伤的神色。

"你不许接近顾珩。"祝靖寒冷眸更沉，一踩油门，车速加快，然后他开了车窗，玻璃快速地降了下来，失控的车速让窗外的大风呼呼地吹了进来。

他的头发被吹得飞起，乔晚眯着眼睛，眼睛氤氲，然后眼泪流了下来。

"祝靖寒，我和谁在一起还轮不到你管。"

"你害得顾家家破人亡，害得顾珩多年认不得回家的路，乔晚，你还敢接近他，你要是不想害死他，就离阿珩远点！"

乔晚似乎是吞下了血泪，这话谁都可以说，唯独祝靖寒没资格，她连话语都组织不起来，眸子蒙眬。

"你不告诉我顾珩回来的原因，就是怕我害死他？"乔晚冷笑，然后转过头去，整个人的脸色像大风刮过一样。

祝靖寒不回答，乔晚轻轻地笑出声，他默认了，祝靖寒永远都不知道，顾珩死后她活在多么大的自责里，他永远不知道，她真想那天死的是她。

"停车。"乔晚清脆的声音响起，她整个人都有些崩溃。

祝靖寒冷着眸子，不去理会她。

"祝靖寒，你给我停车。"她冷笑，然后伸手去拉车门。

乔晚彻底崩溃了，她疯了似的去拉扯车门，祝靖寒单手拽住她的手，然后一手稳住方向盘。

"乔晚,你疯了?"

乔晚眯起眼,然后大力地去甩他的手,眼中蒙眬一片。

"你再不停车我就跳下去。"乔晚突然平静下来。

"刺啦"一声,轮胎在路上滑过一长道印迹,车子停下。

乔晚推开车门,跑了出去。

她往来时的方向跑,祝靖寒手握成拳,猛地敲打了一下方向盘,然后发动引擎,车子起初缓慢启动,然后如利箭一般冲了出去。

乔晚走着走着,目光茫然,她掏出手机点开短信。上次收到的那条短信被她删掉了,那一定是顾珩发的。

她向前走,走着走着猛地停下了脚步,祝靖寒的话猝不及防地砸进脑海中。

"你害得顾家家破人亡,害得顾珩多年认不得回家的路,乔晚,你还敢接近他,你要是不想害死他,就离阿珩远点!"

乔晚低下头,可是她只是想去看看顾珩,就 ·眼。

终于,她想清楚了。她停住脚步,然后转身往回走,她抬头看见那辆火红色的玛莎拉蒂就停在那里,不远不近的距离。

祝靖寒的眸光不似之前那般冷漠,只是带着审视,还有一丝说不清道不明的情感。

他看见乔晚回头,目光微醺,神情恍惚。

祝靖寒大手推开车门,然后往乔晚的方向走,待走到她的身边后,祝靖寒脸上无一丝表情,只是错开她青肿的手背,牵住她的手腕。

乔晚很安静,跟着祝靖寒的脚步,缓慢地往前走。

"还知道回头,不晚。"祝靖寒别有深意地说了一句话,只是乔晚没有听进去,她只知道,她欠了天大的人情债,欠得她内心如被蝼蚁啃咬。

"靖寒,我对不起他。"许久,她终于出声,憋屈的情绪上涌。

"想哭就哭出来。"祝靖寒停下脚步,转身为她挡住阳光。

乔晚低头,鼻子一酸。

她退后几步,刻意拉开与祝靖寒的距离,她第一次觉得,她与祝靖寒的婚姻,简直错得离谱。

"就这么走吧，我想静静。"

祝靖寒松开她的手腕，没再坚持，然后转身，他的听觉异常清晰，听着后边乔晚拖慢的脚步。

他循着她的步调，然后变得缓慢。不知道为什么，乔晚和顾珩的相处让他心里闪过某些从来没感受过的东西。

3

两人与慕安宁就这样遇见了。

"靖寒，我来这边谈广告了。"她第一次接广告的合作案，而且还碰见了祝靖寒，别提心里有多开心。

祝靖寒没心思地扬起嘴角笑了笑。

"做得很好。"

慕安宁眉梢都是喜色，不知道是什么原因，乔晚的情绪十分低落，低落到好像压根儿就没发现她的出现。

"我可不可以搭你的车，我现在要回公司了。"

祝靖寒凉薄的眸子带着清冷，他还未回答，乔晚的声音突然传来："正好顺路，慕小姐上车吧。"

乔晚突然加快脚步，然后打开玛莎拉蒂的车门，坐在了后面，而副驾驶的位置，她留给了慕安宁。祝靖寒心里一紧，眸中忍着怒气，这女人真是该吝啬的时候一点都不吝啬。

"那就谢谢啦。"慕安宁见状开心地一笑。她说过那么多虚伪的话，这句倒是真心的。

慕安宁走到车前，然后拉开了副驾驶位置旁的车门，也不客套了径直坐了进去，她察觉到，这阵子祝靖寒对她的态度很不对劲儿，疏离到她总是想找个借口来见他。虽然今天纯属意外，但是祝靖寒的答复让她很开心。

她坐在副驾驶位置上，身子很放松，只要祝靖寒和乔晚离婚，她就可以顺利地登上祝太太的高位。

车子很快行驶到了公司，祝靖寒先行下车，他站在那里等着乔晚出来。

乔晚打开车门，然后缓慢地下了车，她抬眼，看到慕安宁走到了祝靖寒的身边。乔晚抿唇，没说什么径直走去了休息室。而祝靖寒站在那里，深邃的眸中淡漠如斯，没有显露出怒火。

休息室的门被人推开，慕安宁窈窕地走了进来，红唇烈焰，长卷波浪。

乔晚轻抬眼皮，她对慕安宁的印象有些颠覆，第一次在家里撞见慕安宁的时候，她娇嫩得像一朵小白花，现在像毒罂粟一样，她的双臂交叉着抱在怀里，样子十分高傲。

"乔晚，我们明人不说暗话。"慕安宁可没乔晚那样的气定神闲。

乔晚挑眉，这是终于要最终爆发了？

"慕小姐要是想说什么话，哪天我们私聊吧，这摄像头那么大，要是传出去就不好了。"她伸手，指了指墙面的一角。

慕安宁皱眉，然后狠狠地回头，发现真有一个正在工作的摄像头之后，总算是收敛了。她走近乔晚，嘴角讥讽。

"你就等着让位吧。"

乔晚扬起莫大的笑意，然后伸手拍了拍她的肩膀。

"什么时候，你成功地和他领证，然后安排喜酒了，再来告诉我也不迟，我也不介意去随一份大礼。"乔晚笑笑，面色云淡风轻，她直接转身推开椅子出了门。

慕安宁使劲儿地跺了跺脚，她趾高气扬些什么，不就是因为自己不在，所以她才得了机会嫁进了祝家吗？

慕安宁有些生气，心想着不能就这么算了。

乔晚走出去后，深吸了一口气，遇见慕安宁这样的人，真是可以少活十年了。人不要脸，天下无敌。乔晚冷漠地笑笑，和祝靖寒在一起又如何，她大可不必来炫耀。

"乔晚你站住。"慕安宁还是没忍住，走出来后大喊出声。

乔晚神色一凛，倒是真生气了。她冷漠地回头，慢步走到慕安宁的面前，然后眼睛直直地盯着慕安宁的眼睛。

"慕小姐，拜托你有点脑子，你最好别惹火我，我告诉你如果以后你老老实实的，你进祝家的日子还会快一点；如果你惹恼我，我就带着祝太太的身份消失，让你一辈子都得不到。"

乔晚凌厉的气势，一下子就把慕安宁嚣张的气焰压下去了。慕安宁甚至相信，乔晚说的都是真的，而此时的乔晚，看着都让她有些惧怕。

慕安宁突然一笑，然后压下心中的怒气："就算我没脑子，也比某些人得不到爱好得多。"

只要祝靖寒爱她，她就赢了，她就拥有乔晚现在所没有的全部。不过是一个祝太太的身份，她相信，只要想办法她就能得到。而乔晚无非是她进驻祝家唯一的障碍，至于障碍，扫平就好了。

她冷笑，然后越过乔晚。

乔晚嘴角的笑意冷了下来，这公司，她真是待不下了。

乔晚上 66 楼去了总裁办公室，她并没有敲门，而是径直走了进去，反正也是她工作的地方，敲与不敲，没什么区别。毫无意外的是，祝靖寒连头都没抬，乔晚坐在位置上快速地打开电脑。

屏幕亮起，乔晚打开 WPS，"辞呈"两个大字敲了上去。

乔晚开始打辞职书，等到文本写好之后，她发到打印那里。乔晚从桌子前起身，起身离开了办公室。那期间，祝靖寒更是没看她一眼，两人之间的气氛，冰冷至极。

打印好之后，乔晚找出信封装好，很正式的辞呈。乔晚看了看，手指捏紧。她再次走到总裁办公室门前，这次直接走到祝靖寒的办公桌前，一下子把辞职信撂在了桌子上，毫无犹豫地推到祝靖寒的面前。

祝靖寒这才好像知道了她的存在，而后放下手中的笔，锋锐的眼神落在那个白色的信封上。

"辞呈"那两个夸张的大字被祝靖寒一下子收入眼底，他眸色一冷，然后抬头。

乔晚触及他的目光后说道："我要辞职，希望祝总你可以受理。"

她的语气尽量平静，只希望祝靖寒能成全她才好。

祝靖寒眸中一沉，带上似笑非笑的神色，那笑意看得人发寒。

他修长的手指拿起那信封，然后双手将它从中间撕成了两半。

"不受理，乔秘书你回去工作吧。"

乔晚轻笑："我存了文档的，祝总你还是接受比较好。"

反正大不了她等会儿去打印一百份，她就不信祝靖寒可以撕得过来。

祝靖寒起身，高大的气势压迫着乔晚。他冷眸眯起，语气也是十分冷漠的，脸上的笑意消失殆尽。

"你离开我就撤资乔氏，你留下便继续合作，这两个你自己选。"

他仿佛恢复了刻薄无情的性子，乔晚心里一顿，乔氏是她的软肋，她可以什么都不要，唯独不能不考虑家里人。

她低头拿回被祝靖寒撕成两半的辞职信，冷漠地弯了弯腰，那恭敬的样子让祝靖寒十分不适。他握住桌边的手指陡然一紧，目光冷漠，大手拉过乔晚。

乔晚一个没防备，腰部就撞在了桌子上，她只感觉一疼，疼得咬牙。

"你究竟想让我怎么对你？"祝靖寒突然有些看不懂乔晚了，她的变化翻天覆地，让他根本就摸不清套路，现在的乔晚一点都不乖。

"随你便。"乔晚目光平静，一副陌生的样子看着祝靖寒，不急不躁，甚至不反抗。

祝靖寒笑了，眼神冰冷："乔晚，认识这么久，你第一次让我刮目相看。"

"那倒是谢谢夸奖了。"

他的脸色太冷，冷到乔晚直接转过头，她曾经闭着眼就可以用手轻易地描绘出他的眉眼。

祝靖寒一怒，伸手掰过她的脸，那张清冷的面孔，前所未有的陌生。

"乔晚，生气就说出来。"他不相信他和慕安宁这般相处她就真的不生气。

"生什么气？"乔晚反问，脸上带着毫不在意的神情。

那真的冷漠的样子，让祝靖寒近乎发狂。

"滚。"他甩开乔晚。

乔晚身子不稳，后退了几步。

乔晚正如他所说，什么也没做，只是转身直接出去了。祝靖寒眼底被寒气浸湿，伸出大手把桌上的文件扔了出去，"砰"的一声砸在了门上，这辈子能惹怒他的女人也真就乔晚一个。

乔晚站在门外，心里竟然有些顺畅，能把祝靖寒弄生气，她不知道这是不是也算得上一种本事。

4

祝老爷子来公司视察，他亲手打下的基业，现在在祝靖寒的手里已经发展成其他企业无法比拟的规模。

老爷子突然来访，让祝靖寒放下了手中忙着的所有事务。

"乔丫头呢？"祝老爷子看了看那张空着的办公桌，他听人说，这臭小子把那丫头调到自己的办公室来工作了。

祝靖寒给了东时一个眼神，东时会意便开门出去找乔晚了。此时的乔晚正和周敏敏在一楼餐厅内戳着冰，天气热，却热不过她心里的火气。

东时找到人的时候，乔晚自然没有给他好脸色看，因为东时永远跟祝靖寒是一伙的。

东时看着乔晚的脸色，心里想着这夫妻两人怎么都一样的脾气，连冷冰冰都八分像了，果然不是一家人不进一家门。

"乔秘书，祝老爷子要见你。"东时直接开门见山，觉得乔晚这个面子不会给他家总裁也会给祝老爷子的。

"爷爷来了？"乔晚有些疑惑，倒不是不信，老爷子来这里也是有迹可循的。

"是的，现在正在祝总那里。"东时点头，心里开始呐喊，果然，面子还是给的，这样他就不会被祝总寒冰一样的眼光杀死千百次了。

"我马上上去。"她给了保证。东时点头，转身走去汇报了。

乔晚回头，还未来得及收回的神色一下子撞入周敏敏的眸子中。

"晚晚，你管祝总的爷爷叫爷爷？"周敏敏可算是听出了话音的不对，这明明就是关系不一般啊。

"原来两家的关系比较好，叫习惯了。"乔晚打着太极，既不否认也不承认，反正现在除非是傻子，否则她说什么都是自曝的，周敏敏若有所思地点头。

"你原来就和祝总认识啊。"她戳了戳面前的冰块。

乔晚点头:"原来在一所学校上学,所以认识。"

周敏敏心想着怪不得,祝总对乔晚不太一样。

"那你快上去吧。"

周敏敏没说别的,乔晚点头,多吃了两口冰,然后放下勺子。

"等会儿我帮你收拾了。"周敏敏笑着,她总觉得,要是乔晚和祝总在一起就好了。但是刚才的情况,她多想了一下,该不会乔晚就是那位名不见经传的祝太太?可是想想又不对,祝总带慕安宁的时候,乔晚的脸上也没什么别的表情啊,也许就是她想多了而已。

乔晚坐上电梯后单手抚额,直到电梯停在 66 层,她这才走了出去,站在门前,她伸手推开门。

她一进门就看到了祝靖寒的目光,不是薄凉,倒是有几分的温和。

祝老爷子看到乔晚后,十分热络:"乔丫头,过来坐。"

乔晚有礼貌地点点头后走过去坐下,她看了一眼祝靖寒,有些惴惴不安。

"爷爷,你找我。"

"怎么,爷爷就不能找你了?"

"不是不是。"

"我总算是放心了。"祝老爷子说了一句莫名其妙的话,乔晚听得一头雾水。

乔晚又看了一眼祝靖寒,祝靖寒终于开口:"我跟爷爷说,我们计划这个月要孩子。"

这无疑是给了乔晚一个巨大的冲击。

"祝靖寒你……"乔晚猛地站起来,她想不清他到底是怎么回事?他该不会是在报复她吧。

"乔丫头你不愿意?"祝老爷子的脸色有些不好了。

祝老爷子手指捂住心口,祝靖寒脸色一紧,祝老爷子有心脏病,他斜了一眼乔晚。乔晚脸色一白,声音哆哆嗦嗦的:"爷爷,不是,你听我说。"

祝老爷子低下头,喘气不太均匀。

"乔晚。"祝靖寒眸子一寒。

乔晚头皮发麻，沉了沉声："没有不愿意。"

祝老爷子却突然发病了，祝靖寒知道大事不好了。

"出去叫东时准备车。"

乔晚点头，脑子一片空白——老爷子发病了。她跑出去叫东时。

东时进来，乔晚拿起手机打了120。

祝靖寒在东时的帮助下把老爷子背了起来，乔晚紧张地跟在后面，心里有些后悔，爷爷对她那么好，她不该这样的。

只是仿佛说好了似的，祝靖寒下了楼，一楼大厅却已经挤满了记者。

祝靖寒脸色一寒，对着东时说道："想办法处理掉。"

东时点头，走上前想开出一条路，让祝靖寒和乔晚过去，只不过这些人一个个问题接踵而来。

"请问祝总，乔小姐和你是什么关系？"

"祝总，对于顾家大少爷还活着的事情你有什么想法？"

"乔小姐，请问你是顾大少爷的女朋友吗？"

"祝总……"

闪光灯噼里啪啦闪个不停，而老爷子的呼吸越来越弱，祝靖寒黑眸深沉无光，看来是出不去了。

"东时，你带老爷子去医院。"

东时点头，然后接过祝老爷子背在身上，很快就走了。因为主角在场，没有人会拦着一个助理。

祝靖寒的头发有些乱，他看着东时走的方向，心里放不下，乔晚亦是。

他的眸光沉着，这么大批的记者拥来，若非空穴来风，怎么会这么团结？其中有记者看向站在祝靖寒身后面色恍惚惊慌未定的乔晚，然后问道："请问祝总，你和乔小姐是什么关系？"

那人一开口，全场都安静了，大家都在等着祝靖寒的回答，因为他们来都是这么一个目的。

祝靖寒一把拉过乔晚，眼神眯紧："还有什么想问的，可以接着问，我一个一个回答。"

其余的人也都壮了胆子，因为祝靖寒在业界的名声比较可怕。

"乔小姐到底是祝太太还是顾大少的女朋友？"

那记者声音灼灼，甚至十分稳定，该有的记者素质都有了。

"第一，乔晚的确是我的妻子；第二，顾珩是我们夫妻共同的朋友。"

这回答，直接承认了所有媒体的猜想，一瞬间得到答案的媒体记者全都哗然，竟然是真的，传闻中的祝太太真的就在祝氏工作。而最震惊的就是公司的员工了，卢天和周敏敏两个人都石化在那里。

那些记者显然不想就此放过祝靖寒和乔晚，所有提问接踵而来。

"请问祝总祝太太，顾珩活着的消息，你们是什么时候知道的？"这记者称呼变得也快。

乔晚听到这个问题，脸色一僵，一个字也说不出，祝靖寒眯了眯眼。

"还有，早上我们见到顾少接祝太太出院，顾少称祝太太是他的女朋友。祝总，这件事情你怎么看？"

其实顾珩从头到尾都没有明确地说过这话，只是媒体的捕风捉影罢了。可是听在祝靖寒的耳朵里，却全然变了样。

"朋友间的玩笑，无伤大雅。"

祝靖寒找机会说明了祝老爷子住院的消息，所有人得到了想知道的自然也就散去了，只是乔晚整个人都有些走神。

车上，祝靖寒脸色阴寒，他看着一旁低着头的乔晚，漆黑的眼眸如万年深潭一般深不见底，令人望而生畏。

"如果爷爷出了事，乔晚，我会让你和乔家一起陪葬。"

乔晚闭了闭眼，不作回答。祝靖寒有多狠，她自然见识过，而这件事本来就是她做得不够好。

而她终究还是想错了，反正趁这个机会和祝靖寒彻底决裂了也好。

5

车子一路狂奔到了医院，祝老爷子已经进了手术室，祝靖寒面色掠过担忧，站在那里一言不发。东时早就等在了那里，祝靖寒一来他便来说明情况。

"祝总，刚才做了检查，医生说……"东时的表情不是很好，祝靖寒心里一凛。

"说。"

"医生说，老爷子心肺都严重衰弱，可能活不了几个月了。"

祝靖寒一拳砸在墙上，凌厉的拳风刮得东时脸发麻，他也不忍心，只是医生说，老爷子这样的情况已经很久了。

"对不起。"乔晚心里愧疚，她站在那里只能道歉，她不知道会是这样的情况。

祝靖寒没有回应她，乔晚就那么站着动也不敢动，里面老人的状况让她很揪心，她都如此，可想而知祝靖寒是怎么样的了。

舒城匆忙赶来，刚结束一场手术，他还没来得及换衣服，收到这么大的消息，就快速地赶过来了。

乔晚低着头面色苍白，而祝靖寒整个人更是寒冷。

舒城走到乔晚身边，然后看着她的脸。

"老爷子怎么了？"

所谓牵一发而动全身，他们这些人，原来终究是联系在一起的，舒城现在更担心的是乔晚的状况，他知道祝靖寒的脾气。

"爷爷突发心脏病被送进来了。"乔晚面向舒城，声音低低的。

舒城抚了抚她的后背，示以安慰。

"会没事的。"舒城心里也没底，人最脆弱，无论心脏大脑还是脾肺，都伤不得，况且祝家老爷子那么大的岁数了。

急救室内的红灯亮着，无时无刻不提醒着外面的人，里面正在进行急救。

随着进行手术的时间越来越久，祝靖寒的脸色越来越深沉，心也一点一点地沉了下去。

祝靖寒突然起身走向乔晚，然后拂开舒城放在乔晚胳膊处的手，他大手握住乔晚的胳膊，目光阴沉。

舒城看到这种情况当然着急，他上前去拉祝靖寒，东时见状，将舒城抱住后拉远了一些。

"乔晚，你不是不知道老爷子有心脏病。"祝靖寒的眼底带着浓浓的失望之色。

"对不起。"

他松开手然后转身，就那么站在那里，在乔晚看不见的地方眼中闪过脆弱。

高芩是后来过来的，她脚步飞快，直接冲着乔晚过去，扬起手狠狠地扇了乔晚一巴掌。

"你是不是想把祝家闹得鸡犬不宁？"

祝靖寒挡住高芩的视线，脸色清冷清冷的。高芩不知道哪里得到的消息，整个人怒气冲冲地就来了，而让人更想不到的是，乔爸乔妈也来了。

"小晚。"乔妈看着脸上有手指印的女儿，心疼得要死。她上前一把抱住乔晚，然后用手拍着乔晚的后背。

高芩看着乔家母女的样子，就气不打一处来，说出的话也十分讽刺："都是你们惯的，年纪不大不学别的，倒是学会顶嘴，把老人气到心脏病发作，都嫁过来三年了，肚子连个动静都没有，也不知道是不是有什么问题。"

"够了！"祝靖寒打断高芩的话。

乔爸第一次知道，原来祝家人就是这么对待自己女儿的，乔爸没去看祝靖寒，只是脸上布满了失望："我乔家的女儿还容不到你来说，既然这样，小晚你跟爸回家。"乔爸又生气又心疼，高芩说的话字字讽刺，莫须有的名声都套在了自己女儿身上，做父母的如何不疼。

"小晚，走，我们回家。"乔妈拉着乔晚转身，眼泪一下子就下来了。高芩这刻薄样子和怨气，显然已经不是一天两天了，她家女儿在祝家就是被这么对待的？

高芩见乔家人紧护女儿的样子，更是气不打一处来："走就走，叫你们女儿以后有能耐别回来。"

乔爸转身，眼神凌厉，高芩被那眼神盯得没了声音。

乔爸看了一眼祝靖寒，终是没说什么。

乔晚自始至终都低着头，没看任何人，也没说任何话，任由母亲拉着她走。

高芩见儿子还那么看着乔晚，一下子就哭了出来："你看乔家人那个凶巴巴的样子，恨不得吃了我似的，我说得有错吗？她乔晚……"

"东时，送老太太回去。"祝靖寒说完，便迈开脚步，往乔晚离开的方向走。

"祝靖寒，我是你母亲……"高芩大喊的声音落在身后，而他的步子已经跑出老远，搭乘着电梯下去。

他跑到医院门口后停住脚步，目光锁在舒城给乔晚和乔家父母开车门的一幕，他的手攥紧，觉得就这样也好，彼此都静静。

祝靖寒返回急救室门口的时候，高芩还没有被送走。高芩看到去而复返的儿子，心里更是委屈得不行，她也知道祝靖寒的脾气，所以不再说他不爱听的话了。

"靖寒，是妈不好，妈不该那么说你媳妇的，妈不也是着急吗？"高芩一副软化的样子，祝靖寒冷眸凝住，对面的人终究是自己的母亲。

"妈，她也会难过的。"人心都是肉长的，祝靖寒就算生气，却也担心乔晚。

"妈知道错了，等你爷爷出院，妈去把小晚接回来。"

祝靖寒有些疲倦，这事恐怕难了，乔爸走的时候看他的那个眼神，带着太多的意味。

"是谁告诉你爷爷进医院的？"祝靖寒似乎是想到了什么后突然问道。

高芩想了一下，复述道："我接到你们公司一个女职员的电话说是老爷子出事了，还说是乔晚把他气得心脏病发作了。"

高芩现在想想，觉得挺不对劲儿的。而祝靖寒此时黑眸沉思，爷爷生病的这事也许好传，可是知道是乔晚的原因便蹊跷了。

急救室内的灯一下子灭了，几人的心都悬了起来，舒城也来了这里，急救室的门打开，率先出来的是主治医生。

"谁是病人家属？"

"我是。"祝靖寒上前，而高芩也凑了上去。

那医生摘下口罩，叹了一口气："初步检查结果是心肺衰竭，现在已经抢救过来了，切记千万不要让老人再受任何刺激。"

抢救过来的祝老爷子被送去了重症监护室，而祝靖寒则跟着医生去了办公室。那医生一进去，脸色非常凝重："你们做家属的是怎么回事，老人病了至少半年了，就没人发现？"

祝靖寒知道事情严重，但是没想到会这么严重。

那医生叹了一口气说道："尽量不要让老爷子受刺激，可是老爷子心肺太弱，这次发病是必然的，以前也应该有过类似情况。"说白了，就是祝老爷子存心瞒着不让家属知道。

祝靖寒手指青筋突起，这么说来，老爷子在国外就病得很严重了。而就算乔晚当时不犹豫，老爷子也必然会发病，他突然想到了一种不好的可能性，老爷子之所以要回来是因为知道自己时日不多了。

"不管要用多少钱，不管动用多少人，一定要把我爷爷治好。"

"祝先生，作为家属你们还是要做好心理准备。"

祝靖寒缄默着，半晌才嘱咐："拜托请尽全力去治疗。"他也知道，发火无用，只能靠医生了。

那医生点头，人命关天的事情，谁也不会疏忽的，而这老爷子既然送到他们医院来了，就必定是他们的义务。

舒城站在一旁缄默许久才开口道："我父亲认识一个权威的心脏病专家。"

祝靖寒转身，黑曜石般的星眸闪过一丝光。

"只不过在国外，那个老先生我只见过一次，现在已经退休了，可是那老先生不太好说话。"舒城敛了敛眸，那老先生怪癖得很。祝靖寒知道舒城这么说的意思是不太好找，只是但凡有办法他都得试一试："怎么才能请得动？"

祝靖寒开口，想着如果可以，他现在就可以动身去请。舒城摇头，具体的他也不知道。

"你可以带着诚心去试试。"舒城难得可以正经地说出这话来。

祝靖寒眸子倏地一沉，然后嘴角抿起："回头把地址发给我。"既然知道了，他便不能坐着干等着。

祝靖寒转身从医生办公室走了出去，老爷子身边的保镖是从国外一起来回来的华人，一身劲装，黑色的墨镜，站在老爷子的病床前，不知道是什么时候过来的。

祝靖寒走过去，眼神锋锐凌厉，他看着其中一人，声音沉沉，缓慢地开口："这几天晚上老爷子都去哪儿了？"

祝老爷子虽然说要在他家住，却从没有一天真正意义地在家里待过。

事到如今根本就没有什么好瞒的了，男人开口，声音和外表一样强劲有力。

"在医院住院。"

简洁的几个字，祝靖寒只要稍微想想就知道了全部，他不再问，透着窗户看着里面呼吸微弱的老人，他寒眸敛起，周围安静得没有声音。

YI SHENG XIANG WAN

Chapter 02

十年陌路

1

路上，乔爸开车，乔妈和乔晚坐在后面。

乔晚低着头，不知道该怎么解释，索性就一句话都不说。

乔妈的脸色不是很好，纤细的手握着乔晚的手。

"祝家人太过分了，这是欺负我们乔家人少吗？"乔妈一想到女儿受委屈，心里就不好受。她一直以为乔晚在祝家过得很好，每次乔晚只是报喜不报忧，那高岑的话，真是太刺耳了。

前面的乔爸沉默地开着车，他的脸色很严肃。

"小晚，以后不回去了，咱家养着你。"乔妈说着说着，眼泪就下来了，谁的孩子不是宝。

乔晚见乔妈又哭了，心里不好受，她抬手给乔妈擦了擦眼泪。

"妈，你别哭了。"她轻声安慰着，自己的心里都不知道是什么滋味。

乔妈把脑袋靠在乔晚的肩膀上，她抚着乔晚的手，有些心疼。

"当初要不是祝家老爷子提出原来婚约的事，我都想装作不知道的。"

祝家是大企业，乔家若是和祝家联姻，不可避免会传出以小傍大的意思，说好听点是两家老一辈定下来的亲事，可现在这个年代了，谁还会在意那个。

祝家那小子虽然是出类拔萃十分优秀的，但是性子太过清冷了些，她当初就是怕乔晚在祝家吃亏。

两人结婚后，乔晚回家跟他们商量了一下，意思是两人结婚的事情就不要外传了。乔妈虽然觉得乔晚委屈，但这是乔晚的决定，她就也不好说些什么了。

要是没有这事也就好了，也许她早就忘掉了祝靖寒，现在有个幸福的家庭，有一个爱她的男人，甚至还会有自己的孩子，生活虽然会平平淡淡，可是那也会很幸福的吧。

身后的街道快速掠过，乔晚眼里露出疲惫，她倚在母亲的身上闭上了眼睛，脑中闪过祝靖寒冰冷的样子、顾珩出现的样子，还有林倾。

乔晚心里一颤，这海城的天下要不太平了吗？还是一切要重回原点，重新洗牌。

许久，乔晚开口，声音微抖："妈，阿珩回来了。"

乔晚感觉到乔妈明显一震。

顾珩，乔妈是知道的，整个乔家都知道，乔妈以为乔晚吓坏了，心里满是担心。

"小晚，别瞎想了，那孩子去世了好久了。"乔妈伸手抚着她的手背，一阵叹息。

乔晚怔了怔，然后看向乔妈，她抿了抿唇究竟没说什么了，这事还不如不让乔妈知道，她重新靠在乔妈的身上，眼神幽远。

顾珩离世的第五个月，乔晚大学报到后的两个月，有一天，收到 X 通快递的短信，说她有编号为 01 的包裹，让她在晚上五点之前去取。

乔晚下课之后，阔别室友就去了，拿到之后，里面沉甸甸的。

乔晚抱着都吃力，也不知道是什么。

但是寄件人地址是海城。

乔晚当时大病刚痊愈，基本是没有问题了，她回去后，室友去打水了，整个寝室就她一人。

她拿出剪刀拆开包裹，里面竟然是一块石头，而石头底下有一个信封。

打开后她才发现里面是一张照片，上面是她和顾珩的合照，有裁剪过的痕迹，因为她清楚地记得，这张照片上明明有四个人。

祝靖寒、顾珩、林倾，还有她。

她呼吸猛地一滞，有些害怕，照片上她的眼睛处，被生生地掏了两个窟窿，眼睛下方是红色的，不知道是蹭的鸡血还是颜料，红红的一长溜像是血泪。

她吓得把照片扔在了地上。照片轻飘飘地落在地上，露出照片的背面，那上面是乔晚的名字，鲜红的大字，还写着"你不得好死"。

那是乔晚第二次收到来自顾家的恐吓，第一次就是在太平间。

自那之后，乔晚甚至害怕自己一个人待着，当时祝靖寒也在这所学校。

当初，她为了考上祝靖寒所在的大学费了好多力气，只是想和他还有顾珩还在一起玩。收到恐吓后，她试着去找祝靖寒帮忙，可祝靖寒却是一副拒人千里之外的样子，而那个时候，她和祝靖寒都知道了两家有婚约的事情。

记得那天下着大雨，祝靖寒有公开课，乔晚去找他，因为在这里没有依靠的人，祝靖寒是她唯一认识的人，她以为祝靖寒总会帮助她的。

当时，她去的时候课已经上到了一半，她浑身被淋得湿透透的。

她站在教室的后门，看着祝靖寒低头认真听课的样子，她看了看里面的人，再低头看了看自己的样子，最后没有进去。她怕因此祝靖寒会更嫌弃她，所以她就在门口等。

下课铃一响，她站在门口，不出意外的是，她的样子遭到了嘲笑，不少男女三三两两地出来，掩着嘴似是嘲笑的样子。

祝靖寒是一个人出来的，身后跟着不少女生，清冽的眸光蹙起，不悦地看了她一眼。乔晚当时也不敢说话，祝靖寒寒眸沉沉，越过她走了。

她只觉得尴尬，等到祝靖寒走得老远之后，才慢慢地跟了上去。祝靖寒手里撑着伞，拒人于千里的样子让那些借机出门靠近他的女生都离得老远。乔晚没有伞，她伸出手遮住头顶，样子看起来滑稽又可笑。

祝靖寒走得很慢，乔晚却跟得很吃力。

终于，走了许久后，前面的男人停下，样子十分不耐烦，他好看的眸光蹙起，声音平静无波："你跟着我做什么？"

因为顾珩的死，祝靖寒对乔晚的态度也发生了变化，倒不至于天翻地覆，只不过比以前的冷漠更冷漠了而已。

"我……我有事想跟你说。"乔晚浑身发冷，嘴角冻得青紫。

她站在离祝靖寒一米开外的地方，再也不敢靠近。

祝靖寒似是沉思，然后静静地等着。

乔晚抿唇，然后开口："你知不知道，我和你，乔家和祝家，我们其实……"

她以为祝靖寒不知道两家的事情，她其实没别的意思，更没有说他非要娶她，她当时只是想，要是祝靖寒可以依靠就好了。

她永远也忘不了那时候祝靖寒的表情，讽刺又冷漠，他薄唇轻启，声音毫无温度："知道又怎么样，难道你还想我娶你？"

那冰冷的语气，浇灭了她所有的期待。

"不会。"乔晚吸了一口气，然后轻轻地笑了。

"所以？"他话音拉得很长，余音未了。

乔晚抬头，虽然样子狼狈，但是眸光却亮亮的，她脸上带上笑意，然后摇头。

"你放心，我不会让你娶我的。"那时候的乔晚，才十八岁。

祝靖寒眼神眯了眯，似乎是没想到乔晚会说出这样的话来，她来找他，不就是为这个事吗？

乔晚吸了吸鼻子，然后一下子挤到祝靖寒的伞下。祝靖寒低头，清冷的眸光撞进乔晚清澈的眸子里。

"我只是想说，如果你不想娶我，你就对我好点，就如现在这样，我没有伞，你给我可以不被雨淋的一席之地就好了。"

乔晚声音不大不小，却掷地有声。那是第一次，祝靖寒对这个在顾珩身边的小东西有了新认识。

2

林倾主动联系了祝靖寒，两人见面的地方，就在祝氏一楼餐厅。林倾坐在那里，点了两杯咖啡，他早早地就等在了那里，而祝靖寒则刚从医院里赶回来。

林倾摒弃了老样子，不再一副吊儿郎当的样子，他安静地坐在那里，美得像一幅画报。

祝靖寒走过去，坐在他的对面。

十年老友，再见，却开口无言。

林倾知道祝靖寒肯定还为他绑架弄伤乔晚的事情而耿耿于怀着，他嘴角扬起，而后笑开："她眼睛好了吗？"

祝靖寒眸子挑起，淡淡地应道："嗯。"

林倾一下子把身子倚到椅背上，然后手指轻揉眉间。

"我见过阿珩了。"祝靖寒继而说道。

林倾一怔，随即算是明白过来，他点头说道："不意外，海城再大也大不过大洋彼岸，不过顾珩回国的消息你是怎么知道的？"

林倾知道，自从顾珩订了回国的机票之后，不知道怎么就被祝靖寒发现了。

"偶然而已。"

祝靖寒一笑，的确是偶然。

林倾轻笑，不再继续这个话题，而是抬眸看着祝靖寒。

"隐婚玩得好好的，今天来个突然公开是什么意思？"林倾手指握住杯子的杯身。

"林倾，有些事情适可而止不要玩得太过火。"祝靖寒说这话的时候眉眼轻松，但是林倾偏偏就听出了压迫的意思。

"你们两个还真是伉俪情深。"他冷冷地笑。祝靖寒护乔晚的心思简直不可掩饰，但是有些事情，注定不会那么容易。

林倾嘲讽的语气，让祝靖寒眸色沉了沉，他知道林倾想不明白。

"当年发生了什么？顾珩和你到底是怎么回事？"祝靖寒沉默良久，终于问出了这个话题。

林倾手指一顿，再次握紧杯子，一口把咖啡干掉，苦涩蔓延。

"当年，是我冲进 X 酒吧把已经奄奄一息的顾珩救出来的。"对于祝靖寒，林倾不想隐瞒，有些事情说出来也好。

他将精壮的手腕伸出去，把昂贵的腕表摘下，手腕处一道三厘米左右的疤痕显露在祝靖寒的面前。

他看到祝靖寒脸色一变，其实，他从来都没有怪过祝靖寒，但是乔晚那女人则另当别论。

林倾看着祝靖寒凝重的神色后笑笑，他收回手优雅地将腕表重新戴好。

"你知道阿珩当年为什么会出现在火灾现场吗？"

林倾手指摩擦着空杯子的杯沿，笑得肆意。

"因为乔晚？"

祝靖寒开口，神情清冽不见光，当年乔晚压根就不在事发现场，顾珩又是怎么知道并去了那里的，而顾家又是怎么知道顾珩去那里是因为乔晚呢？

"Bingo！"林倾打了个响指，"的确是因为她，若不是她那天出现在 X 酒吧，顾珩便不会去，只是因为新闻里的一个侧影顾珩就不要命地冲进去了，你说他是不是傻……"

祝靖寒第一次从别人口中得知，原来乔晚那天出现在 X 酒吧过，他隐约感觉有些东西在浮出了水面。

"至于顾家那边自然是我通知的。"林倾嘴角的笑意越发扩大，顾珩出事，他怎么可能放过乔晚这个罪魁祸首？

"靖寒！"一声清脆的女声传来，慕安宁踏着 13CM 的高跟鞋窈窕地走来，她远远地就看见祝靖寒了，她还看到祝靖寒对面坐着一个男人。

祝靖寒抬头，眸光无波动，他冷漠的样子让慕安宁十分不适应。

林倾听到女人的声音后俊眉挑起，他看到祝靖寒隽美的脸上一丝表情也无，看来这女人在他心里没什么地位嘛，和见乔晚的时候天差地别。

慕安宁走了过来，大方地站在祝靖寒的身边。

林倾挑了挑眉眼，看了一眼慕安宁，然后笑笑。

"不介绍一下？"林倾淡淡开口。慕安宁本来脸上有丝笑意，却在听到这个声音后，猛地转头看向说话的人，她的眼里闪过一抹慌张——这个男人的声音怎么会那么熟悉？

祝靖寒清冽的眸光带起一抹笑意，他双腿交叠，邪气地倚在那里。

"慕安宁，广告部总监，阿倾你有兴趣？"

祝靖寒的介绍就是普通的介绍，而最后一句则让慕安宁成功地变了脸色，他这是彻底不要她了吗？

林倾耸了耸肩后说道："那倒不必，我和素素就要结婚了，刚才我不过以为这是你的哪位红颜知己而已。"

"我当年的救命恩人。"祝靖寒似有似无的目光看向林倾。

林倾这次倒是爽快地点头，似乎没什么异议，不惊讶也不诧异。

"既然来了，就一起坐下聊会儿。"林倾的声音轻飘飘地传进慕安宁的耳朵里。

慕安宁看了一眼林倾，不知道为何感到有些惧怕："不了，部门还有工作没做完，你们聊我就先走了。"

没等两人搭话，慕安宁就匆忙地逃跑了，那慌张的背影看在林倾的眼里，又是一阵笑意，总算见面了，慕安宁。

"看来……是真的有兴趣。"祝靖寒挑眉，林倾的目光一直在慕安宁的身上。

林倾听到祝靖寒的话，然后转头，似笑非笑，不置可否。

"要不要听我接着讲？"林倾卖了个关子，表情有点嚣张。

祝靖寒锋锐的眼眸深如泓潭，他不作声，拿起杯子喝了一口有些凉了的咖啡。林倾有个毛病，就是他若是想说什么，你越不动声色，他越想说。

果然，林倾抿了抿唇，继续说道："X酒吧发生的事情就那些了，至于阿珩，我想你会好奇，他这么多年不回国的原因。"

祝靖寒的确很好奇。

"当年他的户籍被注销，我费了好大力气才想办法让阿珩重新有了身份。"林倾笑笑，他也未曾想到，顾珩被他从火场背出来后，只说了几句话后便晕了过去，自此一醒，全世界都成了陌生人。而轰动性的大新闻，是顾家长子意外身亡的消息。

他仔仔细细看了新闻，还去顾家确认了，当时顾母哭得伤心欲绝，一度昏死过去。他那时候便想，将计就计就好，所以顾珩去救乔晚的消息是他放出去的。

他犹记得顾珩最后清醒的话便是"乔晚还在里面"，当天他把顾珩从火场救回，立马送去医院。他自己去看火灾现场的报道，先是乔晚冲进火场里面，再后来虽然人群拥堵，他还是看到了在人群掩护下，被抬在担架上的祝靖寒和被架着出来的乔晚。乔晚去酒吧的目的清晰明了，只是最后毁的却是顾珩，所以当天，他就把慕安宁送到了祝靖寒的身边，在新闻大肆报道顾家长子意外身亡的时候，他去顾家传了消息。

林倾对顾珩是有私心的，所有人都不知道其中的原因，而且他也觉得乔晚那个朝三暮四的女人配不上祝靖寒。

祝靖寒听完一切就都有了头绪，这么一来就合情合理了，只有一点不明白，乔晚怎么会出现在那里？

"自打顾珩想起来一切后，就想回来了，他的户籍重新注册就是我打理的。"这就是顾珩之所以还是顾珩的原因，这也就是为何祝靖寒会偶然发现顾珩回来的原因。林倾浅笑，其实一切自有天定。

林倾手机铃声响起，他低头看了一眼来电显示，眸子挑了挑。

"今天就到这里吧，有人找我了。"林倾扬了扬手机，然后起身，走到祝靖寒面前给了他一个拥抱。

祝靖寒拍了拍他的后背，却是说了一句："欢迎你们回家。"

这句话，真是阔别太久太久。林倾一怔，然后也拍了拍祝靖寒，抿唇却不知道说什么，良久才说了一声谢谢。

祝靖寒笑了笑后警告道："不要再打乔晚的主意，否则我不会放过你。"

手机铃声已经不响了，林倾走到祝氏门口，手机铃声复又响起，林倾低眸一笑，然后接起。

"喂。"清冷至极的声音，那边的人猛地一震。

"你来了？"疑问的语气，却莫名带着些肯定。

"嗯。"林倾轻笑出声，"没想到你可以认出我，慕小姐。"

林倾的话有形无形之中都带着让人压抑的气氛，正如慕安宁所想，这个男人的确很俊朗，也的确让人望而生畏。

"不过，你比我想象的还无能。"林倾讽刺开口。他给了她一个那么好的机会，结果她却什么也没能做，甚至后来乔晚竟然嫁给了祝靖寒。

慕安宁懊恼，她不是没努力过，只是似乎没有什么作用。

林倾眸光一寒："你手里有用的筹码只有那一个，要加以利用。"

慕安宁突然有些得意，她所拥有的是乔晚不曾拥有过的。

"放心，这个我绝对有把握，毕竟我可是靖寒的救命恩人。"

慕安宁自大的样子，让林倾皱起眉，怪不得这么多年没有进展，她根本不是什么聪明人，可是现在已经这样，再无换牌的可能。

林倾冷笑着往自己车那边走。

"慕小姐，你大概不知道，当年真正救出靖寒的那个人就在他身边。"他顿了顿语气，很显然这让慕安宁慌了神。

"是谁？"慕安宁心里闪过恐惧，这是她唯一的底牌。

林倾一笑，郑重地说道："就是乔晚，所以你必须先下手，至于方法你必须自己想。"

慕安宁沉思，然后点头。两人结束了通话，她不能让乔晚有机会开口，女人的眼里闪过一丝狠戾。

慕安宁冷笑，她没想到乔晚埋着一个天大的秘密这么久。

3

乔楚得到消息提前结束了出差返回家中。

家门开着，别墅内灯火通明，乔楚进去的时候，一家人都坐在客厅里，气氛严肃。

"这到底是怎么回事？"乔楚皱眉，走到乔晚那里，然后低头看着一言不发的女人。

"祝家欺人太甚。"乔妈冷着声音，显然气得不轻。

"哥，你跟我来。"乔晚起身拽住乔楚的手，然后走到门外。

乔晚脸色不太好。

"怎么回事？"

"我把祝爷爷气住院了。"下午媒体有报道，老爷子已经暂时脱离危险，被转去了重症监护室，乔晚这才安心了不少，可是还是担心，毕竟重症监护室不是普通病房，这只能证明他的病情还是很严重。

乔晚神情有些沉重，乔楚伸手揽上她的肩膀安慰："会没事的。"

"还有，我被祝家赶出来了。"乔晚笑笑，自我打趣道。

"回来也好，你和祝靖寒不合适。"从当初乔晚打算嫁给祝靖寒的时候他就不赞同，否则也不会在她婚礼当天飞往美国。

"原来所有人都这么认为。"原来只有她认为，她和祝靖寒很合适。

乔楚抿唇，没说什么。乔晚伸手抱住乔楚的腰，将脸埋在了他的怀里。

她说："哥，我打算放手了，我打算和他离婚。"

乔楚一震，说不震惊是假的，当初他是怎么都没有劝动她不要嫁给祝靖寒，现如今，她自己做出了决定，究竟是下了多大的决心，究竟祝靖寒伤她到了何种地步她才会选择放手。

"我不同意。"

男人的声音破空而来，随着一阵稳健的脚步声，祝靖寒高大的身影出现在两人的视线里，他周身带着寒气，样子深沉。

乔楚伸手揽着乔晚，目光冰凉："祝总，你怎么来了？"

"我来接乔晚。"此时的男人，目光是阴沉的。

乔晚身子一抖。

"不好意思了，小晚不能跟你回去。"乔楚沉声，继而说道，"况且你也听到了，如果想带小晚走，拿离婚协议再来。"乔楚的声音沉静，一字一句说得极其稳定。

祝靖寒眸子一寒，冰冷地笑开，他看向一直缩在乔楚怀里的乔晚，声音柔和："晚晚，跟我回家。"

乔晚摇头后说道："祝靖寒，我不和你走了。"与其这样选择离开，她再也不想毫无理由地霸着他了，该是她的，总会是她的，不是她的，强留也没有用。

祝靖寒眸子一冷，他大步上前握住乔晚的手。

"听话，跟我回家。"那声音带着紧张和认真。

几人的争吵声终于吸引了乔爸乔妈两人，两人匆忙地走了出来，乔爸乔妈看到祝靖寒后，眼神都不由得一滞。

"爸，妈。"祝靖寒看着乔爸乔妈。

乔爸率先反应过来，他叹了一口气，脸色严肃："靖寒，小晚虽然有些不懂事，可是你母亲说的话太过难听了些，这件事不能就这么算了。"他也忍不下这口气。

祝靖寒敛眸，心里知道母亲把事情闹大了。

"我代表我母亲道歉，对不起。"许久，他沉沉出声，夜风撩起他的短发，他的脸上平静得慑人。

乔晚一言不发，乔爸知道她的意思，于是看向祝靖寒，声音严肃："这是小晚的决定，祝总请回吧。"

乔爸说完，乔楚将乔晚的手从祝靖寒的手里抽出，乔妈带着她进屋去了，而乔楚挡住了祝靖寒的身子，阻止他进去。

"祝总，回去吧。"

刚才乔爸也不由得把称呼变成了祝总，祝靖寒心里猛地一滞，乔晚会不会真的再也不会跟他回去了。

他大手攥紧，放在身侧，透过光线看着缓慢走上二楼的乔晚。

没一会儿，二楼最侧面的那间卧室灯光亮起，祝靖寒看着，然后终于转身，一句话没说就离开了。

乔楚松了一口气，倒是乔爸，一直看着祝靖寒的身影，就这么放弃了？不知道为何，他心里感到很失望。

晚上十点，家里人已经睡下了，乔晚躺在床上睁着眼睛，毫无睡意，她起身打开了窗户然后转身再次躺下，凉风吹进来，她才觉得舒服了些。

窗帘摇曳着，乔晚看着那边的树影，一晃一晃就有了睡意，原来还住在乔家的时候，她睡不着，就会这么做，那晃动的树影，比催眠曲可有用多了。

她缓慢地闭上眼睛，没一会儿便呼吸均匀。

乔楚在自己的卧室踱步，一点睡意都没有，许久，似乎是因为太晚了，他也没听到大门口有什么动静，便去洗澡准备睡觉。

4

夜里两点的时候，万籁俱寂，微风习习，安静得只听得到蝉鸣声，而乔晚所在的房间内，从窗户处掠进一道黑色的人影，他的动作很轻，落地几乎无声。

男人缓慢地走到床前，看着床上睡熟的女人，她的脸庞透着樱桃红。

他颀长的身影立得笔直，高大的身影笼罩下来，俊朗的面色带着清寒，涔薄的唇抿着。男人清冷的脸上绽放出一抹笑意，黑曜石般的眸子闪着微光。

他俯身抱起熟睡的女人，然后扯了床单把她绑在了身上。

乔晚的脑袋挨着他的肩膀，睡得憨熟。

男人走到窗前，伸手护着女人的脑袋，然后起身一跃从二楼跳了下去。

第二天一大早，乔妈来叫乔晚吃饭时，尖叫出声。乔爸乔楚闻声而来，卧室里面早已经空无一人，只有白色的丝质窗帘大幅度地晃动着。

等到乔晚醒来的时候，整个人都震惊了，不为别的，只因为她在飞机上，身上还盖着小毯子，她侧头一下子便看到了闭着眼休息的祝靖寒。

她向外看，三万英尺的高空，身上衣服很整洁，她昨晚明明是穿着睡衣入睡的，那么现在这种情况到底是怎么回事？她怎么会和祝靖寒在这里？

祝靖寒感受到旁边女人醒了，不安的动作引发出的轻微摩擦声。他睁开眼睛，清明的眼神中带着一丝倦意。

"醒了？"他声音沙哑，一双星眸璀璨，灼灼地看着身边的女人。

乔晚皱眉，仔细地回忆了一下昨天，她迷迷糊糊中就睡着了，然后就没印象了。

祝靖寒嘴角勾起，笑看着她纠结的样子。

"别想了，是我把你绑出来的。"

乔晚敛眸，然后身子倚在座椅上。祝靖寒总是有奇招，屡试不爽，出奇制胜，她倒是懒得说什么了，可是现在是飞往哪儿的飞机？

"这是去哪儿？"她皱了皱眉后问道。

"M国。"祝靖寒闭上眼睛，感到有些疲倦，昨晚在乔家等到凌晨两点才敢去劫人出来。趁乔晚睡着的时候，他还去医院安排了这几天老爷子的治疗和陪护，然后一大早，便搭乘了飞机，飞往M国。

飞机降落在机场，滑行了一段之后停了下来，去取了行李之后，祝靖寒找代理先把行李送去酒店了。

他牵着乔晚的手，走在M国的陌生街道上。祝靖寒带乔晚去的是一条特色的小街，街区里面都是卖各种特色产品的小店。

乔晚挣开祝靖寒的手，他倒也没拦着，她挨个店铺看，街边的小店纵使风情万种，却难入他的眼睛。

祝靖寒的眼神一直落在前面走着的女人身上，眸光微醺，脸上带着清浅好看的笑意。

凡是乔晚用手摸过的，露出喜爱样子的物件，祝靖寒跟在后面都买了。乔晚只顾着向前，也没注意到身后的人。

大概逛了一个小时，乔晚总算是觉得累了，等她回头的时候，祝靖寒手上多了不少袋子。

"我们去吃东西。"祝靖寒走上前，伸手揽上她的腰肢。

乔晚下意识地要躲，祝靖寒大手一揽直接把她禁锢在身侧，放纵一次就够，多了就该跑了。

祝靖寒深如寒冰的眸子冷着，对外界的一切充耳不闻，视而不见。

他在街边不远处找了一家干净的小店，装饰风格独特，像英格兰的农庄，格调亲切。桌子的颜色和整个空间相得益彰。

老板看起来年纪不算太大，三十多岁，是一个俊朗的M国男人。小店的老板把菜单放在了两人的桌上，在一旁拿着手机准备记单子，祝靖寒伸出手指把菜单推到乔晚的面前。

"想吃什么点什么。"

他的眸光很是坦诚，乔晚抿唇，也不矫情，她伸手拿起菜单，看着上面的英文，一眼望过去，不知道是不是习惯，她总能率先找到祝靖寒爱吃的口味。这样的自己让她觉得无力，所以她点单的时候独独避开了所有祝靖寒可能爱吃或者爱吃的东西。

乔晚想，有些习惯总要慢慢地改掉。

老板娘看起来很小，二十四五岁，她上菜的时候，身后跟这个两三岁的小孩子，走路一晃一晃的，大大的眼睛，长长的睫毛，带着婴儿肥肥嘟嘟的样子，特别可爱。

乔晚看着，暖心一笑。

"喜欢孩子？"祝靖寒看着她的目光，眸光轻微。他也转头目光落到那个外国小孩子身上，的确可爱得紧。

乔晚回过神，抬眸，轻轻点了点头。

老板娘向着两人这桌走过来，放下一盘刚做好的菜，然后转身往回走。那个肥嘟嘟白嫩嫩的孩子睁着水汪汪的大眼睛看着乔晚，赖在她身边一动不动，她心里一软，俯身伸手把孩子抱进怀里。

她怜爱地摸了摸孩子的小手。

他们这桌的东西很快便上完，孩子的妈妈放下手中的餐盘，伸手接过乔晚怀中的孩子，友好地笑了笑。从对话中得知，那女子今年二十五岁，而孩子两岁半，乔晚心里陡然生出羡慕。

祝靖寒一眨不眨地看着她的神情，丝毫没错过她眼底不经意间的落寞。从小店离开，两人拦了一辆出租车，这次东时因为要同时处理公司和老爷子的事情，祝靖寒特意没让他跟来。

"来M国的目的是什么？"乔晚不打算跟祝靖寒玩躲猫猫的游戏，有些东西，她要弄明白。

"来找专治心脏病的权威专家。"祝靖寒终于开口。乔晚目光凝结，原来是这样，那她的确该跟着来，祝靖寒的做法也没什么不妥。

乔晚似乎是如释重负般地整个人都靠在一边的车门上，前方路面宽阔，司机不知道什么时候慢慢地加快了车速。

转弯的时候因为车速过快，她一个没坐稳，直接撞进了祝靖寒的怀里，头顶顶住他的腹部。

祝靖寒闷哼了一声，他下意识地揉了揉乔晚的脑袋，说道："撞疼没？"说完，他瞥了一眼司机。

"Would you please drive slowly？"祝靖寒的语气有些沉。

那司机听闻，直接减慢了车速。乔晚此时想从祝靖寒怀里抬起头，却被他用大手轻轻地压着，缓慢地揉着她的脑袋。

5

出租车行驶到一栋半山别墅，典型的美式庄园，沿路可以看见奔跑的小鹿。

舒城给的地址就是这里，这一大片的区域，都是清一色好看的别墅区。

"我们挨个去找找。"祝靖寒牵住乔晚的手后说道。

E012，这是舒城给的门牌号。祝靖寒牵着乔晚一步一步地往前走。

离他们最近的别墅门牌号是F018，祝靖寒敛眸带着着乔晚往时的方向走，如果这个方向是F的话，按照编排号那边应该是E。

乔晚跟着祝靖寒的脚步，自己也看着别墅门牌号，大概走了五分钟，才到了E区。到了之后，祝靖寒随便看了一眼后便没有挨家挨户地看了。

他看着乔晚精神不振的样子，勾唇安抚着说道："再走一分钟就到了，还有六家。"按照门牌号码来看，这边的别墅群设计是按ABCDEF来排号的，而A栋的别墅数量最少，F栋别墅的数量最多。

随着字母的排序，每个别墅区相比上一个都会多出两家来。

所以F编号的别墅群是20栋，E编号的别墅群是18栋，所以想找到E012，只要往前越过六家就对了。

正如祝靖寒的说法，两人很快就找到了。

他伸手按了门铃，没一会儿一个管家模样的人就来开了门。

"你好，我找周先生。"

"请问你们是？"那管家一脸的疑惑，很少有人来找他们家的老先生了，况且还是中国人。

"我们是来求老先生治病的。"祝靖寒声音恳切。

谁知道，那管家一听一下子就变了脸色，在两人的眼前把门"砰"地关上了，然后门里面传出管家的声音。

"不好意思，请你们回去吧，我家周先生不出山。"

意料之内的碰壁，舒城说过这周老先生很难请，但是没想到会连面都见不到。乔晚看着祝靖寒，秀气的眉宇蹙起，事情因她而起，她总是要想想办法的。

祝靖寒抬眼看了眼天色，既然那管家现在这么执意，想必今天是见不上了。

"先回去吧。"祝靖寒牵住她的手对着她说道，两人沿着路往回走的时候，还往身后看了两眼。

这边不好打车，两人走得缓慢，直到出了这片别墅区才打到了车。

祝靖寒拿出手机，因为乘飞机的缘故，手机一直都是关机的，他开机之后，没一分钟便打进来了一个电话，是乔楚打来的。

祝靖寒眸光敛起，旋即接通。

"你们现在在哪儿？"乔楚那边天色都黑了，距离发现乔晚不见已经十个小时了，期间祝靖寒和乔晚的手机一直都打不通，全都是关机的状态。

祝靖寒笑笑，挑眉看了一眼附近的景色："荒郊野外。"

乔楚一听，眉宇蹙起。

"两个小时内，把小晚送回来。"乔楚面色严肃，抬眸，淡淡地扫了一眼时间。

"两个小时恐怕是回不去了。"

祝靖寒轻笑了一声，他侧眸看着正巴巴地盯着他手机的乔晚，眼神冷了冷，别说两个小时了，就算给他两天，他和乔晚也回不去。

"那需要多长时间？"乔楚有些心焦，两人现在的状态，万一祝靖寒做出什么事来怎么办？

"我们现在在国外。"祝靖寒也不再绕弯子，这意思就是一时半会儿回不去了。

乔楚突然语塞，祝靖寒太任性了，人家顶多带回家要么就带到别的城市去，这祝靖寒直接把人给带出国了。

他一想，怪不得那么长时间都是关机状态。

乔楚刚想说让祝靖寒好好地对乔晚，结果那边的通话便被掐断了——祝靖寒实在是受不了乔晚看手机的眼神，所以给挂断了。

"我哥吗？"乔晚有些心急，好像是乔楚。

"是。"祝靖寒肯定地说道，倒也没打算否定，告诉她又如何，在这里他做主。

"我哥是不是找我了？"

祝靖寒眯起眸子，然后黑眸沉沉。

"是。"

"你把手机给我，我有话要跟乔楚说，你这么把我带出来我爸妈该担心了。"乔晚眼神懊恼，谁家闺女大半夜突然不见了，家人不着急的。

空气中吹着暖风，撩起她的长发，女人神情缱绻。

"没事，爸妈知道我俩在一起。"祝靖寒眼神微眯着，既然乔楚会这么肯定地打来电话询问，就证明乔家人都知道了。而且妻子和丈夫在一起，似乎没什么可以担心的吧？

乔晚真想白祝靖寒一眼，就是因为和他在一起，才让人担心好吗？

乔晚张了张嘴正准备说话，一阵疾风从车窗外一下子吹了进来，她嗓子眼忽然一干，然后猛地咳嗽了两声，随即是刺耳的干呕的声音。

乔晚俯身猛地干呕了几下，祝靖寒伸手去拍她的后背，只是拍着拍着他的脸色就有点不好看了。他从来都没有碰过她，她这么吐是什么意思？

祝靖寒一把将乔晚拉了起来，然后双手握住她的臂膀，她晕头晕脑的还没反应过来。

乔晚看祝靖寒的目光阴沉阴沉的，寻思着自己被呛着了，干呕恶心着他了？

一想到这样，乔晚也挺抱歉的，她微微推开祝靖寒，脸上是猛咳后不正常的红，她也真是倒了霉了，吹个风还能呛着，这要是在古代小说里就是穿越成王妃皇妃世子妃的命啊。

"你吐什么？"祝靖寒脸色多少有点寒气，乔晚有些莫名其妙，她吐她还有错了？

"关你什么事！"

祝靖寒大手拽住她的手，然后把她夹在胳膊里。

乔晚整个人一缩，动也动不得。

"为什么吐？"

祝靖寒声音沉着，估计乔晚今天要是不说，他能一直问下去。

"呛着了。"乔晚被夹得喘不过气来，样子都虚弱了。祝靖寒手臂一松，把她整个人都转了过来，狭小的空间内两人的动作不禁有些大，他伸手拍了拍乔晚的后背。

她的眸子突然一紧，旋即猛地看向祝靖寒。

"你该……你该不会以为我怀孕了吧？"乔晚觉得挺逗的，要是这时候怀上了，怎么着也不是祝靖寒的啊。

她笑得开心的样子，倒是十分好看。

祝靖寒平时沉稳的样子，竟然被乔晚看到了一丝手足无措。

乔晚笑完，抬头便发现祝靖寒正一脸若有所思地看着她。

乔晚不在意地拍了拍他的肩膀说道："放心吧，不会怀上你的。"生怕他不信，乔晚举手准备发誓。

"我发誓，要是我怀上祝靖寒的……"她还未说完，她的手便被抓住，然后嘴被他用嘴堵住，他咬了她下唇一口。

乔晚愣神间，他的舌头便灵巧地绕了进去。

祝靖寒心里有点不舒服，怀上他的怎么了？她还想怀上谁的？

6

车子开到了预订的酒店，下车后两人往里面走。

电梯中，乔晚低头看着脚尖。

"爷爷情况怎么样了？"

她后来也想明白了，也许当初祝靖寒会那么说，也只是想让爷爷安心，倒是她，反应有点大了。

祝靖寒脸色平静，静静地说道："情况不太好。"

至于活不了几月的那话，祝靖寒没说，他不想给乔晚添什么不必要的负担。乔晚点头，一时之间竟无言。

"祝靖寒，昨天晚上我说的话都是认真的。"她不是一时生气，而是早已经想好了。

他薄唇抿着："先行条件现在已经不一样了，这婚，我不离。"

"都一样，你还是你，我还是我。"乔晚平静地说。

电梯门打开，祝靖寒拉了乔晚出去，他把她堵在墙角，微低着头。他眼神灼灼，薄唇轻启："当初你说的离婚条件是隐离，现在所有人都知道你是我祝靖寒的太太，乔晚，这下子你想怎么办？"

乔晚苦笑："那些记者不是我找来的，我没想拖延时间，也没想将计就计，离婚就是离婚，我可以安安静静地走，我什么都不要。"

乔晚看着祝靖寒的眸子，这么久一个人维持着婚姻，她有些累，而且，直到现在他也不爱她不是吗？

"我知道。"祝靖寒突然有些气恼，他当然知道这些记者不是她找来的，这些天她忙着跟他提离婚的事宜，怎么会在这个节骨眼上弄出这样的麻烦？

"你既然知道，这婚为什么不能离？"乔晚心里想着，再给自己和他最后一个机会，只要他说一句，哪怕一句，他有点喜欢她了，她也会留下的。

祝靖寒的眸子英气逼人，乔晚继而说道："你爱上我了？"

祝靖寒眉宇一皱，他爱乔晚？

男人犹豫的样子，直接给了乔晚明确的答复，她低下眸子，沉沉地笑了笑："我就是开玩笑问的，你别当真。"

她摆了摆手，然后从祝靖寒的胳膊下钻了出去。

祝靖寒还站在那里，薄唇紧抿，突然转过头对着乔晚说道："乔晚，我不知道。"

乔晚脚步一顿，嘴角扬起，蔓延出一抹苦涩，她回头，眼神平静。

"哪间房？"她的眸子看向目光复杂的男人，他的眼底承载了太多的东西，不知道是不是认识得太久太久，有些东西就容易混淆了。

"5806。"

乔晚听到之后直接转身，可能是知道的事情多了，有些话却再也听不得，她还爱着祝靖寒，就如林倾所知道的一点，她对不起很多人。

祝靖寒缓慢地迈动脚步，脚步沉沉，他的心里仿佛缺失了一块。

浴室里响起水声，祝靖寒在洗澡。乔晚坐在沙发上，看着祝靖寒的手机，抬头看了一眼时间，现在乔家的人都该睡觉了。

她干脆就躺在沙发上，然后伸手拿过他的手机，并没有设置密码。她想了想，短信她就不看了，属于个人隐私，她的手指停在相册那里游移不定。

浴室的水声没有停下来的迹象，乔晚看了看，反正偷偷看完就原封不动地放回去就好了，轻松地点开相册后，她就跟做贼似的心虚。

但是她没想到里面有十来张左右都是顾珩，模糊的，清晰的，戴着帽子的，无论是侧脸还是正脸。

看保存时间，竟然是好多天之前的，乔晚想了想，那天大概是乔楚来公司找她出去吃饭的那天。

乔楚说带她见个人，该不会是顾珩吧，那么乔楚早就知道顾珩回来了？这么一想就想通了，怪不得他会将腕表交给她，但是他明明知道为什么还任由她去墓地，为什么不明白地告诉她？

越想事情越迷惑，乔晚是等待不了的那种人。

她直接拨通了乔楚的号码，本来想着海城那边应该很晚了，乔楚也许不会接，可是刚打过去乔楚立马就接起来了。

"哥，是我。"乔晚开口。

乔楚一听到她的声音，松了一口气。

"小晚，你们在哪儿？"

乔楚现在正坐在客厅里，黑暗中一双眸子熠熠生辉。

"M国。"乔晚的话让乔楚一怔，他知道他们在国外，但是跑得也够远的。

"他没对你怎么样吧？"这样突然不声不响地把人掳走了，乔楚心里当然是担心了。

"没有，哥，我有事情问你。"乔晚的声音似乎很是严肃。

乔楚一怔，然后说道："问吧。"

"你知道顾珩还活着？"

乔晚半疑问的语气，只不过是时间对上了，也许不是事实，也许只是她想多了，乔楚怎么会瞒着她？

那边没有惊讶，甚至于安静到没有声音，乔晚知道她想得没错。

"看来是真的，没错了。"乔晚笑笑，乔楚的沉默很好地给出了答案。

"我不是有心瞒你。"他只是觉得那时候的时机不好。

"那天，你要带我见的是他吗？"乔晚低头看着自己的手指甲，嘴角勾着，细看之下有些凄凉。

"不是，想带你见的是林倾。"

那天的确是林倾先约见的，但是没想到，后来会是那样，林倾爽约，来的是顾珩，而乔晚被祝靖寒叫回了公司，他有点庆幸那天两人没有见上，否则乔晚的震惊程度更甚。

"你是什么时候知道阿珩他其实没死？"

"就是那天，林倾没来，他来了。"

乔楚现在想想当时的情形，还是不可置信，一个男人死而复生地站在他面前，用震惊来形容不足为过。

"小晚，平心而论，顾珩对你是真的好。"顾珩对乔晚的好，是大家都有目共睹的。

"我知道。"乔晚心里比谁都清楚。

"所以有时间去看看他吧。"乔楚也无奈，可是当年毕竟发生了那么大的事情，而顾珩的腿……

乔晚无声，她不知道该怎么去面对顾珩。

"小晚？"乔楚出声。

"嗯，我在。"

"如果真的打定了主意的话，就不要动摇。"乔楚所说的话就是字面意思。

"我不去见阿珩和祝靖寒无关。"乔晚一声叹息，顾珩，他这些年过得好吗？

结束通话后，乔晚抬头后却发现，不知道什么时候起祝靖寒就已经站在那里了，她一慌张，手机"啪嗒"一声掉落在地上。

7

祝靖寒的脸上平静无波，但是平静之下是骇人的神情，乔晚强迫自己镇静下来，不想让自己在他面前慌了手脚。

"把刚才的话再给我重复一遍。"祝靖寒沉着脸色，内心感觉痛苦不堪。

乔晚缄默不语，她清晰地知道祝靖寒想再听的是哪一句话，他把手里的毛巾一下子甩在沙发上，清脆的声音像是用鞭子抽打了某些东西的声音。

乔晚只觉得不好，她转身就往卧室的方向跑，但是她再快也没有男人的速度快。

乔晚的手都没触碰到门把，就被男人一把拽住了衣服，然后大手一转，她的后背便一下子抵在了身后的墙上，墙壁冰凉的触觉刺激着神经。

"祝靖寒，你凭什么这么对我？"乔晚眼眶一红，大喊出声。

男人的眼神如寒冬腊月的寒冰，冷得没有一丝温度。

"乔晚，你千不该万不该，就是不该来招惹我。"他沉沉出声，然后手指捏住她的下巴。

"我真是不该。"

乔晚扬手给了祝靖寒一巴掌。

男人俊脸一倾，他的目光越发冷峻，手劲儿也越来越大，直接把乔晚捏得眼泪都掉下来了。

"乔晚我问你，你到底爱不爱我？"

"我不爱你，一点都不爱。"乔晚扬了扬头，倔强的样子落在男人幽深的墨眸中。

他冷笑，薄唇没有丝毫温度："那你发誓，拿乔家发誓，我就信你。"

她避开祝靖寒的目光，心里冰凉冰凉的。

"怎么，不敢？"

他嘴角露出讥讽，向来不急不躁的人，会因为顾珩的名字变了脸色，会去问乔楚顾珩的消息，他曾经以为，乔晚听话不见顾珩是因为他的话，现在看来根本就不是。

"乔晚，你说不去见阿珩和我没关系，那么你是觉得对他愧疚？"祝靖寒的声音冰冷至极，一字一句全部都扎在乔晚的心里。

"没错，我就是愧疚，我不该愧疚吗？"她眼睛盯着祝靖寒，见男人越发凉薄的神情变得狠厉。

他的眼眸中平添一抹戾气，气氛凝滞。

"如果顾珩现在要你嫁给他，你嫁不嫁？"话语，冰凉。

"嫁，为什么不嫁？"乔晚冷笑，至少顾珩曾经对她是真心的。

祝靖寒眼神倏地一紧，嘴角扬起冷笑。那冰冷的笑意蔓延，让乔晚连呼吸都觉得被冰冻住。冰冻三尺非一日之寒，他似乎忍了很久，刚才被她打过的脸颊上浮现出红色的手指印迹。

乔晚看着，心里竟浮现出一抹痛快之意，她看着祝靖寒骤变的脸色，心里十分痛快。不就是个男人吗，当初就算是爷爷安排她进公司把她放了他身边又怎么样，他还不是不管不顾地招惹了慕安宁。

祝靖寒手指松开她的下巴，那脸上似笑非笑的神情越发瘆人，这次他没有发脾气，越生气脸色越平静。

"你利用完了，拍拍屁股就想走人？我祝家是你想来就来想走就走的地方？"

"平心而论，我从来都没有想要利用祝家，这回我敢拿乔家发誓！"

祝靖寒冷着脸笑了笑，大手撑在她的身侧。

乔晚太过单纯，哪个豪门的联姻会是干净的，那些明里暗里的交易和联系错综复杂，如果他没记错，当初乔氏正处于下降。

"乔晚，我最后一次警告你，不要去靠近顾珩。"

"多谢提醒。"乔晚仰头，不甘示弱。

祝靖寒撑起身子，收回手臂，他的眸光微低，刚才乔晚说要嫁给顾珩的话像是在他心里扎了根刺，拔出来又疼，拔不出来又不痛快。他上身光裸着，整个身上就围了一条浴巾。

乔晚见他松了手，冷笑着就要闪开，却没想到，祝靖寒会一把打开卧室的门，直接把她推了进去。

"祝靖寒你有病啊！"乔晚一下子怒气升到顶点，还有完没完了。

"我早上说的话你都当耳旁风了？"

乔晚皱眉，她什么时候把他的话当耳旁风过，况且他又说什么了？

祝靖寒见乔晚不吭声，他俊朗的面容寒彻。

"是谁让你给乔楚打电话的？"

他较真的样子，让她懂得了什么叫秋后算账，她刚才本来以为事都过去了。

"不好意思祝先生，你是不是忘了，你不由分说地就把我私自带到这里来了，我家里人能不着急吗？"

"恐怕你只是怕乔楚着急。"祝靖寒冷笑，因为太生气而不由得脱口而出。

"随你怎么想。"她干脆转过头不去看他。

乔楚和她同父异母，在她小的时候突然出现，除了过去三年，他从未离开过乔家。这么多年，乔晚都没有见到过乔楚所谓的生母，偶然听到爸爸说，乔楚的生母因病去世了。

祝靖寒的想法很卑劣，卑劣到她根本就没有办法忍受，乔楚不管什么时候，终究只是哥哥而已。

祝靖寒的大手扣住她的后脑勺，然后把她偏过去的脸转了过来，他的脸逐渐地靠近，嘴角蹭过她的唇。

乔晚一个颤抖，直接扬起手。

"你觉得我会让你有第二次打我的机会？"祝靖寒一把扣住她的手腕。

"祝靖寒，别一提到我哥你就那样的语气，你要知道，我哥他比你干净得多。"至少乔楚不会去招惹一堆女人。

果然，祝靖寒的眸子更暗了一些，他嘴角的笑意泯灭，独留冰冷。

"真是伶牙俐齿。"他的话都是一个字一个字咬着出来的。

乔晚不知道哪里来的力气，直接甩开了他的手，她抬头，眼神清明。

"祝靖寒,你出去吧,我想自己静一静。"她觉得现在无法继续这样下去了,这些天实在是太乱了,搅得她脑子都转不过弯来。

不管是自己的事,还是别人的事,不管是祝靖寒还是顾珩,让她甚至毫无招架之力。

"这是我的房间。"他似乎是想把耍赖进行到底,只是乔晚心里绷得紧紧的,她甩了甩手越过祝靖寒就往门外走。

祝靖寒咬牙,黑眸凛然。

"乔晚,你闹够了没有。"他手拽住她的手腕,将她给拉了回来。

乔晚突然就笑了,她闹?她还没闹呢,要是凭她的性子来,就算是祝靖寒,也收拾不了她。

祝靖寒皱了皱眉,不知道乔晚哪根筋搭错了,今天的气氛很不寻常。

"我刚才说的那些话是我不对。"他突然摸了摸她的脑袋,不知道祝大少爷是不是搭错筋了,竟然道起歉来了。

"我又不是你养的宠物,任凭你说各种话我都要听,祝靖寒,我也会不高兴,有些事情我也会在乎。"

乔晚突然很委屈,她过去那几年都是怎么过来的,被质问身体有问题生不出孩子,以前只是侧面地说说,现在都在她父母面前那么做了,她就算再不自爱,她也是顾及爸妈感受的,谁家的女儿生下来就是要受别人家气的。

"我知道。"祝靖寒心里一沉。

"我做不到你家儿媳妇的标准,当初我嫁进来就是错的,所以祝靖寒就算是你成全我,也成全你自己,咱们把这婚离了吧。你再娶我再嫁我们都互不相干!"

乔晚无奈,她感觉整个人都是疲惫的。她不明白,明明这是他所希望的,为什么到头来反对的还是他?

"你后悔了?"祝靖寒没错过她脸上的神色,她后悔嫁给他了?

乔晚眼眶一红,心里酸涩,自己选的路,乔晚,你后悔了吗?

"对,我后悔了。"她点头,但是她知道,哪怕再给她一次机会,她还是会这样选择的,因为她真的爱惨了他,她乔晚从来都不是傻子,从来都不是。

"可是放你走，我会后悔。"祝靖寒声音很轻，他若是喝酒了，乔晚一定会以为是他醉了。

祝靖寒高大的身形站在那里，有些孤寂。

乔晚一笑，祝靖寒又怎么会孤单呢？

"所以，乔晚……"他的话音接着，眼神冰凉，仿佛带着冰碴儿一样，充斥了乔晚整个火热的神经，然后瞬间透心凉。

"在我没弄清楚之前，你不许走。"

他高大的身形逐渐地靠近，周身的凉气让乔晚一个瑟缩。他的话让乔晚猛地抬头，诧异的眸光尽收他的眼底。

她冷笑着，他没弄明白她就不能走，如果哪天他突然弄明白了，她是不是就可以滚蛋了？

"希望你能尽快。"

乔晚出了卧室并关上了门，将祝靖寒隔绝在里面，就连三岁小孩儿都知道，先付出的那一方，如果得不到回应便是输了，这个世界上无非金钱、感情和地位。

钱、权、情，总能让人不顾一切地去追。

Chapter 03
疾风骤雨

1

乔晚转身，迈着步子往浴室的方向走，因为她当初的不懂事，所以要用这些年来作为偿还的代价。

洗完澡后出来，乔晚站在紧闭的卧室门外，思来想去之后，她转身往沙发的方向走，她的目光聚在茶几上，不知道何时她的手机被祝靖寒放在那里了。

她坐在沙发上，目光复杂，手机里面有三个未接来电，全都是妈妈的。

乔晚心里一酸，拿起手机，看着上面的备注和号码，红了眼眶。

她顺着沙发的方向侧着躺下，将手机拿在手里，刚蜷腿，便收到了一条短信。乔晚抿唇，伸手点进去，里面的照片让她呼吸一滞，发件人是陌生的号码，乔晚打过去之后并没有人接。

她的手指攥紧，红唇抿得死死的。

照片中是东时去车祸现场的配照，还有他手里拿着一枚扣子的清晰照片，甚至还有他在废车处理场的照片，令人出乎意料的是，还有一张慕安宁的。

乔晚此时还算平静，她告诉自己要冷静，欲加之罪，何患无辞，也许是诬陷呢？

她颤抖着点开照片中慕安宁的身影，她身上穿的衣服赫然少了一枚扣子，而那枚扣子正是东时手里的那枚，而且，每张照片都有拍摄日期和清晰的红色水印。

没待她反应，第二条信息进来，竟然是那天监控视频里的作案人。

乔晚脸一白，怪不得她当时就觉得视频画面里的不像男人，那人身影相较于正常男人太过于娇小了些。

乔晚咬唇，这事情祝靖寒会不知道？

她现在觉得冷笑都是奢侈，她气愤得似乎连呼吸都停止了。怪不得当时事发时的车辆那么快就处理了，那天她打电话就是为了询问有没有什么线索，她还想去车里看看，可是车子已经被送去废车场处理了。

她当时还担心如果是冲着祝靖寒去的该怎么办，她根本就没想过自己，除了要被淹死时候窒息的恐惧之外，她满脑子都是祝靖寒，可结果呢？

他因为扣子是慕安宁的，所以不管是不是真的，就私自平息了这件事情，还对她完全隐瞒了事情真相。

这是赤裸裸的谋杀！

乔晚双眸布满悲恸，她是该庆幸那天祝靖寒折返来救了她？还是该庆幸慕安宁没亲手结果了她？她不敢想，甚至不敢当面去质问，她终于意识到慕安宁在他心中的地位比她的命还重要。

乔晚眼眶红红的，既然他有心隐瞒，那么她就成全他。

祝靖寒躺在床上，时间一分一秒地过去，始终没有等到乔晚回来。

似乎是再也忍耐不了了，他一个挺身下了床，打开门寻找着她的身影，最后在沙发上找到了她。

祝靖寒快速地走近，她的头发湿漉漉的都没吹干。

乔晚闭着眼睛缓慢地呼吸。他转身去浴室拿了毛巾，酒店的吹风机都是与墙壁连接的，乔晚现在的样子显然不可能乖乖地跟他进浴室。

祝靖寒坐在沙发上，然后把她的脑袋抬起放在自己的腿上。

他伸手把她墨色湿漉漉的长发慢慢地拨弄到一边，然后拿着毛巾细细地擦揉着她的秀发。乔晚长睫毛动了动，没有睁眼。

她心里仿佛冰冻了千年寒冰，过去的一切她都可以忍受，可是祝靖寒明知道这是谋杀，还要包庇嫌疑犯，她实在无法宽慰，她宁愿相信，这事情和祝靖寒毫无关系，可是可能吗？

　　乔晚闭着的眼睛一紧，透明的泪珠从眼角落下来一颗。

　　祝靖寒看到之后，手里的动作顿住，他神色越发绷紧了。

　　祝靖寒发现她的手指紧紧地攥着，手指甲深深地刺进了手心里，眸子幽寒。

　　他把毛巾随意地扔在一边，大手去掰她的手指，费力地将她的手指一根一根地掰开。而她尖锐的指甲已经划破手心的皮肤，他整个人瞬间笼罩了一层寒霜。

　　"这样很过瘾是不是？"他冷然出声，抓住她的手腕。

　　乔晚没出声，依旧紧紧地闭着眼。

　　祝靖寒生气地甩开她的手，起身将毛巾扔在她的手边，然后大步地走向卧室的方向，"砰"的一声关门声后，整个世界都安静了。

　　乔晚缓慢地睁开眼睛，眼里一片氤氲，她再也忍不住心里的痛楚和委屈，哽咽地哭出声。阳光大刺刺地照了进来，M国下午的天气不凉不热，只有光线刺人眼。

　　乔晚泄愤似的拿起刚才祝靖寒拿过来的毛巾用力地擦着手心，血红色在毛巾上晕染开来，看起来有些瘆人，她伸手胡乱地擦了擦眼睛，然后再次躺下，吸着鼻子逐渐安静了下来。

　　祝靖寒的眸中冷成一片，她手上的小伤口不处理也没事，可是他就是该死的在乎。

　　2

　　午后的阳光照了进来，本来想午睡的男人现在一点睡意都没有，他干脆拿起遥控器开了电视。

　　手指按着按键一个一个地换着台，他倚在那里，黑色的短发随意地散在额前，电视被他调得很小声，门外却一点动静也听不到，他"砰"的一声把遥控器摔得老远。

　　他起身走到窗前，然后拿起烟盒抽出一根香烟，将打火机打开，轻微的火光刺出来的声音，淡蓝色的火苗不停地跃动着。

祝靖寒眯着眸子，微微低头，将打火机靠近烟的末端然后点燃，他深吸了一口，白色的烟雾在他眼前绽开，迷幻了他坚毅俊朗的面容。

祝靖寒眼中是厉色的光芒，瞳孔深处是难以捉摸的幽光。他微微抬头，看着外面的光景，香烟上的火光，如焰火般绽开，一明一灭，像极了繁星点点。

他轻吐烟圈，薄唇抿成一条冰冷的弧线，然后把烟蒂掐灭在烟灰缸里，脸上带着让人看不清的迷幻神色，转身一脚踹开门出了卧室，走向睡在那里的乔晚。

乔晚听到门的动静瑟缩了一下，然后闭着眼极不安稳。

祝靖寒快步地走过去，伸手揽着她的腰把她整个人都抱了起来，清冷的脸上满是戾气。他将乔晚一下子扔在了卧室的床上，迈开脚步出了房间。

不知道过了多久，房间的门再次打开，动静很大，乔晚蹙了蹙眉，她拉起被子蒙住脑袋。卧室的门被推开，男人一个箭步走进来，好在这回没有踹门，但是显然不止一个人的脚步声，他的表情严肃，不知道哪里弄来的洋医生。

乔晚背对着门，祝靖寒看了一眼，挺好，什么都没露，不过这么热的天她捂着被子，不难受吗？

他一下子把她从被子中拉了出来，乔晚的头发乱得跟鸟巢似的，模样有些呆萌。他叹了一口气，然后伸手将挡在她白净的脸上的头发都弄开，她嫣红的脸颊便露了出来。

祝靖寒也不管她乐不乐意，大手伸出去握住她的手腕，然后拉开。

"上药吧。"祝靖寒对着那个医生说道。

那医生点头，然后拿着药箱上前，拿棉签消毒的时候，乔晚不可避免地吸了一口凉气，然后把手往回缩了缩。

祝靖寒眸子一冷："刚才怎么不觉得疼。"

他将乔晚的手腕攥得死死的，不让她有机会往回抽。

医生走后，气氛安静了下来，乔晚觉得手心凉凉的还有些疼，估计是药起作用了。

他看乔晚还是要去拿被子，她不怕自己憋死，他还怕他看着憋屈呢，他一把将被子扯到地下，让她够不着。

乔晚深吸了一口气，不去理会他，直接躺下然后把枕头放在头下面，准备睡觉。

他眸子沉了沉，将身上的T恤给脱了下来，他一下子上了床，躺得离乔晚很近。乔晚感觉到他的靠近，于是往床边移了移。

祝靖寒一个转身，大手一捞就把她连人带床单的都卷了过来。

"看你像是冷，被子没了，可以盖床单。"祝靖寒沉沉地开口，然后大手揽紧，刚开始还好，时间越长乔晚就越觉得憋屈，越觉得热，但是乔晚也不说话也不求饶，热得要死也不动一下。

他就更生气，干脆一不做二不休，大腿一伸，直接搭在了她的身上，她可以闻得到祝靖寒身上淡淡好闻的烟草味。

又过了三分钟左右，乔晚终于忍不住了。

她开始扭动，祝靖寒似乎是感受到她的动作，整个人都放松了一些。

乔晚立刻下床往门口走，祝靖寒一个跃身从床上利落地跳了下来，高大的身子直接挡住了她的去路。

"你闪开。"乔晚抬头，面色清冷。

"去床上睡。"他的声音隐约透着冷清，他的脸色阴了阴。

"你给我闪开！"她要气死了。

他那张俊脸就在眼前，乔晚有些压不住心里的怨气，脑子里全都是手机信息里那几张照片。

祝靖寒大手环住她的腰，不管不顾地将她扛在了肩上然后一气呵成地甩在了床上。

"你是力气大得过我，还是跑得过我？"祝靖寒冷声地开口，眼中神色骤变。

乔晚怒火中烧，她的脸色涨红，噌地跳了起来。

"你管我干什么，你去管你的慕安宁去！"

祝靖寒挑眉，盯着她怒气冲冲的脸色。

"你嫉妒了？"

"我才没嫉妒，你喜欢谁是你的事情，和我无关！"

祝靖寒伸手按住她的肩膀，然后把她推倒在了床上，她现在直接趴在了床上。

"女人的嘴不是用来气人的。"

乔晚拧眉，伸手拿起枕头往祝靖寒那里扔了过去。

祝靖寒身子一偏，枕头就斜着飞了出去，然后砸在了墙上。

她还敢打他？真是长了本事，祝靖寒欺身上来，随即握住乔晚乱挣扎的手，他今天非得办了她不可。

"祝靖寒，你给我松手。"乔晚铆足了劲儿地挣扎着大喊出声。

祝靖寒没理会她，阴沉着眸子。

"现在知道怕了？"他的声音沉沉。

"你……"她欲说话，却感觉到祝靖寒伸手去扯她的睡衣。

乔晚扭身闪开他的手，祝靖寒大手一扯，她的腰间的带子一下子松开，瞬间她光滑白皙的后背就露了出来。

乔晚觉得身上一凉，然后趴在那里一动都不敢动。

"你别碰我！"她恼怒。

"我不碰你，你希望谁碰你？"他咬牙，眸子火候正旺，不知是什么火加什么火，身体也燥得很。

"谁碰都比你碰强！"乔晚呛声，祝靖寒这下子真是怒了，这话但凡一个正常的男人都不会愿意听，更何况他俩是夫妻的关系。

祝靖寒一下子将她翻了过来，松开了禁锢她手腕的大手。

乔晚手得空伸手攥住衣领，但是她不知道，激怒男人的后果是什么，祝靖寒完全不费吹灰之力就把她扒个精光。

乔晚脸一僵，胸前一片白嫩都裸露了出来，她一手捂住前胸，一手捂着腹部，侧身弯着双腿。他伸手去拽她的手腕，但是乔晚这回是下了死力气，死死地捂着腹部。

祝靖寒锋锐的眸光一闪，嘴角噙起一丝冷笑。

乔晚的目光死倔死倔的，祝靖寒猛地将她的手移开，那道五厘米长的疤痕，一下子便暴露于他的眼前。此时他的眼里再也容不得其他，男人的脸色一下子沉了下去。

乔晚的身上怎么会有烧伤的疤痕？

他眼神微冷，冰凉的手指抚上她腹部的疤痕冷声地说道："乔晚，你这疤是哪儿来的？"

她单手扯过被撇在一旁的睡衣，遮住裸露的春光，她用尽力气地推了一把祝靖寒，防备着坐了起来，两人面对面，甚至彼此间的呼吸都可以清晰地感受的到。

她嘴角扬起一抹笑，竟然露出了妖媚来，冰冷的话语一字一句地狠狠地敲在祝靖寒的心上。

"火灾后遗症。"她淡然地望向男人那一汪深潭般的墨眸。

祝靖寒看着她的眼睛，第一次有了不真实感。

他突然冷笑，然后笑声越来越大。

祝靖寒薄凉的眸子寒气慑人："下一句你是不是要说那场大火里救我的那个女人是你？"

他开口轻佻的声音带着戏谑，如果是她，为什么他当时醒来自始至终没有看到过她的身影？如果是她，为什么这么多年都不说？

祝靖寒冷笑，当初他记得他给乔晚讲过他和慕安宁的事情，这么快就知道效仿了？

"如果我说，就是我呢？"

乔晚清楚地看到他脸上一闪而过的冰冷和讽刺，这才发现他不是震惊，而是不信。她千想万想，就是没想到有一天他亲自发现这个秘密，她亲口说出，而他不信！

祝靖寒平时风云不变的脸色，现在已经暗沉到了谷底，她千不该万不该，就是不该拿这种事情来说事。

"乔晚，你太恶劣了。"他开口说出的话，让乔晚整个人猛地一颤，瞧瞧，她说了实话，得到的呢？

一句恶劣否定了所有，她苦苦隐藏的秘密在他眼里看来就是一个弥天大谎。

"既然知道，就松开我。"乔晚敛眸，心如死灰。

"我最讨厌的就是别人欺骗我，乔晚，你别后悔。"他所说的每一个字都掷地有声。

乔晚忽然想如若有一天，他发现慕安宁从头到尾都是个骗子，他会怎样呢？她真想看到祝靖寒后悔的那一天，她干脆不再反抗，任由他炙热带着狠意的吻落了下来。他用腿挤开她的双腿，皮带抽出的声音清脆慑人，她撕咬嘴唇痛喊出声，张嘴咬住祝靖寒的肩膀。

天色暗了下来，漆黑漆黑的，不知道过了多久，他似乎是觉得泄愤够了才停了下来。床上地上一片凌乱，躺在床上的女人半遮着身子，露出的地方红色、青紫色接连在一起。

祝靖寒起身，眼底都是寒气，他走到浴室扯了一条棉白色的浴巾围在腰上，而乔晚不知道，此刻的海城，此刻的乔氏，已经变天了。

3

祝靖寒站在窗前，眼神淡漠，指间夹着一支香烟，烟气会聚成一条长线，弯弯曲曲地向上飘，然后四散开来。

客厅没开灯，从酒店客房窗口向外看去，外面璀璨绚烂，漆黑的夜色很是喧嚣，黑色的短发被风吹得凌乱，他的侧脸坚毅俊朗，香烟在指间燃尽，有些灼烫，他垂眸将掐灭后剩余的烟头扔进了垃圾桶。

第二天，乔晚依然和祝靖寒去了周家，昨晚所发生的事情她告诉自己不要放在心上，就当被猪啃了。

来开门的依旧是那个管家，他一开门看到是昨天来的那两个人后，二话不说就要关门。祝靖寒大手推住门，眼神焦急。

"周老先生在吗？"今天无论如何他都要见到周先生，老爷子的身体情况不能再拖了。

"我说过了，老先生现在不治病了。"管家的样子很坚决，自家的先生已经三年没出诊，并且吩咐不管谁来求，一律回拒。

这样耽搁下去不是办法，乔晚有些着急地开口道："先生，能让我们见一下老先生吗？爷爷现在病重，若非万不得已，我们也是不会来叨扰周老先生的。"

那管家没有丝毫迟疑，刚想拒绝，里面便传出来一个苍老的声音。

"让他们进来吧。"

管家怔了怔，松开了拽住门的手，恭敬地将两人迎了进去。

乔晚往里面看，这声音是周老先生没错了。

院里面的花草十分美，万紫千红的一片激滟，乔晚低着头，跟着祝靖寒走了进去。老先生就坐在客厅内，代替沙发的是他身下的轮椅，他的头发已经全然花白，可是样子竟然没想象中的苍老，看年岁和祝老爷子也差不多。

老爷子淡淡地打量了几眼祝靖寒，便把目光投向了别处，当目光看到乔晚时，慈祥的脸上竟然露出了一丝笑意。

乔晚抬眸，目光恭敬地看着老爷子，总觉得这周老先生，看起来还挺眼熟的，没等她再细研究，周老先生率先开口。

"究竟找我有什么大事，要从那么老远的地方跑过来？"老爷子看了一眼走进来的管家，吩咐道，"蓝叔，茶凉了。"

蓝叔点头，知道先生的意思，把茶几上的茶壶拿着去了后面的屋子，整个别墅全部是中式设计，和外观截然不同。在国外，已经很少看到这么中国味的装修了，可见这老先生思家的情感浓烈。

祝靖寒毕恭毕敬地说："老爷子病重，希望老先生可以一同和我们回国。"

周老先生一听，然后垂下眸子："心脏病吗？"

"是。"祝靖寒也不迟疑，既然周老先生让他们进来了，这事就有戏。

周老先生点头，表示知道了。

这时候，茶已经泡好了，管家端了过来，并摆了几个干净的古香古色的茶杯，周老先生伸手示意两人坐。

祝靖寒抿了一口上好的碧螺春，入口醇香带着淡淡的苦涩。

"我可以和你们回去。"周老先生笑了笑，然后应允着，倒是那管家听到后皱了皱眉。"可是我不保证，百分之百成功不出任何问题。"

"您能跟我回去我们就很开心了。"乔晚开口，目光泛起波澜。

老爷子目光凝聚，看了一眼乔晚，脸上浮现出慈祥的笑意。

过了会儿，老爷子似乎是累了，吩咐道："蓝叔，送客。"

蓝叔将两人送到门口，然后从兜里掏出一张字条递给祝靖寒，那上面有一串号码。

"这号码可以直接联系我家先生。"老人苍老的面容上竟然带着隐晦的神色，让人为之动容，那管家似乎欲言又止，但究竟是什么都没有说就关门进去了。

乔晚转身往外走，来时坐的车停在前面，她率先上车后跟司机说了些什么就安静地坐在那里。片刻，男人也钻了进来，他身上好闻的味道沁人心脾，缓解了不少燥热，乔晚别过头，两人同处一个空间却相顾无言。

4

十分钟后，车子行驶到市区，在一家药店前停下，乔晚推开门径直下了车。

祝靖寒淡漠的眼神锁紧往一个方向走的女人，他眸光落在一处，清晰的字眼 The pharmacy 映入眼帘。祝靖寒眼皮跳了跳，下一刻眼神骤变，目光带着彻骨的寒气。

乔晚买完避孕药之后就回来了，之前知会了司机，她知道除非祝靖寒下命令，车子一定会等她的。

车门大敞着，车里面的男人还维持着她走的时候的动作，侧脸冷酷，眸光淡漠。

乔晚上了车将袋子放在靠近车门的那一侧，然后关上了车门。

"去哪儿了？"他凉薄的嘴唇微动，明知故问。

乔晚抬眸，声音不急不缓，她把两只手放在一起，目光平静。

"买药。"这两个字足以表达出她所要说的，而祝靖寒也会懂。

祝靖寒轻笑了一声，眸光竟然霎时平静。乔晚别过头，忽然，一只五指修长、骨节分明的手伸了过来，一把抓住了那袋子然后瞬间夺了过去。

乔晚一惊，她伸手要抢的时候已经晚了。

他眸光深邃犀利，下一刻那袋子便呈一个抛物线的趋势从半开的车窗口飞了出去，一个闪神，就不见了踪影。

乔晚现在有些急了，距离昨晚已经过去了十多个小时了，如果现在回去的话，她根本就不会有机会再出来买药了。

"停车。"乔晚双手扶住前面的座椅，情绪有些激动，着实让开车的司机一惊。那司机在后视镜中对上祝靖寒冷漠的眼神，知晓那眼神的意思，便继续平稳地开着。

"再不停车我就跳了。"乔晚转头，怒气冲冲地看着一脸冷漠的男人。

祝靖寒转过头来，眼中流光晃动，带着些危险。

"事不过三。"他薄唇抿起，带着危险的弧度，乔晚已经不是第一次用跳车来威胁他了，但是每一次都是他先妥协，这次绝不可能。

乔晚眼中的光芒泯灭，她也不去和祝靖寒讨价还价了，直接转身，去拽车门。

司机见状直接锁紧了车门，乔晚没有拽开。

车窗大开着，乔晚眼神一凛，双手都伸出了窗外。

祝靖寒一把揽住她的腰，强行将她给拽了回来，她倒是说到做到，还真敢跳，真是不要命了。

"你放开我。"

乔晚胡乱地挣扎，脸上带着恼怒，她要恨死他了。

祝靖寒冷着眸子也不说话，整个人周身冷冰冰的，只是压制着她的动作。

乔晚伸手去掐他结实的腰部，由于毫无赘肉，她找了半晌才找到可以掐疼他的好位置，直接下手，毫不留情。

祝靖寒只是轻微地皱了皱眉，任由她去闹也不理不睬。

挣扎中，她兜里的手机"哐当"一下掉落在地上，屏幕亮着有一个未接来电的显示。

祝靖寒单手揽住她的身子，乔晚现在整个人都趴在了他的腿上。

他俯身捡起地上的手机，滑开通讯录，这个来电没有备注的号码是海城的，祝靖寒眼神眯了眯。

"手机还我。"乔晚知道他去捡手机了。

手机信息里还有陌生人发来的照片，如果他看了，一定会以为她找人去跟踪和调查他和慕安宁的。

祝靖寒抿唇没有说话，乔晚通讯录里就那么几个人，生活单调没意思，然后他直接点进了短信息。

第一条，就是那条讯息。

乔晚身子一拱他的手，手机哐地滑到了地上，"叮"的一声给摔关机了。他的脸色立刻变得严肃，手机里究竟有什么不可告人的秘密。

祝靖寒大手把乔晚拎了起来。

乔晚深吸了一口气，脸色因为长时间地趴着，血液逆流，潮红一片。

他眯了眯眼，薄唇扬起："里面有什么东西，值得你这么紧张？"

乔晚眼神冷了冷："我怕祝总你看了没面子。"她倒是好奇祝靖寒看了里面的东西会怎么解释。

"那我可真是好奇。"祝靖寒轻嗤。

他松手，乔晚立刻安稳地坐在了一边，伸手整了整衣服，脖领处暧昧的痕迹露出。祝靖寒眸色深了深，乔晚似乎是感受到他的目光，伸手把衣领紧了紧，低头看了看发现别处也没什么不妥，才放下心来。

祝靖寒回国的那一天，海城下了大雨，飞机降落的时候已经是傍晚。

周老先生坐在轮椅上，祝靖寒细心地披了一件衣服在周老先生的身上。

老先生下飞机后，整个人不同往日的沉静，平静的眸光闪烁，神情很是激动，他不知道有多少年没有回来过了。

舒城也收到了消息，提前一天做了准备，周老先生住的地方是祝氏的酒店，离医院并不远，老先生腿脚不方便，自然是一切越方便越好。安顿好周老先生之后两人走出酒店，东时得到消息开车赶过来了。

祝靖寒站在金碧辉煌的酒店门口，大雨瓢泼在路边迸溅出水花，飞奔的轿车轮胎与地面厮磨后水花四溅。

东时下车，然后撑开了伞。

乔晚越过祝靖寒径直走进水雾中，她不打算回祝家，她要回乔家。

"祝总，夫人她……"随着两人的关系曝光，东时也改了称呼。

祝靖寒目光深沉地看着，下颌紧绷。他鹰眸一般的眼神看着走路飞快的女人，薄唇轻启："回家。"

东时撑伞看了一眼远处的女人，有些不忍。

"祝总，用不用我把伞送过去？"

祝靖寒坐在那里，眼神凉薄，他没说话，却也没反对。东时似乎是看懂了他的意思，直接向着乔晚跑了过去，然后将伞撑在了她的头顶。

"谢谢。"乔晚回头推开他，嗓音有些干涩。

"一起走吧，下着这么大的雨况且时间都这么晚了，你拦不到车的。"雨声太大，东时的声音也不由自主地变大。

乔晚笑着摇头后说道："我们不同路。"

东时抿了抿唇看了一眼路边的车。

"你回去吧。"等会儿祝靖寒该发脾气了，她不能因为自己连累了别人，祝靖寒的性子喜怒无常，她不想因为自己的破事而让人受到责骂。

东时见乔晚实在是很坚决，只是叹了一口气，眸光闪了闪，他伸手把伞递给乔晚，然后转头跑进了雨雾中。

乔晚撑着伞缓慢地把伞拉低，她伸手摸索出兜里的手机，屏幕黑漆漆的，这才想来，自从飞机上下来还未开机。

车子一辆一辆地奔驰而过，她招手拦车，无一次成功，身后的那辆车一个利落转弯，开了出去，乔晚低了低头没去看那车尾。

大雨冲刷着车玻璃，东时不禁揣摩坐在后面人的心思，慢慢地说道："这外面这雨下得这么大，估计不好打车。"

东时通过后视镜看了祝靖寒一眼，见他眸光无波，抿了抿唇。

"今天气温一下子就降下来了，之前晴天的时候还三十几度呢，今天直接十度了，这要是穿得薄都受不住。

"总裁，你说这乔家离这里多远啊？

"祝总，天气预报上说这雨要下个一天半呢，暂时是停不了了，路边都有积水了。

"祝总，你看外面，雨势真大，今年海城好像特别能下雨。

"祝总······"

"闭嘴，好好开车。"他的眸光深邃犀利，终于开口，仿若冰冻，东时一下子就没了声。

许久后，东时冒死开口："总裁，今天真的挺冷的，夫人现在肯定打不到车回家，穿得又那么单薄，该冻坏了。"

不为别的，东时是真的放不下乔晚，一个那么柔弱的女人。

祝靖寒眸光一挑，那寒气逼人的眸子直接映入他的眸子之中，他愣生生地察觉到了危险的气息。

他家总裁，该不会是吃醋了吧？他家总裁，该不会是误会了什么吧······

东时一想到这种可能，就觉得脊背一凉，要知道祝靖寒可是那种若是喜欢了什么东西，哪怕别人多看一眼，都要把别人眼睛挖下来的狠角色。

想到这儿，东时便什么也不敢说了。

5

乔晚哆哆嗦嗦地撑着伞站在那里，感觉脸都要冻僵了，实在是拦不到车她摸索出手机打给乔楚，不知道为何，那边接电话的速度有些慢。

"小晚，你回来了吗？"男人的声音温润好听。

乔晚看了看四周后说道："我回来了，但是现在打不到车，你能不能来建设街这边接我。"

"好的，你去找个能避雨的地方待着，我马上就过去。"乔楚在听筒里可以清晰地听到，巨大的雨滴砸落在伞顶的动静，他断定乔晚现在一定在路边站着。

"你别着急，慢慢开车。"乔晚转身往酒店门口那边走并细心嘱咐着。

乔楚应允下来，听她的语气似乎还不知道家里的事情。乔楚跟乔爸打了个招呼后才出门，一家人商量好，这件事情暂时不要告诉乔晚，他们再想想办法。

乔楚将车子开得飞快，乔晚所报的地址是建设街祝氏在海城的一家连锁酒店。

　　很快，他便开车到了那里，他的目光从车窗向外看过去，依稀看得到酒店门口最边角的位置上有人站在那里。将近二十年的相处，乔楚一下子便认出了那是乔晚，他迅速地打开车门下了车，然后往那边冲。

　　乔晚的身上还穿着裙子，现在冻得她直哆嗦，海城下起雨来是非常冷的，就像是寒流入侵一样。

　　看到乔楚的身影后，乔晚期待的眸中闪过光芒，她撑着伞往乔楚那边跑，两人会合后快速地上了车。

　　乔楚本来干爽的身上淋了个透彻，乔晚也好不了多少。

　　"祝靖寒呢？"乔楚就纳闷了，抢人的时候怪厉害的，怎么出了一趟国连人也不往回送了。

　　乔晚不语，乔楚直接转换话题继而说道："你看，为了接你我又得感冒了。"

　　乔楚指了指自己湿透的衣服，笑意无害。

　　"你要是感冒了我照顾你。"乔晚接过乔楚递过来的干毛巾擦着头发，两人一路上都在愉悦地说话，只是谁也没料到的是，这么清冷的大雨天乔家门口却是热闹得很，门口停了好多辆警车，看起来甚是壮观。乔楚只觉得出大事了，在这个节骨眼上，警察怎么会找上门来？

　　乔晚更是一头雾水，这是发生什么事了，为什么门口停了这么多辆警车？

　　"哥，我走的这几天没出什么事吧？"乔晚眼神复杂地抓住乔楚的衣服袖子。

　　"没有。"乔楚安抚着乔晚，迅速下车。

　　乔晚跟在乔楚的身后，两人一前一后地冲进了屋子里。

　　乔晚最先看到的就是母亲拽着警车哭泣的样子，父亲则被两个警察一左一右地抓住，而且被铐起来了。

　　乔晚心里一凛，走到母亲那里抱住她的手臂，扶着她站起身来。

　　乔晚逼迫自己镇定下来，现在的状况不允许她慌张。

　　乔楚冷眸眯起，沉声地说道："都给我出去，你们这是私闯民宅。"

　　那警察突然笑了一下，然后拿出一张单子。

"不好意思，我们接到有关于乔氏执行官涉嫌受贿并私挪公司公款的举报，这是拘捕证明，现在我们是要带人回去审问，请不要妨碍公务。"

"请你们调查清楚后再来，你们找错人了。"乔晚才不信，父亲怎么可能受贿和私挪公款呢？

警察轻蔑一笑，然后摇了摇头。

"我们这不是要带人回去好好调查吗？乔小姐请你不要妨碍公务，否则连你一起带走。"

那警察说完，给其余的人使了一个眼色，就要带乔爸走。

乔楚一下子拦在了警察的面前，一双眸子漆黑："给我把人放了。"

乔爸一生清廉，这么被人带着向外走，乔楚心里说不出的难受。

"放心吧，没事的。"乔爸开口宽慰着一双儿女，身正不怕影子斜，他没做过的事情他不会承认，只是谁也没发现乔爸看妻子儿女的目光里多了一丝忧虑。

乔楚眼神不明，他知道牢里不见光的手段太多了，有多少屈打成招，就有多少不为人知的事情，如果这事是有心之人做的，那么父亲进去后就危险了。

乔妈连半句话都说不出来，俨然哭成了一个泪人。

乔爸最终还是被警察带走了，乔晚眼眶红红的更是着急，但是她没表现出来，现在母亲已经够难受了，她不能添乱。

"妈，会没事的。"乔晚上前扶起乔妈后宽慰道。

乔妈抓住乔楚的手后急切地说道："楚儿啊，你得想想办法救救你父亲。"

这几天，事情来得都太突然了些，一件一件接踵而至，根本让人没有喘息的余地。简素珍不在乎乔氏，但是她在乎自己的丈夫，连日来的阴霾让这个本来明朗的女人有些喘不过气来。

乔楚点头，他心里比谁都明白，而且父亲年纪大了，也经不起里面的折腾。

乔晚好不容易照顾着母亲睡下，她走出卧室然后轻手关上门。

乔楚站在窗前正在抽烟，他薄唇里渐渐吐出烟圈，脸色在烟雾中阴沉不定。

"哥，你是不是有事情瞒着我？"凡事没有突然一说，这些事情必定是有前因后果的，而乔楚百分之百对她有隐瞒。

"太晚了，去洗个澡睡觉吧。"乔晚身上的衣服还没换，皱巴巴的样子，让乔楚越发揪心。他猛地吸了一口烟，烟火燃尽，他把烟蒂扔掉，然后又从烟盒中拿出一支。

"我不在的时候，家里出事了对不对？"

乔楚低头点燃香烟，打火机淡蓝色的火光熄灭，他眸光黑沉沉的，他该怎么和乔晚说这几天来连续发生的糟心事，他该怎么告诉乔晚，乔氏很可能要倒闭了。

一夜之间，所有跟乔氏合作的大小公司全都停止合作，他们甚至愿意赔偿违约金，可是那些违约金根本就不够弥补合作停滞所带来的经济损失，公司一下子陷入了绝境。

现在只有祝氏没违约，可是和祝氏的合作案在三个月之后才能完结，如今根本没有利益可赚，自然堵不上公司的亏空。而这背后之人究竟和乔家有多大的仇恨，现在甚至不惜污蔑乔父，让乔父锒铛入狱。

"哥，你倒是说话呀。"乔晚只觉得心口闷疼，为什么母亲什么都不说，父亲什么都不说，乔楚也什么都不说，为什么要瞒着她？

乔晚眼神迷茫猛地抬头，突然出声："是祝靖寒做的吗？"

乔晚不知道自己是以何种心情说出这话的，只觉得心里有什么东西在垮掉，她刚触及了他的逆鳞，乔家便发生了大事，这难道是巧合吗？

乔晚心里仿佛扎了一根刺，喉咙中一阵腥甜。

乔楚眼神错综复杂，沉声说道："我不知道。"

他一点头绪都没有，根本不知道幕后黑手是谁。

可是乔晚心中已经认定是祝靖寒做的手脚。她冷冷地笑，在祝靖寒计划着怎么让她父亲锒铛入狱的时候，她和他在干什么？

乔晚双手攥起，一双眸子充斥着怒火，她转身就往门口跑。

乔楚见状，一下子将她拦住："你干什么去？"

"我要去找他。"乔晚要去问清楚，难道这两天就因为她惹恼了他，所以他就把她父亲弄进了监狱？

"小晚，应该不是祝靖寒做的。"平心而论，祝靖寒没有这样的动机，更何况他做人一向光明磊落不会用卑鄙的手段的。

"既然连你都不确定，我就该去问清楚。"

"不行，你太冲动了。"乔楚脸色严肃了许多，别的什么事情都可以依着她，唯独这件事情不行。乔晚若是去指控或者质问祝靖寒，这两个人的感情就真的伤着了。

乔楚脸色一冷将乔晚关在了楼上的卧室里面，她越发着急，声音有些可怜："哥，爸怎么办？"

"再等等。"乔楚抿唇，不忍心向她发火。

她坐在卧室内的大床上，心里不知道是什么滋味，她和他说的话句句真实，他应该不会仅仅因为她"抢"了慕安宁功劳就转身对付乔家吧。

乔晚拿出手机打开通讯录，看着上面她为他备注过的名字。

这么多年以来，祝靖寒在她通讯录里面的备注从靖寒变成了祝靖寒，然后再变成了祝总。她心里有些难过，是不是当年她救人的时候就做错了，明明是她救了他啊。

乔晚知道如果现在出去，她势必会被乔楚拦下，所以她在等机会。不知道过了多久，身上的衣服都干了，乔晚僵着腿起身然后轻轻地打开门，客厅内一片黑暗。

她蹑手蹑脚地下了楼。

拿了乔楚兰博基尼车的车钥匙，乔晚悄悄出去，奔向车库。

外面的大雨没有停歇的趋势，她打开车库门顺利地找到车，上车后熟练地将车倒了出去，一个帅气的转弯，她开着车出了乔家。

一路上乔晚都在想，见到祝靖寒她该怎么说，如果质问过后根本不是他做的，她该怎么办？

大雨滂沱，乔晚眼睛湿了又干，干了又湿，她现在哭都没脸哭。

她要去的那里是她无比熟悉的地方，那里有她太多的憧憬和不舍。

乔晚将车子停在屋外，冒着雨冲了进去，她按动密码后开了门，心情忐忑地走入祝家，客厅里面一片黑暗。

她伸手打开灯，就在不远处的人影让她呼吸一滞。

他就坐在那里，洗完澡干净的样子，与她现在狼狈的样子形成了鲜明的对比。男人的头发随意地散在额头，墨色的眸光微冷，冷漠地看着就这样没任何预兆冲进来的女人。

他勾唇一笑，伸手拿起红酒杯，修长的手指在杯沿摩挲，酒红色的液体，在赤黄色的灯光下摇曳，配上男人此时的样子竟然分外妖娆。

"祝靖寒，你是不是暗地里对我家动手了？"

祝靖寒眸光一凛，他对她家动手？他猛地起身将酒杯一下子甩了出去，透明的玻璃杯身撞击在玻璃上，发出巨大的碎裂声。

"乔晚你给我把话说明白！"祝靖寒深邃的眼底冷寂肃杀。

乔晚一哽，眼眶酸涩："我爸刚才被警察带走了，说是受贿和私挪公款，我就问你一句，这是不是你指使的？"

他高大的身子缓慢地靠近狼狈的她，眼神没什么温度，空余一声冷笑："原来在你心里我就是那种背地里使用下三滥手段的人。"

他也是才知道乔氏被多方面撤资的消息，乔晚父亲入狱的消息更加令人吃惊，他眸光冷冽转身上了楼，"砰"的一声将卧室的门关上。乔晚孤单地站在那里，眼中一片死寂。

祝靖寒拨通了一个号码，那边接通后便传来一阵清晰的笑声。

"你的反应比我想象中的还要快。"

男子冷冰冰的笑意传进祝靖寒的耳朵，祝靖寒眸子一冷，薄唇轻启："是你做的？"

"没错，是我做的。"

"林倾，马上去警局保释乔晚父亲。"他声音凉薄，乔晚落魄的样子在他脑海中闪过，又生气又心疼。

"这我恐怕做不到。"林倾冷冷地笑了，他想要的还在后面，怎么能现在就收手？

"祝靖寒，如果你念着我们是朋友的份上，就别插手这事，乔晚那女人，真不是什么好女人。"

"林倾，如果你现在收手，过去的事情我既往不咎，乔晚那天出车祸，我知道和你有关系。"

"哦？"林倾笑笑，倒是有些诧异他所得知答案的速度。

祝靖寒寒眸敛起，他手中有慕安宁衣服上的扣子，车子从海里捞出来之后，这枚扣子就紧紧地贴在座椅的下面，只是经历过海浪那么大的冲刷，扣子怎么会那么服帖地贴在那里？放置的位置也不显眼，显然是为了做得更逼真一些。

"你果然很在乎乔晚，否则这个东西你也不会发现了。"

林倾当初想得很周全，祝靖寒即使发现了真相，也不会去跟乔晚商量和解释，他就是这种男人。

如今，乔晚认为祝靖寒为了保护慕安宁，故意没提交物证，虽然那件事确实不是慕安宁做的，但那天去破坏刹车线却是一个女人，这种简单的任务出高价雇佣谁都愿意做。只是他没想到祝靖寒会那么快就查到，如果他没预料错的话，祝靖寒很早就知道这件事了。

不过这其中也有慕安宁的功劳，若不是她他也不会知道内部消息，有足够的时间来部署这场谋杀。可他没想到乔晚在祝靖寒心里的地位，比他想象中的还要重要。

祝靖寒心里阵阵发紧，他知道乔爸的事情只能由他想办法了。

"你好自为之。"他说完，便在林倾的笑声中结束了通话。他调整了一下情绪，旋即转身将门打开，从卧室门口向下看，乔晚还倔强地站在那里，衣服皱皱巴巴，还是他带她从国外回来所穿的那一套。

他下去之后才发现她的脸色多少不正常，他将手背贴在她的额头上，神情不似刚才那般冰冷。

"去洗个澡然后好好睡一觉，你淋雨了很容易发烧的。"他虽然生气，可是也看不下去她这样难受的样子。

乔晚嘴角苍白地点头，她突然抓住祝靖寒的手，眼神里带着乞求："靖寒，看在我们夫妻一场的面子上，你救救我父亲好不好？"

"我答应你。"祝靖寒望着她的眼睛，脊背挺得笔直，橙黄色的光落在他线条硬朗的后背上，显得他越加英气逼人。

6

次日，噩耗传来，乔氏现任董事乔政中在狱中自杀。

消息一出，全城轰动。

祝靖寒赶到的时候，只来得及看到被蒙住白布推出来的乔爸的尸体。

东时站在一边，脸色悲然。

"祝总，乔总后半夜就在狱中自杀了，我来的时候就已经晚了。"

今日凌晨的时候，他得到祝靖寒的指示去警局保人却晚了一步。

祝靖寒五指收紧，他拦在担架车前，神情十分严肃。

"东时，找人来重新检查。"

东时知道祝靖寒的意思，他信不过警局里尸检的结果，自杀还是他杀还不能定论，警察局长看到了祝靖寒之后，唯唯诺诺就过来了。

"祝总，昨天后半夜的时候，乔董撞墙自杀了。"

警察局长没有骗人，乔政中是重点要审问的人员，昨日半夜审问无果，便决定第二日再问。谁知道半夜的时候他先要了纸笔，写完东西就见他起身突然撞墙了，拦都没来得及拦住。

祝靖寒神色不明，他伸手掀开那白布，看着乔爸睡得安详的脸，说不清现在心里是什么感觉。往昔他去乔家吃饭的时候，乔爸总是很亲昵很热心地招待他。

祝靖寒咬牙，眼眶中泛起红圈，他站在那里，拦着不让人走，警察局长没办法，只能请他进去。事故发生的地方是有监控的，因为是暂时拘禁的地方，与警察办公区只有一墙之隔，墙壁上的血迹鲜明，令祝靖寒的五指收紧。

他淡漠的脸上呈现出寒光，监控中显示的时间是十二点十分，乔爸问值班的警察要了纸笔，等到值班警察出去后，唰唰地落笔写完字之后，又将折好后的纸张放在兜里，然后起身撞向墙壁，当场死亡。

消息通知到乔家的时候，乔妈当场昏厥。

乔楚和乔晚第一时间赶来，乔晚在没亲眼看到的时候根本不相信，她明明让祝靖寒去救父亲的，怎么可能会出事呢？

祝靖寒高大的身形站在那里，阳光下笔挺的身姿带着落寞。

乔晚下车，步子跌跌撞撞，她双手攥紧，直接越过祝靖寒跑到乔爸所躺的地方，她纤细的手指缓慢地触到乔爸露在外面的手臂，早已经冰凉坚硬一片。

"爸，你别跟我开玩笑了。"乔晚俯身，嘴角颤抖，她缓慢地跪下，将脑袋放在父亲的手臂上。

"昨晚你跟我说今天就回来的，你从来都不会骗我，这次为什么要撒谎？"乔晚死死地咬住嘴唇，不受控制地哭泣。

祝靖寒走到乔晚身边拉起她的手臂，然后将她用力地揽在怀里。

乔晚抬头看到是祝靖寒之后，她扬起手狠狠地打了他一巴掌，也不知道是哪里来的力气，乔晚一下子将祝靖寒推开。

她的目光带着前所未有的恨意与绝望。

"祝靖寒，只要我活着一天，我都会记得你，我恨你！"她喊得大声，声音甚至沙哑。

"乔晚。"祝靖寒往前走，伸出手要抓她的手，乔晚用力挥开他的手臂。

"你给我滚，是你害死了我父亲，你别碰我！"

"夫人，不是祝总。"东时走上前，替祝靖寒解释着。乔家的事情和祝靖寒一点关系都没有，他不能看着两人的关系就此变成了仇人。

乔晚目光狠狠地看向祝靖寒，她不断后退，后退到乔楚的身边。

"的确不是祝总。"刚才就停在这里的一辆车上下来了一个人，林倾身上穿着一身黑色的正装，他嘴角带笑，然后走到乔晚的身边。

乔晚抬头望着林倾，目光悲恸。

"因为是我做的。"林倾的心里其实并没有特别痛快，乔爸的死是他没有预料到的，他只不过想整整乔家罢了。

"可是我做的又如何？乔晚，这一切都源于你，要不是你顾珩不会变成现在这样子，他的腿因为救你被重物砸伤，还因为你差点死在里面，所以都是你自找的，你活该！"

乔晚整个人仿佛掉落了深渊，她抬起双手捂住脑袋。

祝靖寒一把抓住林倾的衣领，死死地收紧力气。

林倾冷笑，依旧对乔晚说道："究其根由，这全都是报应。"

林倾甩开祝靖寒的手，目光阴狠。

乔楚伸出右手，拳头挥出去，重重地打在了林倾的侧脸上。

林倾被打得后退了几步，乔楚上前拽住他的衣领，目光寒气逼人。

乔楚眼眶猩红一片，如雨点般的拳头就这么落下来。

林倾却毫不反抗，任由乔楚一拳一拳地砸了下来。

祝靖寒看着乔晚，只见她神情恍惚地走到乔爸身边，伸手遮了遮上头的太阳，她将把白布遮起，目光一下子变得平静，死寂得让人生畏。

"把人带走吧。"她不舍得让父亲死后还这么没有尊严地晒着，她不想让这些人像看猴一样地看着他们一家。

乔晚闭了闭眼，突然有些累："哥，我们回家。"

"好，回家。"乔楚收回已经出了血的拳头，将乔晚拥在怀里。

祝靖寒身子笔直地站在那里，东时更是一言不发。

乔晚脚步瘫软，意识有些模糊不清，素白的脸上都是泪水。

一辆印有海城标志的出租车停在了路边，一个老年人率先下车，然后把轮椅弄好，再扶车上的另外一个老人下车。祝靖寒的目光落在那人身上，正是昨天刚来海城的周老先生，周老先生被蓝叔推着走了过来，直到轮椅停在了乔楚的面前。

蓝叔看到乔楚后，然后深叹了一口气，对着乔楚叫道："少爷。"

乔晚在泪光中辨别着来人，却在蓝叔称呼的时候，脸上浮现出疑惑。

"外公，蓝叔，你们什么时候回来的？"

周老先生却是叹了一口气，没想到这一回来就参加了自己女婿的葬礼。

乔晚这下明白了，这周老先生是乔楚的外公，也就是乔楚生母的父亲，怪不得他几乎毫不迟疑地就跟着他们来了海城。

"回去再说。"周老先生看到新闻之后就来了，他本来是不想透出和乔楚的这层关系的，毕竟，他不想给乔楚带来困扰。

乔楚点头，周老先生看着乔晚难过哭泣的样子，心里也是难过，一个好好的人就这么没了，作为子女会是什么样的感想。几人坐进了乔楚来时开的车，乔晚低着头，她现在什么都不想想。

祝靖寒还站在原地未动，他眉色清冽，一直望着那辆车离开，车里的女人却始终再也没抬头看他一眼。

而所有人都没注意到的是，街对面的一辆加长黑色商务车里，一个年约六十五岁的老人脸色释然，嘴角带着冷意。

7

乔妈在医院依旧昏迷着，依照乔楚的意思，乔爸被送进了医院的太平间，因为乔妈没有见到乔爸生前最后一面，等她醒了这一眼总要看到的，省得余生后悔。

乔晚就待在父亲那里，乔楚陪在边上，她想不通为何父亲会撇下整个家就这么走了。

乔楚给父亲换了一身新衣服，他的手里拿着一张折起来的纸，是从乔爸换下来的衣服兜里发现的，单薄的纸背面，只简单地写着"给孩子"几个字。

乔楚看完后交给了乔晚，她的手开始发抖，缓慢地打开纸张，看到字体的那一刹那，瞬间泪如雨下，

上面用整齐的字体写了四个字"好好活着"，这四个字让乔晚痛得肝肠寸断。

乔晚一下子跪在地上，单薄的信纸飘在地上，她握住乔爸冰凉的手，眼神前所未有的坚定。

"以后，我会堂堂正正地活着。"

周老爷子就等在外面，他将事情打听清楚了个大概，这乔家和祝家的关系好像彻底僵了，他突然想起这次来海城的目的。他向乔楚解释了来意，而乔楚听到后，眼中闪过一抹精光。

"祝家人，救还是不救？"周老先生提出这个疑惑。

乔楚冷然一笑，好歹他也分得清楚，祝家和这次事件毫无关系。

"救，为什么不救？"救祝靖寒的爷爷，换乔晚的自由，值了。乔楚就不信祝靖寒会为了挽留乔晚而放弃老爷子的生命。

乔晚恍惚地走到乔妈的病房里，乔妈却早已经醒了，她躺在那里，一张清丽的脸上苍白苍白的。

看到乔晚，乔妈猛地坐了起来，苍白的脸上带上一抹笑意。

"你爸呢？他怎么没和你一起回来？"

乔妈不信，她宁愿相信那些报道和新闻都是假的。

乔晚眼里露出悲伤，她走到母亲面前，然后伸手抱住了母亲的肩膀。

"妈，爸他再也不会回来了。"

乔妈一下子愣在那里，她的目光直直的，然后眼泪流了下来。

"我不信，你带我去见他。"

乔晚带着母亲去看了父亲最后一面，整个空间内都是肝肠寸断的哭声，哭过之后母亲却渐渐地平静了下来，她伸手抚摸着乔爸的脸。

"你再等我几年，等到孩子安了家，我就去找你，你在那边要好好地吃饭，别饿坏了胃。这一辈子呀，老是你迁就我，你让着我，下辈子，我们还在一起，下辈子换我来让着你，老伴。"

乔晚和乔楚站在那里，从今以后，世上再无他们的父亲。

乔妈久久地不肯走，就那么坐在那里，一遍一遍地说着，似乎是要把之前欠下的话都说完，说到最后已经泣不成声。

她后悔，没好好地给他买一件衣服；她后悔，哪怕前几天，她还在跟他闹别扭；她后悔，这一辈子，她都没让过他。

"政中，这一辈子你都在等我，如果有下辈子，换我等你。"

周老先生在门外，他低下头捂住心口，当初女儿死的时候，叫的一直都是乔政中的名字，但是乔政中最爱的是里面那个女人而不是他的女儿，哪怕乔楚的出生，都是一个意外。

乔妈病倒了，等她睡下乔晚才从病房里面出来，她现在连坐都坐不下，觉得心里空落无光。

走廊里传来沉稳的脚步声，她哪怕再累也知道来人是谁，祝靖寒在她的心里就是熟悉到如此的地步。她的心里发堵，觉得他还不如给她一刀来得痛快。

许久，他站在了她的面前，他伸出大手抚住她的脸颊，一双眸子里是无尽的荒凉。

"对不起。"他去晚了,没能拦住林倾。

乔晚嗤笑一声,推开了祝靖寒的手,冷漠地说道:"你走吧。"她的心脏像被台风席卷过,把她心中余下的那一抹温度,刮得血肉模糊。

就算不是他做的又如何?她已经无力去应付这样的婚姻。

祝靖寒一身黑衣,他将手放在她的肩膀上,眸间一片苍凉。

"别原谅我。"他突然出声。

乔晚现在的样子就像生无可恋,他感觉到从未有过的惶恐,她的眼底没有恨意,一个人最可怕的便是她的心里连恨都不愿意恨他了。

乔晚笑笑,她就那么低着头,像是在陈述一个事实。

"祝靖寒,我真后悔那天去救你。"她语气很轻,对自己爱了那么多年的男人说出这话,如何不心如刀绞。

如果那天她不去,顾珩就不会出事,林倾也绝不会变成现在这个样子,他也绝不会对乔家动手。她脸上冰冷的笑意溅溢开,只是那样,这世上可能再也没有祝靖寒了。如果能重来,她绝对会离他远远的,这样的男人她碰不得,一碰就像中了绝命的毒。

"晚晚。"他面容悲凉。

那个不可一世的男人头一次露出这样的神情,乔晚似乎是想到了什么,抬头望着他的眼睛。

"放心吧,你爷爷的事情,不会有差错的。"乔晚以为他来这里找她,就是怕周老先生因为乔楚的关系不治祝老爷子了。

祝靖寒沉默良久,一把把乔晚圈在怀里,下巴轻轻地搁在她的脑袋上,然后大手扣住她的后脑勺,生怕一个不留神她就消失不见了。

"我不是这个意思。"

乔晚冷冷地勾唇说道:"我们离婚吧。"她再也受不了了,看到他她便会想到那天漫天大火,她会想起这些年的孤注一掷。

祝靖寒的心里仿佛被锋利的刀片割了一个大口子。

"我们重新开始好不好?"

他身上带着好闻的淡淡烟草味，这熟悉的味道，却让乔晚第一次感到彻底累了。她伸手推开祝靖寒，然后笑了。

"你我从未曾真正在一起过，何来重新一说？"她转身走开，只留祝靖寒一个人待在那里。

她走了两步之后突然回头，对上祝靖寒苍凉的目光，红唇轻动："祝靖寒，我祝你和慕安宁百年好合。"

祝靖寒眸光一紧，长睫毛下是掩不住的落寞。

Chapter 04
后会无期

1

　　乔爸的葬礼是在家里举行的，那天漫天阴霾，不知道是不是老天爷知晓了什么，这些天的海城，一改往日灿烂的日头，几乎天天不见太阳。乔爸生前人缘极好，所以前来吊唁的人很多，清冷的天气，热闹的乔家别墅，只不过每个人都沉默着。

　　乔晚穿着一身黑色衣服，胸口处别着一朵小白花，她跪在乔爸的遗像前，低着头一言不发。简素珍跪在一边低头抹着眼泪，只不过两天的光景一切都变了。

　　灵堂里面摆放着花圈，前来吊唁的人络绎不绝，走了一批又一批，乔晚始终低着眸子，不去和任何人交流，也不说任何话。

　　舒城来得很早，他知道这个消息之后，很震惊，很悲痛。

　　乔晚跪在那里，舒城满是心疼，他走到乔晚面前后蹲下身子。

　　"晚晚，别太难过，节哀顺变。"他此时无法说出别的话来安慰乔晚，作为一个医生，本该看惯了生死离别的，可是现如今乔爸的死，让他整颗心都难受了。

　　乔晚抬起头看向舒城，然后轻轻点了点头。

"我知道,我会好好的。"她声音哽咽。

舒城大手搭在她的肩膀上,红了眼眶。

许久后,祝靖寒出现在了所有人的视线内,他穿着一身严肃的黑衣,手里拿了一朵白菊,走到乔爸巨大的遗像前,把手中的白菊放在之前来的宾客所摆放的白菊旁边。放好之后,他跪在了那里,低头给乔爸磕了三个头后起身,他走向乔晚。

乔晚低着头,只看得到他锃亮的皮鞋和昂贵的黑色西裤。

祝靖寒抿唇,在她的身旁跪下,她没有去赶祝靖寒,就算再不想见到他,可是现在是父亲的葬礼,她不会在这里闹的,她要让父亲走得安心。

乔妈的情绪一直不稳定,乔楚看了祝靖寒一眼,一言不发,来人逐渐减少,本来就没什么光亮的天气,此刻更是阴沉沉的。

许久后,门堂冷清,只剩下一家人,而天也已经黑了下来。

"妈,你去休息吧,剩下的我和哥处理就好了。"乔晚突然出声,她已经不是那个有资格在父母怀里撒娇的乔晚了。

"乔楚,你带我妈上去。"

乔楚知道她的意思,便接过乔妈的手臂,扶着她上去了。

乔晚看着乔妈的背影,然后一言不发缓慢地走到乔爸巨大的遗像前。这张照片还是从全家福里截下来的,父亲很少拍照片,但是这张笑得灿烂。她纤细素白的手垂在两侧,目光决然,泪腺如同崩坏一般席卷了她的面容。

"看来我们来晚了。"一阵脚步声响起,并伴随着男人戏谑的声音。

林倾和江素就这样出现在门口。

乔楚也已经走了下来,锋锐的眸光落在门口的两人身上,神色讳莫如深。

乔晚猛地回头,眼里迸发出恨意,手指攥紧。

"你来干什么?"

"来这里当然是来吊唁的,怎么,不欢迎?"林倾目光看向乔晚。

乔晚手指甲陷入手掌心里,一阵刺痛。

乔晚咬牙,沉着声:"这里不欢迎你。"

江素目光沉了下去,为什么所有人看林倾的目光都那么恨之入骨?

乔楚的眼神滑过江素，眸光彻寒，那一眼看得江素胆战心惊。

林倾没理会乔晚的话，走上前去放了一朵白菊，在看到乔爸的遗像那一刻，沉着的脸上出现一抹令人难以察觉的沉痛，但只是一瞬间，他便神色如常。

江素跟着林倾把手里的白菊放上，然后跪下，给乔爸磕了个头。以前，她也曾跟着乔晚来过乔家，乔爸对她很好，她还记得。只是世事无常，一个好好的人就这么没了。

乔楚大步下楼走到江素身边，大手拉起她的手臂把她整个人都拖了出去。林倾眸色一凛，他伸手去拽江素，却被乔楚一拳头打到了地上。江素还未来得及回头看林倾，便被乔楚拖着走了老远，林倾见状，起身之后直接追了出去。

一瞬间，偌大的灵堂里，就只剩下了乔晚和祝靖寒。

她低头收拾着东西，祝靖寒目光悠远，看着她的样子叹息和沉默。

他看着这里的一切，冷冰冰的，好像都沉睡了。

"去吃饭吧。"乔晚气色不太好，今天一天更是没吃东西，可他的手刚触碰到她的手腕，她就像是被刀扎一般缩了回去。

乔晚抬头，目光比想象中的还平静："你走吧，我不想在这里跟你吵。"

祝靖寒没再靠近乔晚半步，目光带着疼惜："先吃饭去好不好，看你吃完饭我就走。"

乔晚满身抗拒，祝靖寒没有办法只能将她扛在身上走了出去。他把乔晚塞进车里，然后跟着坐了进去，一直坐在车里的东时，看到此情此景当即将车开走，车速快到把看到这情况后追过来的乔楚撇得老远。

乔晚伸手去开门，开门无果她便起身去抢前面驾驶位上东时的方向盘，一瞬间整辆黑色布加迪威航像是失了控的黑马，在马路上左右窜行。

祝靖寒大手抱住乔晚的腰一下子把乔晚给拽了回来，东时这才松了一口气，刚才争夺的过程中，他的后背已经出了汗。

"吃完饭我就送你回去。"祝靖寒的声音很冷静。

乔晚转头，看着他的脸，扬起手一巴掌就扇了过去。祝靖寒躲都没躲，清脆的声音在寂静的车厢内响起，就连东时心里都猛抽了一口凉气。

祝靖寒的样子冷冷的，他要是不带她去吃饭，她肯定不会好好照顾自己。

"祝总，后面好像有车跟着我们。"东时蹙眉，然后开口。

身后一辆古斯特好像是从岔路口窜出来的，然后紧紧地跟着，不远不近的距离。祝靖寒回头，不期然地就看到了东时所说的那辆车。

他眸子一寒，冷声说道："甩开。"

东时瞬间加快了车速，两辆车在拥挤的马路上追逐着，绚烂的车技，高速的车速，就像是一场搏命的飙车。

没一会儿，东时一个大转弯，直接甩开了跟在后面的古斯特。

"祝总，你知道那是谁吗？"东时疑惑，应该不是乔楚才对。

祝靖寒眼眸幽深，低沉出："顾珩。"

他感觉到刚沉静下来的女人在听到顾珩这两个字之后，身子猛地颤了一下，他的眸子也沉了下来。

东时开车载着两人去了附近的一家饭店。

祝靖寒先行下车，带着她进去后，将她按在座位上，拿起菜单将两人的份都点了。

"什么时候办离婚手续？"乔晚冷冷地看着祝靖寒。

"不离，我给你冷静的时间。"他知道如果现在放乔晚走，他和她可能就再也没有以后了。

乔晚起身坐在了他对面的椅子上，手机在兜里振动，上面是乔楚问她在哪儿的信息。她一言不发把地址给他发了过去，然后将手机揣在了兜里，饭菜上来后她拿起筷子低头吃饭。

看着她好好地吃饭，祝靖寒就放心了。

2

夜色阑珊，海城亮起夜灯，灯火通明的世界，一切看起来那么暖，祝靖寒沉着眸想着该如何处理林倾。

乔晚一口一口吃得极慢，祝靖寒看了外面一会儿，目光又重新落在了她的身上。她乌黑的长发扎起，干净利落的模样。

门口的旋转门被人推动，一个男人跑了过来，只不过步子听起来一点都不整齐，等到看到了坐在那里的人后，那男人的步子放慢，他身上穿着一身黑色的西装，本来赶着去葬礼，却意外得知乔晚被强行带走的消息。

男人放慢脚步，一步一步地走了过来，只不过，却没有走到正在吃饭的两人身前，他在乔晚身后隔了一桌的位置上坐下了。顾珩笑了笑，冲着祝靖寒做了一个嘘的手势，他只是想来看看乔晚还好不好，他最看不得乔晚难过了。

要不是晚上他看了新闻，他还不知道乔爸过世的消息。他匆匆过去的时候，乔爸的葬礼已经结束了，只有乔楚一个人在那里，告诉他："乔晚被人带走了。"

顾珩这才着急也没问是谁，便跑了出来。他看到了一辆车急匆匆地开走，便开车去追，可是前面的车发现了他的追行，没十分钟便把他甩开了。

后来乔楚发了地址给他，他才赶了过来，但是如他所想，带走乔晚的人是祝靖寒没错。

乔晚正在低头吃饭，祝靖寒的目光温和。顾珩深深地看了乔晚的背影一会儿，然后起身离开了。

医院来电话说祝老爷子情况不好，祝靖寒把乔晚送到家后便离开了。

乔晚站在门口，然后深吸了一口气，她感到家里一下子就冷清了。她迈步往前走，路边的路灯澄亮，为这黑夜添了一抹诡异，她伸手去推门，却在感觉到什么后，动作猛地顿住了。她转过头，脸上闪过一瞬间的惊讶，却没法出声。

男人目光澄澈，一如多年前的模样从未改变，他离她还有几步远的距离。

男人迈动步子。

乔晚伸手捂住嘴，目光氤氲，他的腿怎么会这样，怎么会变成了这样？

"阿珩！"她哽咽出声，顾珩将她揽进温热的怀中。

"别难过，还有我。"乔晚一下子哭出声，在顾珩面前，她所有的愧疚和悲伤都化作了泪水和委屈。

顾珩拥着乔晚，长睫毛垂着。

"阿珩，对不起，对不起，对不起。"乔晚哽咽。

顾珩却是笑笑，温言开口："不是你的错，只许今晚一次，以后不准再哭了，你知道我不舍得你难过。"

　　三天之后，乔晚带着顾珩去了墓地，从墓地出来的时候已经是傍晚了。乔晚扶着顾珩一步一步地往下走，葬礼他未赶得上，他这是来看看乔晚父亲的。

　　两人走到外面的时候顾珩突然停下脚步，他低头看着这几天整个人都瘦了一大圈的女人，他伸手摸了摸她的脑袋，目光温润。

　　乔晚看着他的腿心里十分不是滋味。

　　"阿珩，你的腿真的不能好了吗？"

　　"能好，我送你回家。"顾珩笑着宽慰道，这是永久性的伤害，是不能恢复的。

　　车子开到乔家后，两人站在门口，乔晚双手握在一起，而后抿唇。

　　"天晚了，你快回去吧。"顾珩点头，但是没有马上走，他伸手抱住乔晚，乔晚一僵却没推开。

　　"以后有事情的话，第一时间找我，我会帮你的。"他松开手，旋即笑了笑。她点头回之一笑。

　　黑暗处，一辆与夜色融为一体的黑色布加迪威航隐在暗色里，后座上的男人侧脸冷酷，面色模糊不清，他一手撑在窗上，一手搭在腿上，手指十分有节奏地敲击着，眸色寒薄地看着前面搂搂抱抱的两人。

　　东时坐在前面一言不发，实则心里捏了一把汗。

　　"回公司。"后面的男人突然开口。

　　东时点头，立马发动引擎，这些天祝靖寒也不回家，白天就在公司待着，晚上就来乔家看看，有时候一待就是一个晚上，却从来不进去。

　　一路上，坐在后座上的男人缄默着一言不发，东时也没有什么建设性的意见可以提，便不再耽搁，直接去了公司。

　　公司内灯火通明，这几天祝氏大面积地加班加点，几乎各部门都在值班，可以走的也就是白天来大楼的清洁工了。

　　祝靖寒大步地走到办公室窗前，眼神幽深，静静地看着外面的万家灯火。

　　五光十色的璀璨夜晚，把奢靡之城海城点缀得灯光摇曳，绚烂缤纷，此时正是夜生活开始的时候。

这一晚，注定又是一个不平静的夜晚，在暗流汹涌中一切都将开始。

3

早上八点半，是上班族上班的时间，城市的滚动大屏幕、各式杂志报刊、各种网络头条，都是三个人的名字。微博整整五十条热搜，无一条其他，全部都是祝靖寒、顾珩和乔晚，里面有 S 社独家拍摄到的顾珩和乔晚幽会的照片，不知道为何，那天医院内发生的事情，也都被翻了出来，外界传言，祝家要婚变了。

66 楼总裁办公室内，祝靖寒坐在那里，桌上摆放的是一份最新出炉的海城新报，上面最大的版面便是乔晚和顾珩拥抱，甚至还有在墓前亲吻的照片。

祝靖寒寒眸看着那张亲吻照，乔晚微仰着头，而顾珩低着头，他的身子微微侧着，看起来像极了亲吻。他的五指收紧，薄寒的眸子幽深一片，薄唇抿着，眼神凌厉到东时都感受到了浓浓的压力。

这时，门被敲响三声后，来人推门而入，慕安宁一脸的焦急之色，手里拿着一张报纸。

"靖寒，你看。"慕安宁把那份报纸匆忙地摆放在桌上，然后纤细的手指指着那大篇幅的照片，从照片可以看出拍摄的距离不远，S 社这次是下了血本。

祝靖寒的眸子幽暗不明。

慕安宁表面上露出焦急的神情，心里却有些幸灾乐祸，她本来还想着怎么给乔晚使个绊子，现在看来完全不用了。

"靖寒，这是怎么回事啊？"

慕安宁努着嘴又指了指那张偌大的亲吻照。

祝靖寒起身拿起桌上的报纸，随手扔进了垃圾桶。

"东时，去医院。"

"好的，祝总。"东时快速跑了出去。

慕安宁笑了笑，这回有乔晚受的了。她跑上前拽住祝靖寒的手臂。

祝靖寒皱眉，然后低头看了她一眼，难得地没有把手拿开。

"我陪你去吧，我也想看看爷爷。"慕安宁声音很温柔。

祝靖寒眼神微冷，他看了一眼慕安宁，慕安宁见他没做回答，也没否定，就知道这事成了。

东时一早就把车备好，两人下去之后直接就上了车去医院。

慕安宁心情不错，只是想到祝老爷子的身体不好，就没表现出来。许久后，她想到了一个好点子，随即出声道："我们去给爷爷买点粥吧，听说爷爷醒了。"

老爷子是醒了，只是精神不太好，心率薄弱得很，也坐不起来。

祝靖寒没有直接无视她，只是清冷地应了一声，但这就慕安宁很满足了，她顺路买了粥，然后车子直接开到了医院。

祝靖寒率先下车，他的步子很大，慕安宁要一路小跑才能跟得上，她的手里还拎着刚买的粥。

坐上电梯后，祝靖寒低头看了一眼腕表，时间还早，慕安宁抱着粥站在一边，看着他笑意明媚。

电梯门打开，祝靖寒大步地往祝老爷子的病房那边走，但让人意外的是，旁边的椅子上坐着一个女人。

慕安宁眼神一怔，乔晚怎么来了，搞出出轨的那种事情还敢阴魂不散地出现。

乔晚抬头看到两人之后，似乎并没有什么感想，她只是站了起来，而祝靖寒则甩下慕安宁快步走了过去。

"什么时候来的？"他声音缓和。

"刚来，我来看看爷爷。"她声音平静，却没前几日那么敌对了。

祝靖寒目光绽出一抹笑意，他的手伸出去想摸摸乔晚的脸，乔晚却一下子躲开，祝靖寒的手就停在了那里。

"靖寒，粥要凉了，我们给爷爷送进去吧。"慕安宁往祝靖寒身边凑了凑。

祝靖寒敛眸，乔晚则是笑笑。

"我先走了，待会儿公司见。"她露出冷笑。

"好。"他回答。

乔晚越过了祝靖寒和慕安宁的身影，路过两人之后，她脸上的笑意消失。

祝靖寒温润的眸子望着乔晚的身影，直到乔晚走进电梯他才回神，然后进了老爷子的病房。

慕安宁咬了咬牙，跟着进去了一下，又马上出来了。她快速跑到电梯前，然后猛地按动按钮，等到电梯上来之后，搭乘着快速地下到一楼。

乔晚并没有走多远，所以慕安宁很快就追上了。

"乔晚你给我站住！"慕安宁大喊。

乔晚听到后并没有理会，而是直接走出了医院的大门往右边走。慕安宁穿着高跟鞋一路小跑着追乔晚，但是乔晚好像越走越快。

乔晚拐进了一个胡同，慕安宁也咬牙追了上去，可她刚转进胡同，便被吓了一跳。乔晚就站在那里，双手抱臂，目光冷冷地看着慕安宁。

慕安宁着实被吓了一跳，气势瞬间弱了好几分。

"你……你都做出那种事情了，你还有脸来这里？"

乔晚勾唇轻蔑地一笑，目光冷漠："我再不要脸，也比你好。"她伸出手，手指狠狠地戳在了慕安宁的胸口上，目光有些狠，"慕小姐，都说胸大无脑，可是你这胸都要凹进去了也没见你长长脑子。"

"你真不要脸，你做的那些破事都见报了，识相的就赶紧收拾收拾行李，离开祝家，省得到时候被赶出去一点面子也没有。"慕安宁手掌捂住被她戳痛的地方，眼神讥讽。

那张所谓的亲吻照，不过是有心之人错位拍摄的而已。

乔晚冷笑，扬起手扇了她一巴掌："上次你差点害死我，我还没找你算账。"

慕安宁皱了皱眉，自己怎么就要害死她了？乔晚伸手拽住了她的长发。

慕安宁一个没防备感觉到头皮都要被扯下来了，疼得她眼泪哗地就出来了。

"乔晚，你这个疯婆子，你放手，你疯啦。"

乔晚把慕安宁推到了墙上。乔晚的面容冷沉沉的，冰冷的目光一下子撞入慕安宁的眼里，慕安宁泪眼婆娑还不忘狠狠地瞪着乔晚。

"再瞪就把你眼睛挖下来。"乔晚声音冰冷，她的食指和中指抵在慕安宁的眼眶上，冰凉的指尖让慕安宁一阵战栗。

　　慕安宁这回就真的害怕了，乔晚好像是来真的，这女人疯了。

　　慕安宁不住地发抖，她现在根本一动都不敢动，更别提反抗了。

　　"你在干什么？"

　　一声狠厉的声音传来，慕安宁动也不敢动，却像是看到了救星一般。

　　"靖寒，她要杀了我，乔晚她要杀了我！"她哭喊出声。

　　乔晚冷笑着收回手，却在慕安宁还未来得及松口气的时候五指狠狠地掐在了她的脖子上。

　　祝靖寒一步一步地靠近，身上带着薄凉："晚晚，松手。"

　　"怎么，心疼了？"她冷冷地笑出声，目光竟然带着一丝悲然，她父亲死的时候恐怕他都没有这么着急吧。

　　祝靖寒抿唇，犀利的眸光竟然带过一丝失望，乔晚都看在眼里，她的毫无温度，五指收紧，膝盖顶着慕安宁的腿，时间越久慕安宁就越喘不过气来，起先还能说出一句话，现在却一个字都说不出来了。

　　"想救你的救命恩人，拿离婚协议书来换。"乔晚目光阴沉，五指逐渐收紧。

　　慕安宁一怔，她说什么？

　　祝靖寒淡淡地扫了慕安宁一眼，嘴角没有一丝弧度。

　　"祝总，这……"东时跑过来，吓了一大跳。

　　祝靖寒迈开步子，稳健地往乔晚的方向走来。

　　"你别过来，否则我掐死她！"乔晚看着祝靖寒走过来的脚步，眼神一紧，手劲儿不禁加大。

　　慕安宁脑袋都缺氧了，她使出最后的力气蹬了蹬腿。

　　"祝总。"东时突然出声，然后手指往乔晚身后的方向指去，面容惊恐。

　　乔晚下意识地回头，却在下一刻，感觉到手腕一疼，她猛地松手，然后便被男人稳稳地环抱在了怀里。

　　"别闹了，会出人命的。"他声音缓和。

　　东时总算是松了一口气，还好自己聪明。

　　慕安宁瘫软在了地上，仍感觉到脖子处火辣辣的，她在地上猛咳了好几声后仍然喘不过气来。

祝靖寒眸子一紧："东时，送她去医院。"如果慕安宁出了什么事情，那么乔晚就逃不掉责任了。

东时点头，抱着慕安宁往医院跑去。

乔晚推开祝靖寒，然后看了看自己的两只手，她伸手胡乱地擦了擦，然后径直走开。祝靖寒不紧不慢地跟在后面，乔晚拿起手机拨通了乔楚的号码。

"哥，我在海世，你来接我。"

那边的乔楚很快就意识到了情况不对，他正好在路上，离海世不远。

乔晚快步走到路边。

祝靖寒站在她的身后，他轻声道："晚晚，你需要多久？"

乔晚抿唇，然后轻笑，她犹记得那天葬礼后，祝靖寒跟她说的最后一句话"我给你冷静的时间"。

"后会无期。"她冷冷地笑道，脸上无一丝表情。

祝靖寒眼眸敛起，心里闪过一丝疼痛，他走上前环住她的腰，他的下巴搁在她的肩膀上，她身上好闻的味道蹿入鼻尖。

"你别碰我！"乔晚手臂顶在他的肚子上。

祝靖寒痛苦的哼了一声但是没松手。

乔楚远远地就看到了两人，他将车子猛地停在了路边，扬起的路尘不知道迷乱了谁的眼眸，他下车后一把推开祝靖寒，将乔晚护在身后。他目光冷静，淡淡地对祝靖寒说道："关于你爷爷手术的事情，周老先生要和你详谈。"

祝靖寒抬了抬眸，脸上无一丝表情，目光落在乔晚的身上。

"祝总，不如一起走吧。"乔楚冷笑，这是祝靖寒可以和乔晚最后一起待的时间了。

祝靖寒抿唇，眸光清涟，他一言不发地跟着上了车，然后坐在了乔晚的身边。

乔楚透过后视镜看着后面的两人，嘴角清冷，这场赌注，他必赢无疑。

周老先生住的地方依旧是祝靖寒一开始给安排的酒店，路程不远。车子飞快地掠过一幢幢的建筑，很快便到了祝氏旗下的酒店，车子稳稳地在门口停住。

　　酒店规模宏大，装饰奢华，里面的服务也是一流的，所有的服务人员统一着装，服务周到，不少做酒店企业的也都来参观过。祝氏企业横跨很多产业，尤其地产、珠宝和酒店这三大领域最为繁盛，在全国乃至全球都是很有名气的，祝氏更是全球超强企业前十名。

　　祝靖寒下车，目光沉静，他不清楚乔楚的葫芦里到底卖的什么药，但是他不信这次商谈除了祝老爷子的手术项目就真没别的了。

　　乔晚走到乔楚的旁边伸手拽了拽他的袖子。

　　乔楚递给她一个安心的笑容，她才算镇定下来。

　　4

　　酒店 VIP 客房内，周老先生已经在里面等了许久，祝靖寒一行人到的时候门正开着。

　　"坐。"周老先生语气还算和气。

　　"和医院沟通过，手术的时间就定在后天。"周老先生徐徐开口。

　　祝靖寒眉宇间带着一丝矜贵之气。

　　"成功率是多少？"祝靖寒此时最关心的就是这个。

　　"一半一半。"周老爷子虽然是心脏方面的权威专家，但是也不能百分之百地保证祝老爷子就此好起来，况且祝老心肺衰竭得厉害，又那么大的年纪了，即便成功了，恐怕也活不了太久。

　　祝靖寒点了点头，目光依旧深沉。

　　"只是祝总，救人不能什么代价都没有。"乔楚突然勾唇一笑，笑意温和，眸光暗藏着狡黠。

　　祝靖寒抬眸神情清冽，他什么代价都出得起。

　　"你说。"祝靖寒眼神一凛，他的眸光落在一旁面容平静的女人身上，眸中是说不出来的意味。

　　"只要你和小晚离婚，祝老爷子的手术便不会出现问题。"乔楚的声音清清冷冷。

祝靖寒突然笑了起来，他猛地起身，高大的身影投落在地面上映出一大片阴影，冷峻的面容变得冰冷。

"威胁我？"祝靖寒三个字不咸不淡却让周围的人都感觉到了莫名的冷意。

他冰冷的眸光落在乔晚身上。

乔晚只是一瞬间的震惊便平静了下来，怪不得乔楚会让祝靖寒上车一起走，原来他早都想好了。

"各取所需，银货两讫，不是很好吗？"

乔晚脸上的笑意刺痛了祝靖寒。他如此高傲的一个人，怎么会受得了别人一而再再而三地挑战他的底线！

好一个各取所需，好一个银货两讫，他是没分清楚，这个所谓的银货两讫，到底谁是钱，谁是货？

"你早就计划好了？"祝靖寒冷笑。乔晚的态度太过于从容，原来这些天所发生的一系列事情，都在她的计划之内。

"你知道就好。"乔晚挑眉。她的心里实在是装不下祝靖寒了，太累了。

祝靖寒扬起视线，那微薄的眸光带着片片冷意，他的嘴角扬起弧度，眸中闪过一丝荒凉。

"我成全你。"

祝靖寒眸色冷淡，先是拿慕安宁的命来威胁，现在是拿爷爷的命来威胁，她明知道这两个人在他的生命中都有不同的意义。

乔晚抿唇，丝毫不觉得欣喜，心里却松了一口气。

乔楚见他答应了，走到一旁从包里拿出文件。他冷漠地把离婚协议放在茶几上，把笔递给了乔晚。

当祝靖寒看到乔晚毫不犹豫就在上面签下了她的名字时，他眼中是滔天的失望和决然，没想到最后的最后，放不开的人，竟然是他。

乔晚将笔递给他，他没接。他就那么看着乔晚，直到乔晚实在是承受不了他的目光而败下阵来。

祝靖寒拿起离婚协议，扬起嘴角："乔晚，拿我最亲近的人来威胁我，心里是不是特别过瘾？"他整个人周身仿佛镀了一层寒冰。

乔晚缄默着不开口。

"你该知道威胁我的代价。"他说完，从西装口袋里拿出一支意大利定制的昂贵钢笔快速地签了字，然后把离婚协议书甩在了乔晚的面前。

他纵使对她有情，但自从她拿一条人命来威胁他的那一刻，他对她所有的好感便全然压在了心底。祝靖寒直接转身，离开了这里。

乔晚一下子坐在了沙发上，她看着他镌刻有力飞扬的字体，嘴角扬起一抹牵强的笑。终于都结束了，可是为什么，她会这么难受，难受到想哭。

祝靖寒身侧的手紧紧地握着，嘴角带着冰冷的弧度，他沿着走廊一步一步地走向电梯口，酒店走廊金黄色的灯光衬着他冷酷的侧影，他笑着，心情却万分压抑。

他乘着金色带花纹的电梯很快便到了一层，刚走出电梯，手机铃声便响了起来，他沉着眸子接通。

"祝总，慕小姐已经脱离危险了，只是有些轻微的窒息并无大碍。"

那边是东时轻快的声音，其实慕安宁只是被乔晚吓坏了，所以即便乔晚已经松手她还是觉得有人在掐着她的脖子。据医生透露，这种玻璃心的病人一旦有了阴影，就会受到全面影响，因为她的情绪十分激动，所以医生刚给她注射了镇静剂，此时她正闭着眼昏睡。

"我马上过去。"祝靖寒面无表情，他性感的嗓音顺着电话这端传到了东时耳朵里。

东时一怔，想着总裁不知道有多久没有这样在意过慕安宁了。只是他不知道的是，这个表面清冷的男人，心里已然失了城池。

祝老爷子手术的那天，乔晚坐在家里心乱如麻，她下定决心，不去医院看爷爷了。他们既然已经结束，就结束得彻底吧。

她拿起手机拨通了祝靖寒的号码。

祝靖寒站在医院的走廊里，修长的手指夹着一支烟。医院走廊里大大的禁止吸烟的牌子被他彻底忽略了，他眼眸深邃地看着手机屏幕亮起，上面显示着她的名字。

他直接掐断通话。

乔晚咬唇，再度拨了过去，可依然无人接听。乔晚叹了一口气，她双手拍了拍自己的脸，带上了早就找出来的证件开车去了祝家。

让她意外的是，祝家人并没有全部去医院，高芩还坐在家里的沙发上，形单影只。

高芩侧眼看了一眼乔晚后嘴角掀起："这个时间你不在医院，来这里做什么？"

乔晚脸上维持着淡淡的笑意，她父亲葬礼那天高芩连面都没露一个，三年的相处就换来了这样的关系。

"怎么这种眼神看我，不服气？"高芩看着乔晚一副不卑不亢的样子，心里有些生气了。

"服气。"乔晚勾唇笑笑，眼神毫无波动，"还有，我是来拿结婚证的。"

高芩挑眉，她好多天不回来，今天莫名其妙来拿那个干什么，她的心里突然复杂起来，该不会是真如她所想？

"乔晚你……"高芩的声音没了刚才的讥讽和尖锐，脸色有些茫然。

"我们离婚了，阿姨。"乔晚浅笑，那笑意看在高芩眼底毫无留恋。

乔晚给高芩鞠了一躬，直接去了二楼，结婚证那些东西向来都是她收着的，祝靖寒从来不在乎那个。乔晚走到曾经属于自己的卧室，拉开床头的柜格，里面摆放着两个艳色的红本本。

乔晚整个人带着疲倦，她白皙的手指摩挲着上面烫金色的结婚证三个大字，而后又从里面拿出一个小盒子，里面是当时祝靖寒让助理随便买的结婚戒指。

她握紧盒子，然后又放了进去，猛地关上了柜格。

不是她的，她一样都不会带走。

现在就差祝靖寒的户口本了，她走出卧室后不期然地撞上了高芩。

"靖寒他同意了？"高芩犹豫了一下，之前他百般地护着乔晚，她的儿子她清楚，他对乔晚肯定是有感情在的，怎么会同意离婚这件事。

"嗯。"乔晚点头。

高芩飞快地拉住她的手腕:"对不起,我为上次所说的话道歉。"

乔晚一下子就想起了当初高芩当着她爸她妈的面那么说她,而如今她父亲已经不在了。

"晚了。"乔晚冷冷地一笑并不打算接受她的道歉,事到如今一切有因有果,所有的事情都是循序渐进的。

她抽回自己的手转身去了书房,将祝家的户口本放在包里,转身开始下楼。

高芩站在那里,竟然有些手足无措。

"小晚,今天老爷子手术,靖寒在医院陪着,可不可以不是今天?"高芩最后开口,想有些转圜的余地,离婚协议什么的,签了再撕就好了。

乔晚身子停顿了一下,随即直接加快脚步离开,她没有回头的余地。

高芩愣在那里,一直看了乔晚很久很久,她没想到她的气话最终竟然成真了,而她的心里却一点都不痛快。

乔晚没再耽搁直接去了医院,乘着电梯到所去的楼层。她下了电梯,她清楚地知道祝老爷子的手术室在哪里,她也清楚地知道祝靖寒一定会守在那里。

不出预料的是祝靖寒就站在那里,他的目光带着淡淡的凉意,即使他并没有看她,她还是清楚地感受到了。他脊背挺直地站在那儿,眼神盯着手术室的方向,身边并无别人,连一向以黏人著称的东时都不在。

乔晚深吸了一口气后向着他走了过去,远远地看着,他整个人就像是晕染成了一幅好看的画卷。乔晚知道家人生病焦急的滋味,他的心里此时必定比谁都陈杂,可是她好人做够了,她现在累了,不想再顾着别人。

她走过去站在他面前,他低头将目光放在她的身上,表情冷淡。

"待会儿祝爷爷手术结束后,我们去把离婚手续办了吧。"

祝靖寒深深地看向乔晚,眸间泛起一丝冷意。她真是一时半刻都等不了了,爷爷在里面生死未卜,她来了半点不问情况,直接谈离婚。

他突然冷笑,乔晚,够决绝!

"东西我都拿好了。"乔晚举了举手中的包,里面有两人离婚所需要的所有证件。

"我等你离婚等了三年，麻烦乔小姐就等我一会儿，行不行？"他的语气带着讥讽。

乔晚眸色暗了暗，是啊，以前是她赖着不肯走，现在是她想走了。

乔晚站在一边心里揪着，看着手术室外面显示状态的牌子，只希望祝爷爷一切安好。

过了好长时间之后手术才结束，手术室的门被人从里面打开，医生一个接一个地走了出来，包括坐在轮椅上被推出来的周老先生，祝靖寒的目光里带着浓厚道不清的寓意。

周老先生笑着开口说道："手术很成功，都放心吧。"

周老先生咳嗽了两声，然后捂住心口。没一会儿，蓝叔就过来接老先生了，听见老先生咳嗽，蓝叔心里紧了紧，他在这个领域救了无数人，却没预料到自己会得这个病。

祝靖寒把昏睡中的祝老爷子送到病房后，随即走出病房顺着走廊往外走，而乔晚跟在他的身后。

曾经，这个男人是她青春里所有美好的幻想，不管曾经还是现在，他整个人如同烙印一般深深地刻印在了她的心上。

他的身影向着光，一步一步走得极为平稳。

医院外，不知名的店放着一首歌，乔晚眼里泛起涟漪。

只怕我自己会爱上你，不敢让自己靠得太近。

怕我没什么能够给你，爱你也需要很大的勇气。

只怕我自己会爱上你，也许有天会情不自禁。

想念只让自己苦了自己，爱上你是我情非得已。

爱上你是我情非得已。

车子一声轰鸣向着市政府内的民政局开去，整个过程中没有一点拖沓，结婚证被回收，换来的是两本离婚证。

乔晚轻声对着他说道："祝你幸福。"

祝靖寒勾起嘴角，没有回应她的话起身离开。

竖日，海城热门新闻。

祝靖寒与乔晚离婚的消息传遍整座城市，而随即更让人措手不及的是，海城名门翘楚祝靖寒与不知名慕小姐的订婚消息更是传得满城风雨。

乔晚窝在乔家，看着报道眼神平静地对乔楚说道："哥，给我订张去国外的机票吧。"

"你想去哪儿？"乔楚先诧异了一下，随即释然。

"哪里都好。"她笑了笑，神情淡漠。

5

乔晚离开的那一天是海城惯有的晴天，天蓝蓝的，让人神清气爽，是让人带着想埋葬的东西踏上旅途的好天气。

乔晚离开的这件事情除了家人外只有顾珩知道，只是她没说她要去哪里，她想离开这熟悉的一切重新开始生活。

乔晚从新闻中和别人的口中得知，祝家这次婚礼的排场要做很大很隆重，想想当初他和她的婚礼，一切都是她筹办的。

电视里偶尔也能看到祝靖寒的身影，他依然那么高贵优雅，只是他的身边，多了一个笑得温婉的女人，而那个幸福的女人不是她。

母亲和乔楚送她到机场，母亲拉着她的手，笑意释然："别担心家，散心够了再回来，也别担心我，我还有你哥在呢。"

"小晚，要是觉得想家了就回来。"乔楚笑笑，满心不舍。

舒城向着她的方向奔驰而来，上来就给了她一个大大的拥抱："臭丫头，走都不告诉我，真够绝情的。"这个伴随了他生命一半年头的女人，今天就要走了。

"阿城，我们以后见。"

舒城对于乔晚来说，是一个和乔楚相似的存在，他甚至比乔楚更像哥哥，对她好得过分。

小的时候，他们即使在不同学校，也要一起去上学；即使家的方向完全相反，天晚了他也会送她回家；她想看的书，即便跑十几个书店他也要买到；她想吃的东西，不管多远他都会第一时间送到她的面前。

舒城，是乔晚这辈子最好的蓝颜知己，所以她当初烧伤的事，瞒过了所有人，却没有瞒过他。

"要好好地照顾自己。"舒城开口，目光隐忍。

乔晚点头，泪眼模糊："阿城，在我回来之前，找个爱你的，你也爱她的好女人在一起吧。"

舒城点头答应，只是乔晚怎么会知道，这么多年来他只为她一个人心甘情愿地做过这些事情。

他喜欢她，那份初恋从懵懂到现在已然开出成熟的花。

登机时间就要到了，最后来的人是顾珩。他是自己来的，一瘸一拐走得缓慢。舒城这是在顾珩回来以后第一次看见他。

舒城发现顾珩褪去了少年的青涩，浑身上下都透露着一股神秘的魅力。

如果当年他没失踪，恐怕就不会有现在的乔晚和祝靖寒了吧。

"我有东西给你。"顾珩站到她的面前，伸手从脖子上摘下来一条项链，与其说是项链倒不如说是串着戒指的信物。

"出门在外自己要多加小心，好好照顾自己。"

顾珩没有别的箴言可以给她，唯一可以给的便是一个温暖的拥抱。

登机时间到了，她往前走，突然回头粲然一笑，摆了摆手。

海城，后会有期。

乔妈在乔晚转过身去的那一刹那，终是没能忍住眼中的泪水，而等候区的柱子后，高大的男人站在那里，眼眸淡淡地看着她的方向，久久不能回神。

"祝总，不追了吗？"东时忍不住开口道。

男人低头笑了笑，眼眸轻眯，终是迈着步子，转身离开了。

她，唯有时光可以守住。

乔晚上飞机后，便将所有联系人清空，她的嘴角扯出一抹笑意，她知道自己错了，错得离谱，所以才会和祝靖寒走到如此地步。

爱情本该是两厢情愿万般美好的事情，而最痛苦最无奈的就是暗恋。

乔晚在手机关机前，登录了自己的私人微博。这个微博她注册好久，里面的每一条动态几乎都是关于某个人的，而这个账号也只有她自己知道。

她浏览着过往的讯息，那些喜悦、悲伤又痛苦的回忆蜂拥而至。

原来她奋不顾身、飞蛾扑火所追求来的结果，最后也只是这样啊。

她眼眶酸涩，手指颤抖地写下了最后一条微博："我一天一天地等，我一年一年地等，等到的却是万念俱灰，祝靖寒，我以为我爱你，这就够了。"

乔晚勾唇轻笑，将手机关机揣进兜里，她戴上眼罩然后半躺在椅子上。

这架飞机所要去的目的地是泰国。

听说，那里乡土民间风情万种，听说那里信佛的人很多，听说那里是一个清净之地，听说那里有一座庙很灵很灵，她不知道什么时候回家，她也不知道自己会在那里停留多久。

飞往异国的飞机上，女人侧脸安然地熟睡着，她的样貌那样恬静安好。

这一别，再见，不知道是多久以后了。

这一别，一切都将改变。

6

祝氏，一片豪华的总裁办公室内，里面风格独特，黑白分明的装饰倒是很符合这里主人的特点。

男人坐在办公桌前，手掌支在下巴上面看着电脑里放映的电影，电影太过于乏味，平淡的青春故事已经不适合他这个年龄了。

他疲惫地揉了揉眉心，乔晚已经离开一周了。除了他送给她的戒指，还有他给她的卡之外，家里已经没有她的气息了。

她整理得干干净净，就如她从来都没有来过一样。这时候男人才清楚地意识到，他好像从来没有正视过那个曾和他有过三年婚姻，相识七年的女人。

他伸手将电脑合上，转动椅子漫不经心地看着偌大落地窗外不远处的滚动的大屏幕上，上面是他和她离婚的消息。

海城，已经进入伏天，燥热得压抑，明晃晃的大太阳，闷沉沉的空气无一不让人不想走出室内。

他的身上穿着白色的衬衫，银色矜贵的袖扣，精致的侧脸，眉宇之间尽是高深莫测，他自己也没想到她的离开会让他的一颗心浮浮沉沉，躁动不安。

办公室的门"嗒嗒"地被敲响，他嘴角噙着冷意，声音微沉："进。"

来人脚步稳重，名贵皮鞋轻叩在地。祝靖寒回身轻抬眼皮，样貌在来人眼里看来毫无瑕疵。舒城抿唇，这个男人的确有翻手为云覆手为雨的资本。

如果他是女人，他也会栽在祝靖寒身上，鲜有女人不喜欢这样的男人，青年才俊、只手遮天、钻石总裁、地产大亨，哪一个美好的词汇用来形容他都不为过。

他还听说祝靖寒最近开始涉足娱乐圈，风头正劲。

"有事？"祝靖寒眸里毫无波动。

舒城笑笑："来和你谈一下祝爷爷的事。"

祝靖寒垂眸。舒城竟然从他的眸子里读出了一抹失落，难道，他是再等自己告诉他乔晚的事情？他很快就自己否定了这个想法，祝靖寒大抵是不爱乔晚的。

"祝爷爷恢复得不错，明天就可以出院了。"舒城的话语很明朗。

祝靖寒却声音低沉："劳医生费心了。"

舒城随意地看了两眼办公室，目光触及一旁的办公桌。

祝靖寒眸光在他身上掠过，脸色变得深沉晦暗。

许久后，舒城似是看够了，回头看着祝靖寒，徒然叹了一口气。

"你真的和乔晚离婚了？"他凝眸看着祝靖寒，仿佛一切发生得太快。

祝靖寒嘴角露出一抹薄凉的笑意，这才是舒城来的目的吧。

"如你所见。"

舒城伸手揉了揉眉心，是啊，如果乔晚没走，新闻怎么会闹得这么大。

"祝总，关于乔晚，有件事情不知道你知不知道。"

祝靖寒勾唇笑了笑，眸中散发出光芒，乔晚的事情？可他想起那天，乔晚和乔楚拿爷爷的命威胁他的场景，脸色又冷了下来："我没兴趣。"

他冷漠的样子让舒城一顿，这两个人究竟发生了什么事？

　　"那就算了。"既然当事人没兴趣，他也就不必多说了。

　　舒城刚准备离开，慕安宁就进来了，她看看到舒城后眼神有些慌乱。舒城的眸子眯紧，这就是下一任祝太太？两人的订婚消息早就传得满城风雨，他想不知道都不行。

　　慕安宁别开舒城的目光，娇滴滴地对祝靖寒说道："靖寒，我养父养母来了，你要不要和我一起去见见。"

　　舒城轻嗤，转身又走了过来："祝总，认识你也算久了，我怎么就不知道你什么时候认识了这么一位？"

　　舒城脸色严肃，他还真不知道祝靖寒什么时候认识了这么一朵白莲花了。

　　当初，祝靖寒带这个女人来医院的时候，还是他通知的乔晚，由此可见慕安宁被祝靖寒保护得很好，连乔晚都不知道这个女人的存在。

　　"六年前，她救了我一命。"

　　舒城忽地一笑，然后看向慕安宁："那请问慕小姐，你在哪儿救的人？"

　　舒城表情戏谑，这个女人抢了别人的功劳竟然还心安理得的去抢别人的老公。

　　慕安宁皱了皱眉，眼里的慌张一闪而过："日子太久，我忘记了。"

　　当时，林倾只告诉她，祝靖寒醒来以后不管说什么她应着就好了。林倾只是不想让祝靖寒知道是乔晚救了他，但是他却没想到，慕安宁顺着这个事情，竟然待在了祝靖寒的身边。

　　舒城冷笑着看了一眼祝靖寒，却发现祝靖寒并不太在意他对慕安宁的质问。

　　"新月酒吧那场大火真是让人永生难忘。"他的眸子微轻缓慢地开口。

　　慕安宁眼神动了动，迫不及待地附和道："对对，就是新月，你这么一说我就想起来了。"

　　舒城薄唇勾起，祝靖寒眸色一凛。

　　"那还真巧，当年我的晚晚在 X 酒吧救了一个忘恩负义的男人，落得现在这个下场。慕小姐，不得不说，你可真是幸运，你可以和你心爱的人终成眷属，而我的晚晚却要和她舍命救出来的那个人反目成仇。"舒城一口一句"我的晚晚"，明显是说给祝靖寒听的。慕安宁脸色一僵，嘴角不由得颤动。

"好自为之吧，假的就是假的。"舒城冷笑，出门离开，本想着乔晚都不说他也没资格告诉祝靖寒些什么，但是他实在是忍不下这口气了。

慕安宁脸色煞白煞白的，她回头看着一脸晦暗不明的男人。

"靖寒，我只是一时忘了。"她哆哆嗦嗦地不敢靠近他。男人目光里带着肃然的杀气，他突然起身扯住她的手腕，目光冰冷一片。

"不是你？"他的目光太过于瘆人，慕安宁紧咬嘴角，她知道此刻要是暴露了就彻底完了。

"刚刚那个医生和乔晚那女人交好，是乔晚指使他来陷害我的。"

慕安宁话音未落，祝靖寒单手把她甩了出去，那场要人命的大火她若是经历过，怎么可能会忘！唯一的可能性，就是她骗了他！

他的目光狠厉，眸子中迸发出杀意，这一刻，他想起乔晚身上的烧伤和她那时说过的话才清楚地意识到自己到底犯了多么大的错。

Chapter 05
沉茧流沙

1

四年后。

全球最高端的娱乐公司 LK，坐落在这座灿日之城——权城。

LK 总部本来在澳洲，后来换了主子，便在一个月之前搬入权城内的地标性建筑物中央广场旁的 64 大厦。

设计感优越的长长走廊，金黄色的壁纸铺装，昂贵的地面上光洁到一尘不染，地面可以清晰地倒映出人的影子。

一个女人细尖高跟鞋清脆的啪嗒声从走廊一端传来，她身上穿着职业装，白色的衬衫，黑色的包臀裙，性感的波浪长卷发，手里抱着一堆文件，女人面容自信。

她伸手推开一间办公室的门，将手中的文件放在了办公桌上，办公室内装修奢华，整个都是炫彩色，放置在房间中央的大屏幕上有炫金色的瓷砖大块拼花，重金属的颜色，倒是也挺符合公司的特点。

"亲爱的小晚晚，我想死你了。"男人从她身后过来。

乔晚轻轻地避开身子，肖御就扑了个空。

"肖总，我们好像五分钟之前，在茶水间见过。"

她也不知道肖御这个男人是怎么想的，他的办公室要多浮夸有多浮夸，要多豪华有多豪华，休息室里什么自助咖啡机应有尽有，他却跑去离他办公室差十八层的广告部茶水间去喝白水做什么。

"我忘了。"肖御挑眉，轻眨了一下左眼，一双妖孽的桃花眼熠熠生辉。

他转身坐在沙发上，手臂伸展开半躺在上面，继而说道："晚上你跟我去谈个项目，我打算签一个潜力新人。"

乔晚点头，他是娱乐公司的主人，签新人不是正常的吗？

"你就没什么建设性的意见？"肖御挑眉，琥珀色的眸子波光流转。

乔晚看了肖御一眼，眉毛微挑。

"你先把衣服穿上。"说完后她直接走了。

肖御一笑，然后随手拿起衬衫快速地穿上，扣上几颗扣子，领口的两颗没扣，精致的袖口在烈阳下泛着银色的光，匆忙地穿好后，他大步地追了出去。

刚出门就看见一个小秘书拿着文件过来了，肖御一个转身面向门，立马收起匆忙的脚步旋即自然地转身，就像刚从办公室出来一样。

他轻咳了一声，面色严肃，薄唇带着平静的弧度，一双桃花眼陡然正经起来。那漂亮的小秘书抬头，看到肖御后，立马打招呼："肖总好。"

"嗯。"他冷淡地回应了一声，立马离开，独留小秘书一脸的冷汗。

只是就这么一会儿工夫，乔晚就坐着电梯下去了。

"晚姐，秦逸今天翘了电影《一战成名》的首映礼。"同事张一过来汇报。

一说到秦逸，乔晚就头疼，出名不说家里还特别有钱，平时也不按套路出牌，这时候不知道又跑去哪儿了。

"首映礼开始多长时间了？"

"已经过去七十分钟了。"

乔晚脑袋都要炸了，主演无故缺席，又该引起一大片媒体和粉丝的不满了，而且明天百分之百又上热门。

例如这样的标题：秦逸耍架子、秦逸翘首映、秦逸失踪、秦逸泡吧等等。

"先准备好公关，赶紧去给我找人。"乔晚揉了揉眉心，跟张一说道。

张一出去的时候就见步履稳健走来的大 Boss 肖御，张一立马打招呼："肖总好。"她的心里又犯嘀咕，这大总裁没事天天往广告部跑什么？

乔晚低头在整理着桌子上的东西，肖御身子斜倚在门上淡淡地看着眼前的女人，她把一侧的头发掖在了耳后，露出侧脸白皙的皮肤还有好看的耳朵，看起来就像是那种十指不沾阳春水的名媛，很难想象她其实是一个工作很拼命的人，来公司三年几乎没有旷过工。

乔晚一抬头，不期然地看到了斜倚在那里的男人颀长的身影，她看了一眼时间："肖总，现在还没到下班时间呢。"

乔晚以为他是来等她去陪他签约的，现在太阳都没西斜，离黄昏还远着呢。

"我怕你无聊，所以过来陪你。"

乔晚真想说，我不无聊我忙着呢，不过她还能拧过公司老大不成，况且这地盘都是人家的，一旦人家一不开心就把她开了，她不就喝西北风去了呢。

时间一点一点地过去，当浏览完最后一个创意关掉网页后，乔晚伸了个懒腰表示工作结束。

余阳西斜，天空渐渐地染上一点红，难得出现的灿烂火烧云染红了权城的大半边天，美好绚烂的城市样貌，从高处就可以俯视到各色广告牌。

权城好多明星都出自 LK，当然还有一个叫 AH 的大娱乐公司，那是 LK 唯一的劲敌，两家各有各的特色，平心而论，AH 规模更大，一线明星、鲜肉小生、小花旦他家出得很多。

权城最有名的街叫皇城街，里面各色酒吧、各色娱乐城数不胜数，可以称得上是富人街。

此时，一辆银灰色炫酷的柯尼塞格一个漂亮的刹车，停在了"夜色"门口。"夜色"是这条街上最大的酒吧，有钱人有权人的专属聚集地，能进这里的人无一不是至极巅峰的权贵阶层。

外面的侍应生恭敬地拉开车门，男人迈步下车，他穿了一身蓝格子的西装，身上的衣服与这辆柯尼塞格的车身以及颜色特别的搭配，随他一同下车的还有一个穿着香奈儿定制款裙子的乔晚，她拿着精致的 Chanel 手包和肖御一起走了进去。

"夜色"里重金属的摇滚音乐声震耳欲聋，让人迷醉的酒的味道四处飘散，肖御带她去的是夜色标准的 VIP 间，推开门之后，乔晚看到里面已经有人在等候了。

一男一女，男人看起来四十五岁往上，而女孩的长相俏丽，是不可多得的大美女。

肖御在那个女孩子身上打量了几眼，长相不错，样貌气质不局限，看起来戏路挺开阔的。

"肖总，这是小女文妍。"

听肖御和文妍父亲商榷了一会儿后乔晚才知道，文妍是权城市长文家的二女儿，这男人是权城的市长，怪不得肖御会这么重视。

这么看来，这女孩子长得好，性格不错，背后的靠山不小，肖御是百分之百要签的。哪个娱乐公司都喜欢要这样的人，身份背景长相都顶尖，在这个看颜值的时代，有颜就能赢得很多机会，而演技可以磨炼嘛。

肖御和文市长谈得投机，乔晚待了一会儿后去了卫生间，包厢里面的隔音效果太好，待在里面完全可以忘记这外面正在喊麦。

"我刚才看到大娱乐公司的老总了。"

"哪个？"

"就是那个 AH 啊。"

两三个女人在洗手台叽叽喳喳地讨论，乔晚在听到 AH 这个字眼后，心里过滤了一下。

从澳洲来权城快一个月了，她所见到的所听到的最厉害的便是 AH 娱乐了，AH 娱乐的人竟然也在这里？

乔晚倒是也没多想，冲水以后，她洗了洗手便准备回去了。只是走着走着，路过包厢 V502 的时候，她不由得注意了一下，因为刚才那两个女人说 AH 的老总在这个包房，她下意识地往里面看了一下。

门口处留有一道门缝，她什么都没看见。

乔晚正打算继续走的时候，肖御出现了。

"乔晚，你在这里做什么？"肖御和文市长的事情谈完后，他便出来找人，哪里知道乔晚在这里站着。

"我只是去了下卫生间。"女人略带无奈的声音说道。

这道声音顺着那道门缝传入 V502 包厢，包厢里的男人幽深如寒冰的眸子猛地抬起。

"小晚晚，都谈完了，我们回家吧。"肖御接着说道。

"好啊。"乔晚看了一眼时间，已经晚上八点多了。等到两人离开之后，V502 包厢的门打开，首先映入眸中的是男人一双昂贵的意大利名品皮鞋，他看着走廊脚步消失的方向，眼神深沉。

男人上身穿了一件黑色的衬衫，领口的扣子解开了两颗。性感的锁骨，诱人的薄唇，令人垂涎的俊脸，手腕处的名贵腕表，望而生畏的气势，无一不彰显着这个男人显赫的地位，时过境迁，祝靖寒变得更加令人臣服。

"东时，你负责剩下的合同。"他说完，便从门口消失了。

2

夜色酒吧门口，晚风习习，乔晚穿得还是单薄了一点，肖御脱下身上的西装外套披在了乔晚的身上。

"你觉得文妍签下来怎么样？"肖御今晚看起来兴致很高。

乔晚低头想了想，而后笑道："我看能火。"说完后她搓了搓手臂。四月份的昼夜温差太大了，冷得还起鸡皮疙瘩呢。

乔晚本来要打车回家，可是肖御执意要送她回去，时间太晚了她也就没推托。

"夜色"门口，男人的身影出现，他的脸庞逆着光，有一半都是隐在阴影里的，他看着那辆车开走的方向，幽深如深潭的眸子闪过肃然，伴随着锋锐如利刃的眸光，看起来周围的温度要比常人低不少。

"祝总，合同顺利地签完了，我们接下来是不是该回酒店了？"

"嗯。"祝靖寒应了一声。

东时出来，并没有看到期待中的乔晚，想来他也是太期望她出现了。

当年总裁和乔晚离婚之后，一气之下默许了和慕安宁订婚的消息，但是没多久他便得到祝靖寒的命令，那就是让人把慕安宁带离他的视线。

那一年，慕安宁在国内销声匿迹。后来，东时才知道原来慕安宁从头到尾串通林倾，撒了一个弥天大谎。

林倾因为罪名太多，现在在监狱服刑，当然最震惊的消息莫过于林倾和顾珩其实是亲兄弟！

当年，顾母怀了双胞胎，在医院产下双生子，顾家被医院告知二儿子出生后夭折了，实际情况是护士一时疏忽将林家夭折的孩子和顾家二儿子弄错了，这才导致顾家二儿子变成了林家长子林倾。

后来，林倾在机缘巧合下，发现自己是顾家的血脉，但他并不知道其中的因果巧合，以为自己是顾家的弃婴。所以他才在顾珩出事之后，将失忆了的顾珩转移到了国外。他告知顾家顾珩已经死亡，也是出于报复心理，那块腕表是他故意戴在别人手上的。

可谁也没想到，两年前林母也发现了此事，她从医院了解到了事情原本的真相后，告诉了林倾并带他回了顾家认祖归宗。林倾得知事情真相，心生愧疚，深感自己做了太多错事，便向警局自首。当初他之所以对乔晚恨之入骨，仅仅是因为她差点害死了他的亲哥哥，所以才蓄意报复。

这一切的一切就像上天注定一般，东时轻轻地叹了一口气，上车后，他看了一眼后面闭着眼休息的男人说道："祝总，今天秦逸缺席了《一战到底》的电影首映礼。"

秦逸作为主演无故缺席，东时觉得有必要和祝总说一下。

《一战到底》是由AH投资主创的电影，也是第一次启用不是本公司演员作为电影主演。这部电影一定会因为秦逸的名气和演技大卖，再炒作一下，对宣传来说百利而无一害。

"LK的秦逸？"男人突然出声，音色沉沉，嗓音悦耳如琴音。

"没错。"

祝靖寒的眸子敛起，手指有节奏地敲击着座椅，LK娱乐的是吗？

祝靖寒突然嘴角勾起，笑得讳莫如深。

"通知LK，明天早上八点要么找负责人来谈，要么我全方面封杀秦逸，二选一。"

他的声音冷冰冰的毫无温度，听得东时一颤。只要是祝靖寒下定决心要封杀的人，肯定永无翻身之地了，光是后台就足以让秦逸雪藏一万年。

车子在路上疾驰滑过，明亮的车窗上，映着男人所勾起的似有似无的冰冷笑意。

"晚姐，秦逸跑马尔代夫去了，我已经派人去跟了。"乔晚刚进办公室，张一就来汇报最新的情况。她眉毛蹙起，因为昨晚找人压下了风头，所以事情并没有闹大，但是秦逸这个二世祖怎么跑去那么远的地方，该不会是又和哪个当红小花旦约会去了吧？乔晚真是想到他就头疼。

但是更让人头疼的是肖御首秘江菲儿的到来。江菲儿就如从画中走来一样，大红色的口红，小烟熏的眼妆，白皙的皮肤，长长的睫毛一眨一眨的，高挑的身姿，站在那里平添了一抹妖娆。

"乔晚，肖总找。"江菲儿标志性的笑容，妩媚到极致。

"我知道了，马上就去。"

江菲儿通知过后，转身一步一步分外优雅地走了。

待高跟鞋敲地的声音越来越弱，张一才一下子坐在自己的座位上："我以为蛇蝎美人又来找碴儿呢。"

乔晚笑笑，也难怪张一看见肖御和江菲儿就紧张，因为这两个人若是在一块简直是恶劣透顶，见神弑神，遇佛杀佛。好多大场合都是肖御带江菲儿去的，江菲儿能力特别强，可以片叶不沾身地就让合作安稳地谈妥，所以江菲儿身上有乔晚喜欢的东西，不只是乔晚，是那种所有女人都喜欢的资本和自信以及自爱。

乔晚去的时候，肖御办公室的门半掩着，她伸手敲了敲门。

"进。"慵懒到极致的声音，连乔晚都觉得这声音挺酥的，等见到开门的是乔晚后，肖御独特的媚眼一挑，将手指撑起，手中的钢笔啪地掉落在桌上转了个圈。

"肖总，你找我有事？"

肖御揉了揉眉心，坐正身子后说道："秦逸归你负责？"

"是的。"

秦逸简直可以称得上是乔晚职业生涯中的大麻烦，还是那种不容易解决的大麻烦。秦逸的所有广告都是她监制的，她还有一个身份，就是秦逸的戏剧指导，那部《一战到底》她监督了秦逸所参与的所有拍摄过程。

"AH那边因为秦逸的事情闹得很大，据说要封杀他，有时间你过去一趟吧。"

肖御慵懒的眸光聚起，身子一下子倚在椅背上，一脸正色。他是今天早上得到消息的，AH提出的条件很苛刻，因为一次不大不小的事件，竟然要全面封杀一个正当红的大明星。

"约的几点？"乔晚觉得事情有些麻烦了，其实这事说白了就是得罪人的问题，只不过还不至于闹到要封杀的地步，看来这回主办方很生气。

肖御染笑的眸光弯了弯，而后看了一眼腕表："好像是八点来着。"

乔晚要炸了，她刚才上来的时候就已经八点二十多了。肖御也太不靠谱了，这是要给当红炸子鸡一个教训啊！

乔晚来不及耽搁转身就要走，作为秦逸在公司最亲近的人她不能害了他。

"你知道在哪里见面吗？"肖御开口叫住了她，眸子里带着笑意。AH的总部又不在这里，AH老总提出见面的地方竟然是他下榻的酒店。

乔晚只知道AH老总来权城了，至于见面的地方她还真不知道，带着秦逸麻烦归麻烦，可是好处多于坏处，要是秦逸被封杀了，她真的要去喝西北风了，带着秦逸每个月可以多赚两万块呢。

"肖御！"乔晚很少这么直接叫肖御的名字的，每次叫都是有点恼了。

"生气了？"肖御起身走到乔晚的身边，他低头看着乔晚略生气的样子说道，"在路易大酒店。"

乔晚的脑海中突然闪过一个隐约的人影，啤酒肚、秃头、矮个子的AH总裁，要不好端端地约酒店干什么，听起来怪不正经的，可昨天明明听那几个女人说AH总裁怎么怎么帅，肯定是看错了。

"你别去了。"肖御伸手按住她的肩膀，面上有些担心，约在酒店他是十分不放心的。

"那不行，我得为秦逸负责。"乔晚果断地拒绝了。她若是不去，就是毁了一个人的前途，虽然她去了也许也改变不了什么，但是不努力怎么会知道呢。

"干脆就封杀好了，他又不缺钱，除了演技好、唱歌好、女人缘好，就没别的优点了。"

肖御一脸贱贱的笑容，让乔晚直接翻了个白眼，这是她不去的理由吗？

"哪个路易？"她直接略过他没营养的话题，权城的路易连锁酒店一共有三个：长缨路一个、索罗街一个、洒金街一个。

"长缨路。"肖御叹了一口气，知道乔晚去意已决，拦是拦不住她的。

乔晚离开后，肖御站在办公桌前，右手的食指和中指并在一起支在桌子上，他低头，似是沉思。

拿起电话打给秘书室，接通江菲儿让她去跟着乔晚，省得他总有一种把自己养得白白胖胖的大白兔送到了狼嘴里的感觉。

3

头顶着大太阳，连出租车里都是闷热闷热的，不知道是不是司机太抠了，空调好像都没开。直到下车后才感觉好了一些，乔晚伸手拢了拢身上的大衣，然后深深地吸了一口气。这个季节注定很尴尬，又是穿羽绒服的和穿衬衫互看不顺眼的时候了。

为了谈判她已经准备好了必要的东西，什么温柔牌啊、强硬派啊，她都准备好了，为了今后的无数个两万块，她算是豁出去了。

路易大酒店也算是老招牌了，尤其是长缨路这个，正位于市中心，寸土寸金的地段，别看这个地方叫长缨路，可是地方一点都不小，人流量也是异常大。

酒店前台有两个漂亮的接待生，清一色的娇俏样貌。乔晚走过去轻声地问道："请问 AH 总裁在哪个房间？"

那接待生抬头看了乔晚一眼，眼里有什么一闪而过，不过没说什么，直接双手递给了她一张金光闪闪的房卡。乔晚对于这些排场的事情都懂，肯定那人提前跟这些人打过招呼了，以免麻烦。

房卡上用镏金色的字体标注着房号，她淡淡地扫了一眼，上面是三个嚣张的数字，888。那个房间是路易的总统套房豪华套，整个酒店就只有一间，她站在房间门口毫无迟疑地按动了门铃。

门被人从里面打开，她有些紧张。来开门的男人长得很高，样子清秀，和她预想中的秃顶、啤酒肚差得挺远的。

"你好，我是 LK 秦逸的负责人乔晚。"乔晚先做了自我介绍。

那清秀的男人点了点头，然后让开门口的位置。

"总裁在里面。"

"好……"她点了点头，原来眼前的不是 AH 总裁。

她刚走进去，那个男人像是想起来什么似的："总裁在洗澡，可能得麻烦你等一会儿了。"说完便走了出去直接关上了门。

她将包放在一旁贵得离谱的椅子上，然后四处看了看，她站在屋子的正中央，空荡荡的，整个总统套间无一丝声音。

上午九点的太阳顺着大大的落地窗投射了进来，她下意识地走到窗边，然后垂眸看向大地。车流穿梭如同时光，她缓慢地勾起嘴角，从这个角度看过去地面小小的，而且视线内还有权城的海。

她看得太过入迷，以至于浴室的门打开她都没听到，窗边的风撩起她的长发，女人精致的面容噙起笑意，白皙的侧脸上有微卷的墨色发丝，消瘦却有料的身材凹凸有致。男人的身影逐渐地靠近，大概在离她半步远的地方站定，他面色冷漠，清冽的眸光微眯。

"看够了没？"

乔晚一个惊战，这个声音仿佛融入骨血般熟悉，熟悉到只是听见就乱了分寸。她猛地回神，眼前一大片的蜜色肌肤带着未擦干的水珠映入眼帘，强劲有力的胳膊，还有紧致的八块腹肌。

她诧异地抬头，一下子撞入他深如寒潭的眸光里。

因为太过于惊讶，乔晚当场就愣在了那里。

她千想万想怎么也不会想到她这辈子还有机会见到祝靖寒，而且是在这样的情况下，难道他是 AH 的 Boss？

男人淡漠的眸中丝毫无任何温度，堪堪扬起嘴角。

"你是秦逸的负责人。"

他眼神寒薄，丝毫没有疑问的语气。乔晚发现，祝靖寒比四年前更加成熟了。

"是的。"她很快便镇定下来，

祝靖寒一笑，转身离开乔晚的范围不带一丝情面地说道："乔小姐，约好的时间是八点钟，你是几点来的？"他优雅地坐在沙发上，声音深沉，眸色清冷地看着有些不知所措的乔晚。

"对不起，我才知道这个消息。"她调整了一下情绪，继而整理了一些措辞，"那么祝总，请问关于秦逸的问题我们是不是可以谈谈了？"

要是按照祝靖寒的性子，乔晚知道他八成要赶她走了，因为祝靖寒对时间观念很强，他做事情雷厉风行，几乎是容不得别人迟到，况且她迟到的还不是一时半刻，而是整整一个小时。

"坐下来谈，我不喜欢谈事情的时候别人在我面前站着。"出乎意料的是，他并没有拒绝谈事情，只是眉间依旧清冷。

乔晚走到他面前的沙发前坐下。

"不热吗？"他扫了一眼她所穿的大衣，把自己包得还真严实。

男人嘴角冰冷地勾起，突然想起昨晚她穿得一身性感妖艳，裙子超级短还跟在 LK 肖御的身边。

"我不热。"她摇头后从包里拿出纸笔。

"祝总，秦逸当天未出席首映礼是由于我监督不当，只是因为这件事情而封杀秦逸也太不近情理了些。"

她抬头直视着祝靖寒。

他精致利落的短发还往下淌着水珠，延伸到锁骨，未着寸缕的上身，片刻不害羞地露在乔晚的视线里。

"所以呢？"他话语带着音阶，尾音上扬。

"所以希望祝总你可以重新考虑一下。"

"我为什么要听你的？"他轻笑，潋滟的眸光中带着莫名笑意。

乔晚一下子顿住了，半晌说不出话来。寂静的气氛让她浑身不自在，和不是好聚好散的前夫待在一起，心里会痛快愉悦才算见了鬼。

"那就没什么好谈的了。"乔晚倏地起身，然后伸手去拿来的时候放在椅子上的包，那包的位置就在祝靖寒的身边，她纤细的手刚伸出去放在包精致的带子上，她白嫩的手就被一只有力的大手一下子覆盖上。

乔晚下意识地要抽回手，谁知道男人另外一只手直接拽住了她的胳膊，然后一下子带入自己的怀里，她的唇擦过他坚硬的胸膛，留下一抹战栗。

"乔晚，我不知道你胆子竟然这么大。秦逸到底是你什么人，重要到连约在酒店你都敢来？"

乔晚若是此刻抬头，便会发现祝靖寒的眸中怒火乍现，她不知道哪里来的力气，一下子从祝靖寒的怀里挣脱开来。

"秦逸是我手里的艺人，我有责任。"说完，她快速地拿起包转身便跑了。

祝靖寒的怀里一空，眸子深沉。

跑出酒店后，乔晚一刻未停，直接拦了一辆出租车。

"师傅，麻烦送我去 LK。"说实话，她从未想到祝靖寒会是 AH 的老板，所以见到祝靖寒后不起波澜的内心说不出的慌张，她突然反悔了。

"不好意思师傅，不去 LK 了，去紫皇幼儿园。"

那师傅一个利落的转弯，向着刚才去 LK 相反的方向背道而驰。

乔晚的神经一直紧绷着，她倒是不怕祝靖寒见到她，她只是害怕他来到这座城市，她害怕再次接触有关于他的一切。

"小姐，有人跟踪。"老练的司机立马就发现车后有一辆宾利车紧紧地跟着，不远不近跟得极为平稳。

乔晚心里一紧，而后猛地回头，等她看到那辆车子后，整个人的神经都松懈下来。后面跟着的是江菲儿的车，想来这一定是肖御的命令。她拿起手机打给肖御，那边很快地接起，男人慵懒的声音传来。

"这么快就想我了？"

"肖总，你派人跟踪我？"

乔晚本来打算他嘚啵嘚啵地否认一下，谁知道他十分豁达，回答得很利索。

"是啊，我不放心你，对了，事情谈得怎么样了？"

"黄了。"乔晚懊恼，无论是谁她都可以稳稳地应付，唯独那个男人，她还真是应付不了，以前也是现在也是，还是躲得远远的为好。

"没事，黄了就黄了，你现在在哪儿，我去接你。"

肖御边说话边往外走。

"不用了，我要去紫皇，下午我想请个假。"

"怎么大中午的就去？"肖御皱了皱眉，听乔晚有些急躁的声音，该不会是孩子生病了吧。

"你到了之后在那里等我，我马上过去。"肖御皱了皱眉，她没事中午去接什么孩子呢。说完自己想说的之后他直接挂断电话不给乔晚拒绝的余地。

乔晚看到黑掉的屏幕，心里胡乱地跳，这不安的感觉是因为什么？

4

紫皇幼儿园就在滨海路，很快，出租车便载着乔晚到了那里，她付钱下车后往学校里面走。

到了小班楼层，乔晚站在走廊上，慢步走到小教室的后窗前收住脚步。她从窗户向内看去，二十几个三四岁的小朋友整整齐齐地坐着，桌子上摆放着橡皮泥，前面的大屏幕上，写着清晰的三个大字——捏泥人。

孩子小小的身影就坐在第一排，他低着头，手里拿着老师发的道具，认真地在捏着什么。孩子长得很白，长长的睫毛，侧脸和那个人很像。

乔晚抿紧唇后走到教室门口敲了敲门。那老师看到她之后，温和地笑了笑后对着下面认真捏泥人的孩子说道："乔御成，你妈妈来了。"

乔御成突然抬头，清澈的眼神看向乔晚，随即露出大大的笑容。他从座位上站了起来，张开手臂小跑着往乔晚那边跑。

"宝贝，今天乖吗？"乔晚将他抱住后在他的脸颊上亲了一口。

"乖。"

对于这个孩子她是满心的喜爱，跟老师请了假后她将乔御成带走。

　　"大晚，今天怎么这么早就来接我？"乔御成露出整整齐齐白白的牙齿，笑得一脸稚嫩可口，她忍不住又亲了他一口。

　　"想你了呗。"乔晚笑着，温柔的笑意似是要融化这个清冷的天气。

　　"小晚晚。"随着这声特色的称呼，肖御的身影引人注目地出现了。

　　与此同时乔御成立刻机警起来，略肥的小短胳膊一下子圈住乔晚的脖子，然后回头瞪了一眼肖御。在他的眼里，这个一年三百六十五天都想做他后爸的男人实在是够赖皮的了。

　　肖御直接忽略了乔御成的敌意，对着乔晚说道："怎么这个时间来接小肥球？"

　　"小肥球"是肖御对乔御成的爱称，因为乔御成一周岁的时候肥嘟嘟的特别可爱，现在倒是不怎么肥了，越长越好看。

　　"有点想他了。"乔晚面容恬静。她无法说出现在她心里的不安。

　　肖御着实松了一口气，他还以为小肥球生病了呢，乔晚一个女人自己带孩子太过辛苦。

　　"小肥球，对新学校满意不？"肖御挑眉看着乔御成。

　　乔御成皱了皱眉，他咋就那不喜欢肖叔叔对他的称呼呢？他哪里肥了？除了脸有点婴儿肥，胳膊和腿有点小肥，肚子有点鼓之外，他究竟哪里肥了？对着如此英俊鲜肉的一张俊脸，竟然说他肥，简直不能忍。

　　"满意。"乔御成故作老成地说道，但是奶声奶气又有点高冷的样子，让肖御怎么看怎么喜欢。

　　肖御伸出手要去抱乔御成，乔御成冷哼了一声直接别过头去。

　　肖御本身觉得自己长得挺帅的，气质不是一般的好，又有钱还喜欢乔晚，对这个不领情的小肥球也好，可是为什么每次这小肥球见到他都一副很嫌弃的样子，他对小肥球不好吗？就差给他摘星星月亮了。

　　"小晚晚，你儿子欺负我。"肖御不乐意了，干脆就直接告起状来了。

　　乔晚秀眉挑起，粉嫩的唇勾了勾。

　　"我没看见。"

　　"对了，AH那个老家伙没借机欺负你吧？"肖御可是一直担心这个，约在酒店谈公事，绝对公事事小，耍流氓的意思比较明显。

乔晚脑中把老家伙这个词跟那个一身清冷的男人对比了一下，完全挂不上钩啊。

"欺负你没啊？"肖御见乔晚似有似无地笑也不回答，心里就特别担心。

"没有，我跆拳道黑带，谁能欺负到我头上，不过案子谈失败了。"

一想到这里乔晚就有些挫败，她现在很难面对祝靖寒，所以这次她跑了，下次希望再也没有机会见他。

她会失败这点肖御倒是很意外，因为以往乔晚出手的谈判几乎战无不胜，这次败得这么快还真是出乎意料了。不过，也算是一种经验累积吧，毕竟 AH 可以做得那么大那么强是有一定的道理的。

"没事，正好我看秦逸那小子不顺眼。"肖御耸肩宽慰着乔晚，走着走着突然转身，又张开手臂求乔御成的抱抱。

"小肥球，来叔叔抱。"

"不要。"乔御成直接趴在乔晚的肩膀上，狠狠地拒绝了他。

肖御一脸被欺负的表情，乔晚有点不忍直视，她怎么还记得当初第一次见肖御这厮的时候，觉得他又成熟、又稳重、又讲情义，也不知道这两年怎么了，直接返璞归真了。

还不到中午，三人去了远一点的地方吃饭，乔御成几乎不挑食，独独除了胡萝卜他一口都不动，每次菜里有他都会挑出去。要是碰上肖御和他们一起吃饭，他就把胡萝卜挑出来给肖御；要是肖御不在就勉强挑出来给乔晚，因为他觉得他不爱吃就肯定是不好吃的东西，不好吃的东西能给肖御就尽量给肖御。

这不，乔晚给乔御成夹了一大口菜，里面就一根胡萝卜丝，还被埋在底下，这都被乔御成眼尖地发现了，他当机立断地夹给了肖御。

"肖叔叔，你多吃点胡萝卜，对身体好。"

肖御刚咽下一口饭差点没被呛死，相处这么久他可算知道这小祖宗不爱吃胡萝卜。以前吧乔御成总夹胡萝卜给他，他感动得啊，寻思着这小宝贝总算是开始喜欢上他了，就是奇怪为什么从来不夹别的菜给他吃。直到后来他才从乔晚那里知道了，原来这小宝贝根本就是不爱吃胡萝卜，不给乔晚估计也是怕乔晚不喜欢吃，所以就理所当然地给他了。

"谢谢肥球。"

肖御笑得暖心，像个大孩子一样。

她的心里一阵暖流滑过，这些年还好有肖御，否则她应该不会找到这么好的工作来养活她和孩子。来权城所住的地方还是肖御找的，肖御说这就是高大上领导特批的员工宿舍。她虽然对房产价格也不算懂，但是以前在祝氏的时候也略接触过皮毛，肖御口中说的这个员工宿舍，不管是位置还是地皮来说，如果想买的话，保守估价一平方米大概五万二。

现在的乔晚是买不起的，她的手里也没什么存款。刚去泰国那会儿，她无意中发现自己已经好久没来那个了，她当时心就悬起来了。去医院检查后简直用晴天霹雳来形容那时候她的心情一点都不为过，就一次，她和祝靖寒就一次就直接中奖了。她也不是没想过不要这个孩子，但是最后没狠下心来，还是决定把孩子生下来了。现在想想她多庆幸当时的决定，现在的乔御成就是她的全部。自肚子一天一天地大起来后，她为了躲开乔楚和顾珩的视线而离开了泰国，这件事情她不能让别人知道，包括乔楚和母亲。

乔御成刚满月的时候，她手里就没什么钱了，还好遇上了肖御。当时他威风凛凛地出现在超市里，在她的面前替她付了孩子的奶粉钱，后来知道她学的是广告设计的时候，可能是出于同情所以破格录用了她，好在她争气，一步一步地走到了现在的位置。

5

酒店偌大的落地窗视野开阔，光洁的地板砖透出不一样的光泽，明亮的大太阳已经逐渐地减少了热度，室内的温度一下子便降了下来。男人仰面躺在沙发上闭着眼睛，长长的睫毛在眼窝处映下一小片心形的剪影，他的皮肤光滑细腻，好得令人发指，东时打开门走进来的时候便看到了这样一番景象。

他察觉到室内温度偏低，于是去调节了空调的温度。

"祝总，找到乔小姐住的地方了。"昨晚回酒店后祝靖寒便吩咐他，彻

查权城，去找乔晚的住所，找到后要在她的附近买一套房子。他一开始以为祝靖寒在开玩笑，毕竟那天他出来的时候没有见到人，但是一找，还真就找到了乔晚现在住的地方。

"买了吗？"男人略带沙哑的声音富有磁性，低沉而诱惑。不得不说他是一个哪怕静止不动都完全有魅力的人。

"嗯，买了乔小姐家对面小区的那一户。"

祝靖寒的样子显然不满意，多年的默契东时自然知道他的意思，其实东时也觉得挺遗憾的，本来想买乔晚家对门，结果对门被人买了，据说来头还不小。后来他觉得没对门旁边也行，可是旁边都是些老住户，根本买不动，整个楼被安排得一间不剩，连空余的位置都没有，他已经尽力了。

祝靖寒从沙发上坐直身子，细碎利落的短发有些乱，他眸子幽深如墨，然后把胳膊放在额头上，倚在沙发背上。

"去找王圣来。"他开口。

东时点头，而后起身出去打电话找人了。

没一会儿，一个高高瘦瘦长相俊朗的男人跟着东时走了进来，这个男人正是乔晚上午来时开门最先碰见的那个男人。

祝靖寒起身，身高大概比对面的男人高了半个头，他吩咐道："你留在这里负责处理秦逸的事情，记住，不管怎么谈都不要留余地，明天直接约见LK老总去谈。"

"好的。"王圣点头。

"那我们呢？"东时看祝靖寒的意思显然是不打算留在这里，而是要启程回去了。

果不其然，祝靖寒笑了笑，眸色寒薄："回海城。"

东时突然有些没话说，难道是因为他房子没买好，他家总裁生气了？按理说，这种事情他是不会生自己的气的，可是乔晚的事情就不一样了。

祝靖寒自有自己的打算，他没有对乔晚放手的意思，四年了，她和他都该清醒了。

"那什么时候启程回去？"东时不免好奇。

"明天一早。"祝靖寒寒眸锋锐，薄唇微微勾起笑得妖孽，"但是，在回去之前你去做一件事情。"

祝靖寒三言两语，将意思表达得光明磊落，这种事都能觉得理所当然，全世界也就只有他们祝大总裁了。东时不禁为那人捏了一把汗，怎么就和他家总裁这种表里如一腹黑的男人杠上了呢？

很快，夜色降临，整个城市笼罩了一层黑暗，那压抑的夜色，让人毫无喘息的余地，那片楼层亮起了灯，一辆崭新的兰博基尼停在一幢居民楼楼下，车内是男人冷酷的侧影，他坐在主驾驶的位置上，模糊光影间看不清他的表情。

许久后他下车，身子倚在车上，他轻轻地抬头望向高层的方向，当视线所触及那一间房明亮的窗口好一会儿后，他从兜里拿出一盒烟，然后抽出一支。"啪"的一声，打火机打开的声音，火苗上升点燃了香烟，细碎的烟雾顺着他的薄唇肆意喷出，他寒薄的眸子微眯，吞吐出的烟雾在他的面前聚集又被风吹得四散。

而那间卧室里的女人，坐在床上手里拿着一本故事书，她温柔的声音，一字一句地念道：

"在一座山脚下住着三只羊。一只羊是大羊，一只是中羊，一只是小羊，它们每天都上山去吃青草。山上有一个山洞，动里躲着一只大灰狼……"

乔御成听着故事抱着乔晚的胳膊就睡着了，她嘴角勾起温柔的笑意。卧室内的窗帘浮动，估计是窗户没关严实，她给乔御成盖严实了被子后穿鞋下床走到窗口。她的眼神向下看，陡然对上了一抹幽光。

乔晚迅速地关上窗户，然后一下子蹲在了地上。

祝靖寒怎么会在这里？难道是知道她住这里了？那他该不会知道乔御成了吧？乔晚看向乔御成，心里一阵紧张。

放在床上的手机"丁零"一声，清楚的短信提示音。乔晚蹲着身子，脚步快速地移动了过去，她伸手够到手机然后趴在床上。

亮起的屏幕上是他的号码，虽然她未曾存储，却一直都牢牢地记在脑子里未曾抹去，上面只有很简单的两个字："下来。"

乔晚都可以想象得到他发这话的时候，是什么样的表情。她轻轻咬唇，手指紧紧地握着手机，他连她的新号码都有。祝靖寒到底都知道些什么？

"你不下来我就上去了。"

又一条短信息进来，这话着实惊着了乔晚，她跑到窗前再次将窗帘拉得严实，转身打开衣柜，随意地拿了一件外套披在身上，关了卧室的灯后便下去了。

祝靖寒见卧室灯关了之后，冷冽的眸光阴沉沉的，他把手中的烟头朝着垃圾桶的方向准确地投了进去。

没一会儿，一抹娇小的身影走了出来，乔晚看到站在那里的男人之后，伸手拢紧了身上的外套。她里面还穿着睡裙，此时小腿露在外面，接触到冷空气后，已然起了鸡皮疙瘩。

"祝总，这么晚找我有什么事吗？"很官方的客套话，反正乔晚没有走心。

祝靖寒寒薄的眸子眯了眯，伸手打开车门后用力拽过乔晚就把她塞了进去，然后直接关上了车门。

乔晚着实吓了一跳，她本来想开车门下去，但是她显然低估了祝靖寒上车的速度。

她刚打开车门，脚还未挨着地，就一下子被拽了过去，车门也随之被他关上上了锁。

"你跑什么？"祝靖寒的声音带着不悦。

"我们有事情可以在外面谈。"乔晚的声音冷冰冰的。鬼才知道，他把她拽上车来想做什么。

"我嫌冷。"祝靖寒瞥了她一眼，要不是看她穿得薄他拽她上车干什么，不过显然车里气氛更好一些，空调开着，暖气十足。

"找我有事？"乔晚挑眉。她不认为她现在和祝靖寒有什么共同话题，哦，对了，秦逸。

"来我公司工作。"他开口，气定神闲的样子，完全不像是在开玩笑。

"祝总，大晚上的，说什么梦话呢？"

"你看我像开玩笑吗？"他挑眉，如墨般的目光里面流光闪过。

乔晚皱了皱眉，看得出他的确不像开玩笑，只是他若是认真的她更觉得无法应付。

"不好意思，我拒绝。"她声音笃定，继而说道，"祝总，我不认为我们是那种可以在一块共事的关系。"

"乔晚，你觉得你和我是什么关系？"祝靖寒反问，眸光有些冷。

"我只知道，你顶多算是我前夫。"

前夫和前妻，听起来不太和谐美好的词汇，祝靖寒片刻的静默无声，就在乔晚以为祝靖寒不会再说什么的时候，车子猛地发动。乔晚慌张地大喊："你停车。"家里就乔御成一个小孩子，大半夜的祝靖寒想带她去哪儿？

"乔晚，那你知不知道，前夫也是夫。"他目光直视着前方，说得一本正经。她现在哪里还在意他所说的话，满心不放心孩子。

"你快点放我下去。"她拽住他的手臂，目光中带着焦急与不安，但是这样的乔晚并没有让祝靖寒停下车。

"你到底想干什么？"乔晚紧皱着眉头，冷冷地看着一脸平静的男人。几年不见，他变得越发令人难以捉摸。

他不说话，冷酷地开着车。许久，他出声，声音低沉而淡漠："你和肖御是什么关系？"

"朋友。"

祝靖寒冷笑，他右手松开方向盘，而后握住了乔晚的手，他清晰地感觉到她抖了一下。

乔晚手指冰凉，祝靖寒温热的大手握紧。他的眸子变得柔和，不似刚才那般冰冷。

"不要和别的男人在一起，我会嫉妒的。"

乔晚戏谑地笑了，然后把手从他的手中抽出："我和谁交往和你没有关系吧。"

祝靖寒薄唇抿着，一双黑眸看不清他的情绪，车速陡然加快迫使乔晚手掌紧紧地握住安全带，现在车开往的这个方向，是城郊高速。乔晚心里突然一惊，他该不会要把她带出城，该不会是想开车载她去海城吧？乔晚想明白之后就坐不住了。

"祝总，我们有事情可以停下车来谈。"

乔晚紧张的样子看在祝靖寒的眼底，他薄唇一勾，随即笑道："再等等。"说完，他便沉默了。

乔晚紧抿着唇，她低头看了一眼手机，而后打开短信，发消息给肖御。

乔晚偷瞄着祝靖寒，看着他安心开车的样子，这才敢轻轻地目视前方偷偷地发消息过去。乔晚是让肖御过去照顾一下乔御成的，反正肖御就住在她家的对面，而且肖御也有她家的备用钥匙。

乔御成就是她的命，她的心里清楚，祝靖寒的母亲一直想要抱孙子，如果她生了孩子的事情暴露了的话，她肯定会失去抚养权。祝家财大气粗，名气势力都很强大，她不敢硬碰硬，所以不管怎么样事情瞒一天是一天，如果哪天被他们发现了，她再想应对的办法。

乔晚想事情的样子有些失神，没一会儿，祝靖寒开着车便上了高速。

等到乔晚回神的时候猛然回头，才发现离城市里的万家灯火越来越远了，看来祝靖寒是玩真的了，是真的要把她载去海城。

早知道就不下来了，否则她也不会扔下孩子跟着他来这个地方，况且现在她对他的情况一点也不了解，万一要是慕安宁也在家呢？现任撞前任，可就有好戏看了。

"祝总，我这么跟你回去不太好吧，麻烦你停一下车。"乔晚好声好气地说着。她希望祝靖寒能放慢车速，然后把她放下来，如果真的良心发现了能把她送回去是最好的，但是事实证明，虽然载她走是他临时决定的，可是不代表他没有任何应对。

"高速不让随便停车，容易出事。"他说得一板一眼，一点都不是那个还没上高速说再等等的男人了。

手机振动了一下。乔晚抿唇，想必是肖御回信息了。

"我已经到你家里了，小肥球睡得很好，没蹬被子。"肖御此时坐在乔御成的床前，标准的双人大床，孩子睡在那里只有一小块，一点都不占地方。乔御成的眼睛长得很好，又特别又好看，平静起来看人的时候，倒有几分气势。那时候肖御想，乔御成长大了一定会是一个像他一样的万人迷，这个臭小子的后爸他当定了。

肖御伸手，将乔御成的头发揉乱，又爱不释手地掐了掐乔御成的脸蛋儿，这要是乔御成醒着，他是万万不容易得手的。

乔晚没有再回复短信。他与乔晚认识的这几年，因为小肥球，所以除了特殊情况外，她从来都不会在六点半之前还不回家的。而且那些所谓的特殊情况，都是他要带乔晚去谈项目，现在仔细想想，今天乔晚的行动是很反常，每天都会定时下班去接孩子的她，今天很早就去接孩子了。

乔晚在车里紧张到手指都出了汗，她壮着胆子把手机拿到面前回复肖御。

"谢谢你，如果他醒了就给他讲讲睡前故事，或者给他唱童谣就好了。"乔晚还有很多话要叮嘱，可是她没法说太多，也不知道肖御一个大男人能不能照顾好乔御成。

祝靖寒眼角的余光触及她发信息的样子，好不容易缓和下来的脸色瞬间又变得幽深一片，他的手握紧方向盘，直接侧过头去。

乔晚并没有发现祝靖寒的动作，她现在正忙着删除短信记录，生怕待会儿被祝靖寒看到，她点击删除键，恰好肖御的名字进入了祝靖寒的视野。

祝靖寒猛打方向盘，乔晚一个向前倾手机"哐"的一声就摔了出去。

手机掉到了脚底下，里面是她刚清空的信箱。

乔晚一动都不敢动，手机落在那里也不敢去捡，她总觉得祝靖寒是看见了才会有刚才的反应。后来乔晚又安心了，他看见了又能怎么样？她又不是他的老婆。一想到"老婆"，她突然心生一计。

"祝总，如果我这么跟你回去，被你太太看到了她该不开心了。"慕安宁的性子，她可记得清楚着呢，以前的占有欲就那么强，更别说现在已经转正了。

"我太太？"祝靖寒挑眉，发出疑问的语气。

乔晚庆幸祝靖寒终于把话听进去了，所以更加卖力地游说："是啊，你想我是你前妻，你带别的女人回去，可以说是朋友，可是带我回去，解释起来就麻烦了。"乔晚觉得，祝靖寒那么喜欢慕安宁，怎么着也不会让慕安宁白白受委屈吧。

"她不会在意的。"祝靖寒笑了笑，然后嘴角漾出一抹笑意。

乔晚皱眉，那怎么可能呢？遥想当初她回家的时候看见慕安宁的身影，简直就是五雷轰顶一样愤恨又难过，还是他和慕安宁已经默契到不需要解释的程度了？

"祝总，别低估女人心。"乔晚轻笑，淡淡地说了一句。

"你会在意吗？"祝靖寒截下乔晚的话音问道，她一瞬间没反应过来，什么叫你会在意吗？

祝靖寒见她开始迟疑，薄寒的眸子渐渐地聚拢起迷雾，曾经她口口声声说爱他，可如今……

许久后，乔晚似乎是想明白了，她别过头去，眼睛望着外面黑漆漆的一片，而后勾唇。

"不会在意。"只有喜欢和爱一个人，才会去在意的，她现在要做的就是彻底忘记祝靖寒和海城。

她要和自己的儿子开始新的生活，在一个没有他的地方。

她面色平静冷淡的样子让祝靖寒心里一凉，毫无变化的答案，可是他却不敢直视她了。

如果她不喜欢他，那么他就想办法让她再次喜欢上他。

6

经过了七个小时漫长而沉默的车程，两人从权城回到了海城。

当乔晚从睡梦中醒来的时候，发现一切的景象都是那么熟悉，祝靖寒果然把她劫回海城了，而现在车子停的位置便是祝家。

她的眉间闪过恼怒旋即转头看向祝靖寒，眸中怒火燃烧。

"祝总你什么意思？"

乔晚伸手指着熟悉的别墅，眼中是掩饰不住的恼怒，他怎么就敢真的把她载来海城了，还好昨晚让肖御去照顾乔御成了，要不孩子醒了看不到人该怎么办。

凌晨四点的夜色带着些散不去的迷雾，天色还有点黑暗，可是已经阻挡不了人的视野了，祝靖寒侧头看着乔晚，清冽的目光中现出一抹笑意。

"下车。"

那笑意太明显，以至于乔晚以为自己花了眼。那句话怎么说来着，妻不如妾，妾不如偷，偷不如偷不到，偷不到不如前妻？

此时再待在车上也没用，乔晚可不指望祝靖寒突然大发好心地把她送回去，她下车后收了收睡裙的裙角，一出来冷空气就涌了上来，她的身上还披着祝靖寒的衣服，她伸手把衣服拢得紧紧的。

祝靖寒走在前面，打开了门，他就站在门前，然后回身看向乔晚。

乔晚现在对他抵触的情绪不是一般的大，她皱了皱眉，然后视线看向屋里面，怎么觉得进去就是进了狼窝了呢？万一她和慕安宁不小心打起来了，人家相亲相爱地再联手对付她，那她想哭都没地方哭了，她思索了半天觉得怎么着也不能进去。

"你先进去，我再进去。"她声音平静地说道。

祝靖寒寒薄的眸子挑起，他可没忽略她眼中那抹狡黠的光，他抿了抿唇，然后转身大步地走了进去。

乔晚趁他转身的时机往车子那边跑，在他身边那么久了，劫他一辆车开开应该没什么事吧。可她手刚触及车门就感受到腰间传来一股大力道，然后她就看到自己的两脚腾空了，她被祝靖寒如同夹小狗一样地夹在胳肢窝里。

"就你那点小伎俩还想骗我？"饶是她逃跑，可是笨拙的样子倒是让他觉得挺好笑的，他说完后乔晚整个人都不好了。

她的睡裙因为她的动作大幅度地上升，露出大片光洁的皮肤，她刚感受到冷就被男人抱进了屋子里。

屋子里的温度倒是挺舒服的，可是乔晚心里不舒服了。

"你放我下来。"她怎么着都觉得这个动作别扭死了，祝靖寒只要稍稍地低头，就可以看到不少春光，显然他不打算听她的话，直接把她带到他们曾经的婚房，把她扔在了床上，他松开手后站在床前，双手叉腰。

"好好睡一觉，起来再跟我张牙舞爪。"

他知道她这一晚上心里动荡不安的，直到凌晨困得要死才闭上眼睛眯了一会儿。

祝靖寒关上卧室的门后开始联系东时，接通后那边便传来了男人中气十足的声音。

"我说祝总你在哪儿啊，七点半飞机就飞了。"东时现在手里拿着两张从权城飞海城的飞机票，他要暴躁了，早上从酒店起来的时候，去祝靖寒的房间里就发现没人了，然后去哪里找人都找不到，关键是手机一直关机，他现在就坐在车里身上跟着了火似的。

祝靖寒轻笑了一声。

东时立马就感受到了不一般的不安感，总裁这笑意是什么意思？

"总……总裁，你不会是……"

"我在海城。"

祝靖寒刚说完东时就炸了，他噌地从车里站起来，脑袋砰地撞到了车顶。

东时痛苦地用手捂住脑袋，疼得龇牙咧嘴，他怎么就忘了这是车里了呢？

"总裁，不是你说要今天飞回去的吗？"东时一脸哀怨，明明是他家总裁说今天回来，所以他去买了机票，结果他家总裁把他一个人丢在了这里，人生啊，真是寂寞如雪。

祝靖寒清脆的笑声顺着电话那端传了过来："我只是说今天回来，没说我要和你一起回来。"

东时当时就从车里钻出来了，一手捂住脑袋一手握住手机，气得发抖，他怎么就摊上这么个没同情心的男人呢。

"哼，我不干了！"东时太生气了，当时还没意识到自己说了些什么，只是祝靖寒那边鬼一般的沉默和寂静，就连呼吸声都听不到，东时嘚瑟嘚瑟的心情突然就蔫了，完蛋，他刚才说什么了？

东时呵呵呵地干笑了几声，那边连一句调侃的声音都没有。

终于，东时顶不住了随即瘪了瘪嘴开始道歉："总裁，我错了，我真的错了，我已经深刻地意识到自己犯了严重的错误，你要罚我也好，骂我也好，炒了我也好，不不，炒了我不行，总裁，我真的错了。"

只是那边还是没有声音，这下子东时真不知道他家总裁要走什么路线，他小心翼翼地等着也不敢挂电话，就那般静默地听着，而实际的情况是，祝靖寒说完自己要说的话后，忘了挂断就把手机放在了茶几上。

他去冰箱里看看有没有能做早餐的东西。这几年，他很少在家吃饭，一般都在公司里吃饭。但令他失望的是，冰箱里并没有什么可以吃的了，他下意识地皱眉，然后回头看了一眼卧室的方向，要是他出去买的话保不齐她就跑了，思索半天之后他决定订餐，等去茶几上拿手机的时候才发现和东时的通话还挂断。

东时那边就跟不在一样，要不是通话还没挂断他一定以为是自己出现幻听了。

"东时，有什么好的可以订餐的店吗？"

东时在听到祝靖寒的声音后一激灵，心想他刚才沉默了十来分钟不说话是怎么了？然后转瞬就明白了。

他家总裁肯定是刚才生了十分钟的气，然后又想明白了，觉得自己先回去挺对不起他的，所以要补偿他。这话听起来虽然像是他要订餐的样子，但实际上是为了跟他表达歉意。嗯，他家总裁就是这么傲娇。

"总裁，我不饿，不用给我订餐了。"东时觉得不会被他炒鱿鱼，就已经很开心了。

祝靖寒挑了挑眉，他这是又天马行空地想到哪里去了？

"不是给你吃的。"

东时顿时石化，倚在车上悲伤地抬头四十五度角仰望天空。

"总裁，你可以订肯德基、必胜客。"

"号码给我。"他的声音清冷清冷的。

东时觉得他好像不太开心的样子，于是说道："这种小事就不用麻烦你了，我来就行，你说要送去哪里？"

"我家。"

东时抽了抽嘴角，他就是客气一下，祝靖寒跟他还真是不客气，结束通话后，男人三步并作两步地上了楼然后打开卧室的门。

床上的人盖着被子，蒙着脑袋，看起来觉得十分冷，他去调节了一下空调的温度，而后走到床前轻轻地把被子拉了下来，只一瞬间，那个嘴角带着笑意的男人脸色一下子就变了。

他咬着牙看向窗户的方向，怪不得刚才进来觉得有哪里不对了，吹动的窗帘、打开的窗户、未被打开的门，这一系列迹象清楚地传递着一个信息，乔晚那女人从窗户跳下去，跑了！

祝靖寒快速地移动到窗边，不期然地就看到了一瘸一拐逃跑的女人，她肩膀处露出一大片的皮肤，吊带睡裙又能遮住什么？

祝靖寒眼神一寒，他扯开窗帘然后迅速跃身而下，他双脚着地的声音很轻，可是乔晚现在很敏感，还是听到了。她转头后发现祝靖寒不费吹灰之力就跳下来了，顿时吓得花容失色，她再也不蹑手蹑脚，而是飞快地跑到祝靖寒开回来的兰博基尼前，伸手去拽车门，车门没锁，所以她一下子就拽开了，她快速地坐进去然后将车子从里面锁住。

这下，饶是祝靖寒跑来得再快，也没拦得住她的动作，他大手拍着车窗，面色有些冷意。

"乔晚，你穿着这身要去哪儿？"

"你闪开。"乔晚对着外面的祝靖寒大喊，祝靖寒眸色一凛单手握成拳状。

乔晚很了解祝靖寒，他这个动作绝对是要废了车玻璃。她不管那么多，直接将车开了出去。祝靖寒的目光一瞬间就冷了下来，冷冰冰的样子十分瘆人，他五指收紧，然后转身往车库方向跑，车库门打开，停在最正中间的是一辆炫酷的兰博基尼限量版。

他没时间选出行的车了，直接打开车门上了车，然后快速地倒车，随着吱的刹车声，一个利落又完美的转弯后车子便冲出了祝家别墅。

乔晚离开的时候，祝靖寒一直都有派人留意她的动向，可后来她莫名就不见了，甚至连乔家那边都不知道她的消息，他曾三番五次地去泰国寻找，结果都空手而归。

两人这次离别一晃就是四年，直到两个月前，他关注竞争对手LK的动向时，才发现了乔晚的踪迹。这一次，他不会再放手了。

7

乔晚将车开得飞快，她心里打鼓，因为她驾照没在这里，这要是被警察抓了她也没办法。

祝靖寒所开的车一下子就追上了乔晚，吓得乔晚猛踩油门，他的心一下子就提了起来。他按动喇叭，前面的女人似乎充耳不闻。

他摸索出手机打给乔晚。

可是乔晚并未理会，连打了好几个她都不接，只是不要命地往前冲。

祝靖寒突然减慢车速，因为他发现他开得越快她就越快，一点都不稳当，他怕她出事，他的车速减慢，最后停在了路边。

乔晚从反光镜内看过去发现祝靖寒的车突然停下了，猜想可能是车子出了什么问题吧，她陡然松了一口气后放慢了车速。

乔晚的心怦怦直跳，连带着呼吸都开始急促起来，她的车速回归了正常，在等红灯的时候把摔在地上的手机捡了起来，都早上了，乔御成也该醒了。

乔晚拨通肖御的号码，那边接通的速度简直无人能敌。

"小晚晚，你在哪儿呢？"

乔晚抿唇，有些事情是肖御不知道的，她也不打算告诉他。

"我在外面，孩子醒了吗？"

她听到那边肖御对着孩子说："小肥球，你麻麻（妈妈）打电话了。"

乔御成稚嫩的声音传了出来："肖叔叔，我要和大晚说话。"

肖御笑了笑，然后一挑眉毛说道："就不给你。"

乔御成要气炸了，他伸出肥肥的小手去拿手机，肖御嘴角一勾，大手搂住乔御成的腰把他夹在了怀里。

"小晚晚，你家宝贝儿子说可喜欢我了，放心吧，他现在超级开心。"

乔晚嘴角动了动，真是败给肖御了，她又不聋，他们说话她又不是听不见。

"御成早上吃饭的时候，一定要有热牛奶，还有，给他煎一个荷包蛋。"

"嗯，我知道了，你什么时候回来？"肖御回手捏了捏乔御成气鼓鼓的脸蛋。乔晚抿唇，她现在什么证件都没在这边，回不去也是问题，于是她想了想，决定告诉肖御她在哪儿。

"我现在海城，可是出了点问题，你下午能把我的身份证件和驾照寄过来吗？"

肖御挑眉，身份证都没带，驾照也没有，她是怎么去海城的？他这才意识到，乔晚可能出了什么事情，他的面色陡然严肃，然后放开乔御成，坐正了身子。

"你出什么事了？"他的声音低沉沉的。

乔晚一怔，随即笑了笑："没事，记得照顾好我儿子，证件一到我马上就回去。"

肖御修长的手指半搭在床上，他上身穿着居家的T恤，下面穿着到膝盖的休闲短裤，高大的身材衬得他的样貌越发俊朗。刚从乔御成床上醒来头发也是乱糟糟的样子。

肖御叹了一口气说道："有麻烦就告诉我，别把我当外人。"他不奢求乔晚一下子就接受他，但是乔晚把他当外人他心里就不好受了。

乔晚听到肖御说的话，小小感动了一下。

红灯时间过去，乔晚的车子缓慢地行驶着。

"我知道，如果有事我会第一时间告诉你的，肖御，你不是外人。"乔晚能说的也只有这么多了。

肖御的心情因为乔晚的这一句你不是外人而变得大好，他心情一好就很自然地把目光看向了一直眼巴巴地盯着他手里手机的小肥球。

肖御蹲在床边，他冲着乔御成做出一个要亲亲的样子，乔御成虽然有些不爱搭理这个不要脸的肖叔叔，可还是把小脸凑了过去，轻轻地亲在了他的嘴上。

肖御简直就要开心得飘起来了，所以他开了免提。他声音愉悦，说出的话却让乔御成更加嫌弃他了，因为肖御说："小晚晚，你儿子把初吻给我了。"

说实话乔晚有些不可置信，肖御竟然亲到乔御成了？乔御成可是很少同意这种丧权辱国的行为的，当然对她例外，这让她对自己亲儿子还是很自豪的。

乔晚笑得开心，抬眸看了一眼前面的路况，那么大的十字路口竟然堵住了，好像是有警察查车。乔晚心里感到郁闷，她怎么就这么倒霉。

"大晚，我想你了。"乔御成对着手机跟乔晚说话，一双大眼睛闪亮。

肖御盯着乔御成看，这孩子的嘴和乔晚很像，剩下的就不知道是像谁了，怎么就长得那么好看。肖御想了一会儿，突然就想到了，其他的百分之百是像了他亲爸。

肖御一下子就不乐意了，心里满是嫉妒。他一把搂过乔御成，猛地在他的侧脸狠狠地亲了一口。乔御成眼睛瞪得圆圆的，一脸诧异，样子别提多可爱了。

乔御成的内心此时是崩溃的，他刚才被痴汉肖叔叔强吻了。

"我也想你，你要听肖叔叔的话，我很快就回去了。"乔晚又说了两句便结束了通话，她的车被交警拦了下来。

乔晚抵死也不打算开车门。那交警拍着窗户拿着小喇叭示意她赶紧下车，别说她没护照了，就算是有护照她这个样子怎么出去？

乔晚真想哭了，她就这么倒霉，越害怕什么越来什么，现在她不下车倒是可以拖个一时半会儿，可是警察可没那么多的耐心。

乔晚想了想，然后拿起手机拨通了乔楚的号码，现在她唯一可以求助的人就只有她哥哥乔楚了。

响了几声后，乔楚接通。

"喂，你好。"乔楚的声音礼貌而又疏离。

乔晚心里忽然很不是滋味，这些年她一直都没有联系过乔楚。

她吸了吸鼻子，还未等她开口说话，那边就似乎知道是她了。

"小晚？"乔楚扬起声调，"小晚是你吗？"

"是我。"乔晚轻轻地出声，似乎有些委屈。

乔楚十分开心，但是语气却稍稍凌厉："你还打电话来干什么？"除了一年寄一张明信片回来证明她还安好，她这四年大半的时间，都在玩失踪，从没有主动联系过家里人。

乔晚叹了一口气，知道乔楚是生她的气了，这事情放在任何人身上都会生气的。

"我刚回来不久，想安定下来再告诉你的。"乔晚是有这个打算，她怎么着也不能一辈子不回家的。乔御成的事情，她打算慢慢地和乔楚说，她知道只要她开口，乔家肯定会瞒着祝家。

乔楚沉着眸子，心里终究是对她不忍："是不是遇到什么麻烦了？"乔晚想安定下来再告诉他，那么现在突然打电话给他应该是遇到什么麻烦了，这个臭丫头有麻烦就知道找哥哥了。

乔晚拒不出来，那警察也不拍窗户了，直接找来了拖车，想连人带车拖回警局，他们这番举动乔晚反而安定下来。

"还是你了解我。"乔晚无奈地笑笑，乔楚总是能一下子就猜出她的境况。

乔晚这么一说，乔楚心里有些焦急："到底出什么事了？"

"我无照驾驶现在被抓了，前面的拖车已经过来了，估计半个小时后我就在警局了。"

乔晚无奈，只不过一切有乔楚呢，她也就放心了。

乔楚一听，这事还挺大的呢，这乔晚的心是多大才可以平静到这种地步。

"手机开一下定位。"海城的交警队和警局很多，他哪里知道现在乔晚要被拖去的是哪一个，如果到时候现找就晚了。

"知道了。"乔晚乖乖地挂断了电话，然后打开了手机定位功能，她相信他总能想办法查到的，她想到这里就安心了。

她放松地将身子倚在椅背上，美眸看着前面的拖车过来。

乔晚闭了闭眼，今天简直是倒霉透顶了。

乔楚等到通话结束之后直接起床，这两天海城交通查得超级严，好像是要来什么大人物，她也是赶到了点上了，不是上班的时间就被查到了。

他简单地洗漱了一下，穿得利索便出了门，叫人查了定位之后上面的红点显示她正在去的方向是海城交警大队。

乔楚坐上车便往那边赶，而祝靖寒也收到了乔晚被交警截下来的消息。

他俊眉敛起，变得越加清冷，而后抿唇一言不发地启动车子，方向与乔晚去的方向一致。

许久乔晚感觉车子停了下来，她睁开眼睛后发现现在的位置是海城交警大队，那个查她的交警似乎是和她杠上了，因为她不给开门，那交警就想一定是没证才心虚。

交警又走到她的车前又敲了敲车窗，然后对着里面的乔晚说道："你不出来也可以，但是请开窗出示一下证件。"

可是她什么都没有啊，就算让肖御立马飞过来也不赶上了。那交警看她不开门也没别的办法了，拒不合作就要来硬的了，她不开门他也有办法让她出来。

交警找人看在这里，省得乔晚一激动下车跑了，他自己进去不知道是找人还是找工具去了，反正就是要强制性开门的意思。

乔晚心里可害怕了，只希望乔楚能早早地赶来，否则她就要丢人现眼了，可是似乎是越祈祷越没用，乔楚好久都没到，而那交警倒是先出来了，手里还拿着砸车的工具，乔晚承认她在这种情况下还是被逗乐了，这是土匪还是警察啊！

那小交警看不到里面的情况，这种玻璃里面可以清晰地看到外面，而外面看里面朦胧得很，所以只要不开门，乔晚就是占优势的。

"里面的人听着，你闪开点，我要砸玻璃了。"人民好警察，就是在要砸你玻璃的时候，还要为你的安全和美丽着想。乔晚咬了咬牙，听话地坐到另一边去了，那警察看见里面隐约的白色人影挪动了位置，瞬间扳手砰地就砸下来了。

巨大的声响吓得乔晚一下子就抱住了脑袋，玻璃已经被砸得开了裂纹但是没碎，那交警看到有进展了之后，随即拿起小喇叭对着车里面的乔晚喊话。

"里面的人听着，这车挺贵的，你放心地出来，如果没证也没什么关系，顶多惩罚惩罚你。"

言下之意她若是不出来，他就砸车砸定了，如果她出来他就不砸车了。

乔晚倒不是怕罚，她现在穿得衣不蔽体的显然出去会很丢人，她想得非常清楚，反正车是祝靖寒的，他爱砸就砸呗，别砸到她就好。

看到乔晚依旧没有开门的迹象，那交警换了个手拿扳手，他下决心这下子一定要将玻璃砸得粉碎，好让里面的人乖乖地出来。他这辈子第一次遇到这种不配合的挑战，还别说真挺刺激的。

他高高地扬起扳手，乔晚迅速闭上眼睛靠在最边上，伸手护着脸和脑袋，这要是被砸碎而飞出来的玻璃碴扎了她美丽的脸，她可真就杀身成仁了。

不过等了半晌，也没等到扳手砸车窗的声音响起，也没有玻璃碴落下来。

乔晚将捂在脸上的手指头开了个缝，突然发现那交警不见了，随之替换的是祝靖寒的身影，他目光淡漠地站在那里，整个人散发出生人勿近的气息。

　　乔晚怔了一下，不管他看不看得到反正她狠狠地瞪着他，祝靖寒伸手敲了敲车窗，示意她开车门。

　　乔晚心里很慌张，躲的就是他，他怎么会来呢？

　　乔晚的不配合显然没让祝靖寒生气，外面没一会儿便跑过来一个年纪稍稍大的男人，他站在祝靖寒面前，身高矮了很多，然后边笑边低头不好意思地说些什么，但是祝靖寒的表情一如既往的淡漠，没什么表情。

　　"祝总，不好意思，不知道这是你的人。"那人低头哈腰的，心里紧张得要死，祝靖寒他可不敢招惹，他没几条命可以供祝靖寒消费。祝靖寒的势力越来越大，表面上是一公司的总裁，其实他远不如表面上看起来那么简单，他要早知道是祝靖寒的人，他说什么也通气不能让这些人来拦，简直是给他找麻烦啊。

　　祝靖寒薄唇轻抿，冷漠的眼神无意地扫了那人一眼。

　　那人一哆嗦："不好意思，祝总。"

　　祝靖寒随意地把目光落在巨大的拖车和乔晚开的车中间，那负责人一下子便意识到祝靖寒是什么意思，立马找人来把两车分开，就在这过程中乔楚也开车赶到了，他老远就看到了祝靖寒站在那里。

　　乔楚眉头蹙起，他怎么先来了？

　　乔楚一想到乔晚和祝靖寒的关系，就有些担忧。当初乔晚走得丝毫不拖泥带水，如今依她的性子更是不可能释怀，这么久不回来，恐怕和祝靖寒绝对脱不了关系。

　　乔楚的车子停在那里，而后下车。

　　那负责人也看到了乔楚，心里一凉，怎么又来了这么一个人物，如今乔氏在海城混得风生水起，是人都得礼让三分。

　　乔楚迈开步子，一身休闲装闲适的样子走到祝靖寒身边。

　　祝靖寒看了乔楚一眼，晦暗不明的眼底暗藏波澜。

　　"祝总，这里交给我就行了。"乔楚平静地说道。

祝靖寒胸口闷着，目光落在车里。他看不清里面的情况。

乔楚侧眸冲着里面的人笑着扬了扬手，随即做了一个让她开车走的手势，他知道乔晚绝对不能下车，他没有把握可以抢得过祝靖寒。

乔晚点头，也不管乔楚看不看得见了，直接发动车子后退，她看见祝靖寒的眸光一直落在她这里，仿佛能透过车窗看在她身上一样。

乔晚离开后，祝靖寒的目光落得老远，随即收回淡漠地看向乔楚。

乔楚温和地笑笑，斜着身子站着，他抬头扫了一圈周围的环境，轻启薄唇："希望以后见面可以不用是这种地方。"同时也希望祝靖寒以后别再打扰小晚。

祝靖寒扬唇，那眸中邪气肆意。他微微低头看着乔楚，俊美如斯的脸上表情好到让人可以目不转睛地就看着他都不会觉得厌烦。

"好。"祝靖寒说完，也不管站在一边的负责人战战兢兢的样子，直接开车离开。

祝靖寒走之后乔楚才松了一口气，这几年祝靖寒的性子磨砺得更加让人捉摸不透了。

商场上，他雷厉风行的手段让多少大小企业怕和祝氏对上，和祝氏抢项目合作，至今为止就没有成功的案例，只是祝氏不管是在表面上还是背地里从来都不会为难乔氏，两个公司也有来往。

随着时间的流逝，祝靖寒的性格越来越让人难以捉摸，就连乔楚在祝靖寒面前也有一定的压抑感。

乔楚拧眉，只是这样冷酷的人似乎真的是不适合乔晚的，他又站了一会儿，目光如炬地看了一眼那个就要被吓死了的负责人，眼神倒还是温和的。他伸手拍了拍那人的肩膀，和祝靖寒对上不害怕才是奇怪的。

乔楚收回手之后，一言不发地走向自己的车，然后快速离开。

这几人都撤退之后，这里才恢复了平静。

Chapter 06
相思罹患

1

乔晚一路上都没敢开得太快，顺着熟悉的路直接往乔家的方向开，祝靖寒的车并没有跟上来，反而是乔楚，前面落后很多，后来很快便追上来了。乔楚开车超越乔晚，他的车往那里一横也不会有人来拦乔晚了。

看见乔楚乔晚别提有多安心了，同时她也明白，今天出这事绝对没完，她回家乔楚必定会问个清楚，所以她得提前做好打算，比如什么该说，什么不该说。

两人一前一后地到家。这个时间太阳也出来了，初阳大红色的光线洋洋洒洒，浅浅地在大地上洒下一抹薄光，没一会儿这光线由红变成灿黄色，连带着地面的光线都跟着亮了起来。

阳光透过车窗进入车内，乔晚眯了眯眼睛，而后看向车外，双手紧握着方向盘。海城的街边变化很大，新旧建筑交替看着好像更加繁华了，可是因为是家，即使变化很多，她也并不感到陌生。

两人的车并排地停在了一起，乔楚先行下车，乔晚也终于打开车门走了出去。乔楚脱下身上的外套将衣服扔在了她的脑袋上，把乔晚的视线挡了个严实。

乔晚瘪嘴，她又不是小孩，她伸手拿下乔楚的衣服然后披在身上。

家里没人，乔晚找了一圈也没找到乔妈。

乔楚见她焦急的样子也没去理会，而是直接坐在沙发上。

乔晚转圈回来之后目光落在乔楚的身上。

"哥，我妈呢？"

乔楚眼神眯着，看得乔晚低下头来。

"现在想到妈了？"他的语调上扬。

乔晚抿唇，有些说不出话来。

"当初是让你出去散心的，你就真的这么多年不回来，甚至音讯全无了？"当初乔晚走的时候，乔楚就隐约觉得她一时半会儿不会回来了，可是后来也太决绝了些，干脆都联系不到了，乔妈因为这个没少哭。

乔晚敛下眸子小声地说道："我有寄明信片。"

一说这个，乔楚要气死了，就一张薄薄的卡片，一年一张，她也够狠心的。

"你还好意思说？"他的声音陡然严肃，生气的样子让乔晚心里更加愧疚了。别看乔楚平时爱欺负她了些，可是终究还是宠着她，舍不得骂她的，看来是真生气了。

乔晚嘴角勾起一丝笑意，然后走到乔楚身边紧紧抱住他的胳膊。

"哥，我错了，我这不是回来了吗？"虽然这次是祝靖寒没经由她同意便把她带回来的，可是她是真的有了计划，在权城安顿好之后便偷偷地回来的。

乔楚轻低眸，冷哼了一声，他伸出手指在她的脑门上戳了一下。

"臭丫头，你又怎么惹上麻烦的？"怎么一回来就这么不消停。

一问到这里，乔晚叹了一口气。

"违章了。"她都没敢说是因为没有身份证和驾照不敢下车的，也不敢说是祝靖寒把她掳回来的。

"在国外靠左行驶习惯了，嗯？"他伸手揉搓了一下乔晚软软的头发，揉得一团乱。

乔晚猛地点头，生怕乔楚生疑，再多问些什么。

乔楚看了一眼她的穿着，也不打算再去揭穿些什么，只是叹了一口气后关切地问道："吃早饭了吗？"

乔晚摇头，眼神有点可怜。

"小不要脸。"乔楚瞪了乔晚一眼，样子有些无奈。

"简姨应该是去早市了，看时间也该回来了。"乔楚看了看时间，不出意外的话，五分钟之后乔妈就该到家了。

乔楚叮嘱着乔晚："待会儿好好说话，别惹简姨生气。"

"知道啦。"乔晚知道自己得乖乖的，否则少不了惹得母亲哭。

乔楚起身去厨房的时候门铃响了。

乔晚知道肯定不是母亲回来了，她原先出去都带钥匙的。

乔晚开门后看到来人之后，证明了她的猜测，来的不是母亲而是顾珩。

顾珩愣了一下，似乎是许久不见乔晚所以见她出现在这里有些诧异。

"什么时候回来的？"还是顾珩先出声问候，打破了两人之间的尴尬。

乔晚笑着说道："刚刚。"

顾珩点了点头，而后慢慢地往屋子里走。

"找我哥吗？"乔晚开口，因为顾珩不像是事先知道她在这里才来的。

顾珩点头，他的确是来找乔楚的，这几年，两人的关系很好。

乔晚其实也不会想到，她和顾珩两人会这样相见无言。

乔楚从厨房探头出来，看到是顾珩之后并未诧异，顾珩这些年经常来乔家，有些时候是为了打听乔晚的消息，有些时候也只是找他说说话或者帮帮乔家的忙。

乔晚走后的一阵子，顾珩都住在母亲高盈那里，似乎是为了弥补前些年的空缺，这些年也发生了许多乔晚不知道的事情。

两人走到沙发处坐下，顾珩的身子倚在沙发上，一双眸子波光流转，只是年华掩饰了那份倔强，磨灭了棱角，现在的顾珩无疑是温和的。

"这几年，都去哪里玩了？"顾珩目光如炬地望向乔晚。

乔晚轻笑，许久不见她的人都会这么问，她的心里对于好多人多少是愧疚的，尤其是顾珩，她当年还没来得及知道他那些年的经历就离开了。

"大概也就是那些地方。"乔晚简略地回答，眼神有些躲避。

顾珩微笑："过得好吗？"

"挺好的。"

她回忆起跟顾珩的相遇是美好又难忘的，那时候她高一，他高二，她高二的时候他高三，祝靖寒和林倾都是顾珩最好的朋友，而且同住一个宿舍。

在他高三的重要年头，他跟她表白了。

顾珩在晚自习的课间找了她出来，确切地说是后来的整个晚自习他都把她堵在篮球场内。大夏天的，操场上满是躁动和蝉鸣，晚风吹着杨柳浮动，学校操场周边有一片花园，每到夏天的时候就特别香，顾珩选择的表白地就在这里。

那天乔晚穿了一件白色的上衣，浅蓝色的及膝裙子。顾珩高出她很多，她得仰着头看他。

"上次你借我的书我看完了，明天还你。"乔晚和顾珩来往最多的便是顾珩不知道在哪里淘来的书，到最后淘来的好东西都在她那里了。

乔晚笑着，少女般明亮的笑容晃花了顾珩的俊眸。

顾珩第一次正式地牵了乔晚的手，乔晚一怔甚至忘了抽回。

顾珩低头另一只手也握住她的另一只手，表情特别认真，他说："乔晚我喜欢你，我们在一起吧。"

乔晚瞬间讶异之后笑得明媚，让人看着就不忍心去亵渎她的纯洁。

顾珩将她圈入怀中，右手扶住她的后脑勺让她贴近他的胸膛，她的耳朵就在他心脏的地方，热风吹拂的天气。

乔晚的脸红得像红苹果。

"你听，它跳得很厉害。"

顾珩的心跳声强有力又急促，她的耳朵贴在他的胸膛上听得十分清楚。

顾珩低头去看她的样子，笑得如沐春风。要不是乔晚当时有喜欢的人，她相信自己一定拒绝不了顾珩。

顾珩觉得自己无可救药了，他怎么会那么喜欢这个女人呢？恐怕到现在他都不知道，他只知道自己想把世界上最美好的事物都给她，想让她开心。

她喜欢的东西，他会跟着喜欢；她想要的东西，他会想办法弄到手。

当时的顾珩，对乔晚便是这种感觉。

他的表白，林倾是知道的。当年林倾带着一脸清寒的祝靖寒观摩了全程，只是两人当时都很紧张，谁也没发现。

乔晚最终没有答应顾珩，但顾珩依旧对她很好，经常送她回宿舍，有时候周六周日也会送她回家。不知道什么时候起，顾珩和乔晚"交往"的事情被不少人知道了。

高中谈恋爱可是件一有点风吹草动便会惊动全世界的事情，而这件虚传的事情不知道怎么被顾珩的母亲知道了。顾珩的母亲高盈是一个看得比较开的女人，见过乔晚后也欢心得紧。乔晚和顾珩都否认，但是高盈认为孩子害羞，只是多加嘱咐他们以学业为重。

顾珩曾经和乔晚开玩笑说："现在所有人知道我喜欢你了，你可不能哪天拒绝我，要不爷的面子往哪儿搁。"

……

乔晚回神，就见顾珩目光怔怔地望着她。

"晚晚，如果回到当初，你还会不会拒绝我？"他知道不该有所期待的。

"阿珩。"乔晚张了张嘴，声音有些沙哑和迟疑，"我们不合适的。"

顾珩脸色一暗，随即笑了笑。是啊，从前不合适，现在更不合适，他们之间发生了太多的事情，他和乔晚不管是从前还是现在，在爱情路上都是两条平行线。

2

"肖叔叔，我要吃那个。"超市里，乔御成被肖御放在了超市大大的购物车里，稚嫩的声音一字一句说得异常清楚。

难得的是，乔御成一路上都是笑脸，这可让肖御开心坏了。

"哪个？哪个？"肖御一听，这小肥球想要吃东西了，赶忙四处看了看。

乔御成伸出手，软糯的声音，有些肉的小手指头指着就摆放在高高的货架上的酸奶。肖御看到那酸奶摆放得很高，瞬间逗逗孩子的心思就起来了。

"亲一个就给你拿。"肖御挑眉跳到购物车前，把一张放大的俊脸凑到了乔御成面前。乔御成蹙眉，肖叔叔咋这不要脸哪，他是那种为了一盒酸奶就放弃原则的孩子吗？

乔御成把脑袋一低，干脆玩起了手里的小魔方，肖御一下子被忽视了。

"小肥球，你喜不喜欢肖叔叔我，喜欢就亲我一下，我好给你拿酸奶。"肖御可不死心，他的目光平视着乔御成，试图从乔御成脸上看出什么不一样的情绪来。谁知道乔御成嫌弃地看了他一眼，要是肖叔叔正常的话，他还是很喜欢的，现在肖叔叔太不正常了，他要是说了喜欢肖御，以后肖御肯定会没事就对他上下其手。

肖御一下子站直身子，右手捂住嘴，眼神晃来晃去看起来很是悲伤，乔御成这座小肥山，他究竟要怎么样才能逾越啊？

乔御成看着肖御的样子有点可怜，然后放下手中的魔方打算提点他一下。如果大晚以后要是结婚的话，乔御成觉得其实肖御还是很不错的。

"肖叔叔，大晚喜欢成熟的。"言下之意就是你这么幼稚，简直没戏。

肖御眉毛一挑，突然开心了起来："真的喜欢成熟的？"

乔御成瞪了肖御一眼，心想着哪个女人不喜欢成熟稳重的。

肖御一个跨步走到货架前，随手拿了两条酸奶放进了购物车里，神情眉飞色舞："你看，肖叔叔对你好吧。"

肖御对于乔御成是打心眼里喜欢和疼爱的，这个孩子，性格让人稀罕得紧。

从超市里出来之后肖御把乔御成一手抱在怀里，一手提着一大袋子吃的。

平心而论，肖御是一个很帅很酷的男人。说他不成熟，也只是在乔晚面前而已，一个十八岁就接手了当时要破产的一家娱乐公司而后改名经营，并且现在混得风生水起的男人能有多幼稚？

"肖叔叔，我想去看大晚。"

到底是个孩子，还是想妈妈的，早上起来虽然不说，但肖御还是看到了乔御成的委屈，乔晚可是从来都没有离开过乔御成的，这次去海城干什么？

他皱了皱眉，抬起提着装满了零食的袋子的手腕看了一眼时间，他不打算把证件给乔晚寄过去，他打算直接给带过去，顺便看看乔晚到底去那里干什么了。

肖御敛下神来，声音很好听："大晚很快就回来了，小肥球你是不是特别喜欢跟叔叔玩？"

乔御成觉得，要是肖御能放下他臭屁的性格，自己会更喜欢他的。

"小肥球，想不想跟叔叔去别的地方玩？"肖御突然开口，看向乔御成。

"去哪儿啊？"

"去不去海城？"

他要去找乔晚必定是不能把孩子一个人放家里的，所以他打算到幼儿园帮乔御成请个假好带他一起去，就算给乔晚一个惊喜吧。肖御从来没有想到过，他所谓的惊喜对于乔晚来说，就是天大的惊吓。

"大晚在那里吗？"乔御成多少懂一点的。

"当然在。"

"那我就去。"

肖御的眉一挑，他就是喜欢这小子说走就走的性格，不拖泥带水，性格果断，这个绝对是随了他的，哼！

下午一点十分，一架从权城飞往海城的飞机降落，它从三万英尺的高空中轰鸣而下，白云萦绕。

飞机上，一个身穿休闲装的俊朗男人大手抱着一个小男孩走出机场，他的手放在孩子的腰上，孩子整个人趴在他的肩上，眉目可爱，最重要的是两人身上穿的竟然是亲子装。

朗朗晴空，万里无云，海城的天气让人心情好得不像话，肖御抬手给乔御成遮了头顶依旧炙热的太阳。

"大晚在哪里？"乔御成双臂环绕着肖御的脖子，一副依赖的样子。肖御伸手轻轻地拍了拍他的后背，他说到底还是个孩子，乔晚不在，自己带着他去陌生的环境，自然还是会不适应的。

"肖叔叔给大晚打个电话，小肥球你别着急。"肖御单手掏出手机，然后拨通乔晚的号码。他边走边等着那边接通，远处高楼上的大显示屏吸引了他的视线。

那上面显示的是被誉为全球十大企业家之一的祝靖寒，肖御是知道祝靖寒这号人物的，圈里响当当的名人。

乔晚那边接通了电话，声音略微迷糊。事实上乔晚刚午睡了半个小时，接到肖御的电话后她眯了眯眼睛，然后缓慢地坐了起来。

"肖御，怎么了？"

肖御抱着乔御成走到阴凉处，然后在那边的休息椅上坐下，乔御成趴在肖御的身上，因为天气太热有些昏昏欲睡。

"你在哪儿？"肖御沉静地开口，目光带着沉稳。乔御成不是说乔晚喜欢成熟的吗！

他稍微正常的语气让乔晚失笑，这肖御什么时候这么正经过了，是不是又犯病了？

"我在家里，对了，我的证件你寄过来了吗？"乔晚揉了揉眉心，整个人都有些迷糊。

肖御轻笑："地址都不给我，你要我往哪里寄？"

乔晚一听，纤细的手一拍脑门，然后直接仰面躺在了床上，她根本就忘了给肖御地址的事情。

"待会儿我把地址发你。"她也是要败给自己了。

"等会儿，你刚才说你在家里？"肖御终于抓住了话音里的关键信息，乔晚是海城人？

"嗯，这里是我的故乡。"乔晚知道肖御不知道的事情太多，其实多余的她也懒得解释的。

肖御点了点头，总觉得脑中似乎遗漏了些什么，带着隐约的不安感。

"我知道了。"

"送孩子去幼儿园了吗？"乔晚看了看时间，现在幼儿园也开始上课了。

肖御低头看着趴在他怀里闭着眼睛刚睡着的孩子，而后说道："去了。"

乔晚倒是没问太多，两人结束通话后，肖御把手机揣进兜里然后低头看着乔御成。小孩子的睫毛很长，长长的睫毛在眼窝处留下来一小片心形的阴影，白皙的皮肤，虽然还未长开但是可以看得出这五官精致到无可挑剔，只是现在有些婴儿肥，长大之后绝对又是秒杀万千少女的一个大祸害。

肖御伸手轻轻地把他的头发往上面弄了弄，也许是因为平时乔御成少见地被他这么看着，所以肖御没仔细观察乔御成的五官。看着看着，他突然感觉乔御成好像和有个人有些相似，他蹙眉，然后低头看得更加仔细，是谁来着？

"海城S社独家爆料，AH娱乐幕后大Boss其实是祝氏总裁祝靖寒……"大显示屏上突然播报出这么一条消息，肖御猛地抬头，恰逢祝靖寒一张冷酷的侧面出现在镜头前。

肖御一怔，然后猛地抱着乔御成站了起来，怀中的孩子似乎是被惊醒了。

乔御成伸手揉了揉眼睛，眯眼看着肖御："肖叔叔，我热。"

肖御低头看乔御成，而后一双妖孽的眸子陡然变得冰冷。

乔御成被平时大大咧咧的肖御的变化吓了一跳，又因为没睡好一下子就吓到哭了出来。

肖御蹙眉，怪不得突然觉得小肥球和某人像，原来是这样，再结合乔晚所说的话，海城是她的故乡，那么乔御成八成是那个人的孩子了？而且最让他意外的是AH的幕后老板是祝靖寒，那么那天祝靖寒约在酒店见面，到底是有预谋的还是意外？

一系列的事情在他的脑海中转了个圈，他突然肯定乔晚的回来，和祝靖寒脱不了关系。

昨晚大半夜让他去看着乔御成，那是不是证明昨天晚上乔晚是不得已离开的，种种迹象表明应该是被人突然带来这里的。正想着的时候，孩子清脆的哭声让他一下子回了神，乔御成哭得脸色通红。

肖御心里一急，然后赶忙坐下拍着孩子的后背。

"宝贝不哭，不哭了，乖。"肖御从兜里拿出纸巾给乔御成擦着眼泪，然后单手托着他的后背。乔御成从肖御腿上站了起来，肥嘟嘟的胳膊环住肖御的脖子，哼哼着渐渐不哭了。

肖御叹了一口气，一边继续轻拍着乔御成的后背，一边看着大屏幕上俊朗冷酷的男人，这就是乔晚的前夫？

他其实并不紧张，前夫虽然是夫，可是毕竟带个前字。

下一刻，乔晚就将地址发来了，他起身抱紧怀中的孩子，声音温和："小肥球，叔叔带你去看妈妈好不好？"

乔御成如捣蒜似的点了点头，然后声音软软地说了声好。肖御抱着乔御成走到路边伸手拦了一辆出租车。

乔御成不知怎的想要回头，肖御伸手托住他的后脑勺没让他动弹，而乔御成回头，目光定格在一张祝靖寒所拍摄的杂志宣传照上面。

肖御抿了抿唇，打开出租车门抱着怀中的乔御成一块坐了进去，车子缓慢地启动，离大屏幕的方向越来越远。肖御敛眸，伸手揉了揉乔御成的脑袋，嘴角有一丝冷然。

3

出租车很快便行驶到了肖御所说的地方，乔御成倒在他的怀里睡得正熟，肖御付了钱后抱着乔御成下车。眼前的建筑是清一色的小别墅区，周围的环境非常好，绿荫环绕路面干净，尤其是这里有顶着大日头却凉爽的天气，住在这里简直就是幸福。

肖御大手揽着乔御成的屁股，他的小脑袋侧着躺在肖御的肩膀上。

按照地址，肖御找到了乔晚所发的住址，他站在门前，妖孽的桃花眸眯起，而后伸手按动门铃。

门从里面被打开，出来的是一个男人。男人长相俊朗儒雅，带着不凡的气质，肖御俊眸蹙起，他找错地方了？而乔楚更是一脸诧异，怎么门口有一个男人抱着个孩子呢？

"请问，这是乔晚家吗？"肖御看到男人虽然不开心，但是好歹也要问问的，如果真的是乔晚的家，他的心里就更加不爽了，乔晚家里怎么能有男人？！

乔楚抿唇，眉头蹙起，竟然是找乔晚的，乔晚这才刚回来，难道这是她

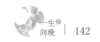

在国外认识的朋友？

"是的，我是小晚的哥哥。"乔楚并没有打算让肖御进去的意思，他总不能见是个人来找乔晚他就放行吧。

肖御一听，眸子就亮了，原来是乔晚的哥哥啊，他还以为是哪个不长眼的男人呢，想跟他抢晚晚呢。

"大哥你好，我叫肖御。"肖御伸出右手，要跟乔楚握手。

乔楚眸子清冷，薄唇抿起。

"你是谁？"他的声音低沉，手就揣在兜里，没有拿出来的意思，上来就叫人哥，这人是不是有病。

肖御倒是觉得，乔晚的哥哥蛮酷的，他见乔楚没有握手的意思，也酷酷地收回手。

"我是小晚的朋友。"肖御才不会把他是乔晚上司的事拿出来，朋友和上司差着不少亲近关系呢。

乔楚点头，目光落在他怀里只看得见背影的小男孩，这个叫肖御的人和他怀里的孩子穿的明显是亲子装，这个男人带着自己的孩子来找乔晚来了？

"哥，谁来了？"乔晚揉了揉眼睛下楼，就见乔楚站在门口，好像有说话声。因为乔楚挡着，乔晚也看不见来人。

乔楚听见乔晚的声音后回头，嘴角缓慢地扬起一丝笑意。

"听说是你朋友。"

乔晚心里疑惑，朋友？等到乔楚的身子移开后，乔晚的眼睛冷不丁地撞上一个笑意满满的眸子还有他身上的孩子时，整颗心都跳到了嗓子眼里。她还没准备好和乔楚摊牌，况且现在她在海城的情况不稳定，祝靖寒说不准什么时候就会找上门来，肖御这个添麻烦的怎么就来了，她只是让他把证件寄过来，不是让他把自己和孩子带过来。

乔晚的眼里没有惊喜只有惊吓，肖御看得出来乔楚在纠结。她快步往门口走，笑得有些尴尬，虽然生气也忍着以免被乔楚看出什么状况来，那就糟糕了。

乔晚走到肖御面前，嘴角扬起一丝笑意，话说得竟然有些咬牙切齿："你怎么来了？"她瞪了肖御一眼，又看了一眼睡着的乔御成，简直要哭了，肖御这货该不会是来给她添麻烦的吧？

肖御不要脸地笑了笑，声音愉悦："我的小晚晚，惊喜不？"

肖御觉得，这对乔晚来说简直就是一个大惊喜，她不是想孩子吗，他就抱着孩子来了；她不是要证件吗，她的证件就在他带来的行李里，行李在送来的路上。

乔晚现在真想伸手掐死肖御，惊喜个头，她简直就是受到了莫大的惊吓，连睡意都被吓得不知道哪里去了。

"既然是小晚的朋友，进来吧。"还是乔楚开口，这两个人用眼神交流得他有些看不懂了，所以先邀请进来，有什么话进来再说。看来，乔晚这些年生活得不错，还交了好朋友。

说实话作为男人来讲，乔楚给肖御打了90分，另外的10分是因为他有儿子了，要不论长相幽默度，还是和乔晚很相配的。

肖御挑眉，进了客厅。

乔晚欲哭无泪地跟在后面，她真是佩服死肖御了，抱着她儿子说来就来了，还来这么危险的地方，他一个大公司的老板不用上班吗？！

肖御自来熟地坐在沙发上，然后把乔御成慢慢地抱在了怀里，样子十分熟练。乔晚坐在肖御的对面，表情不明。

"我去倒水，你们聊。"乔楚看两人明显有话要说便走开了。

乔楚去了厨房后，乔晚压抑着声音说道："你怎么来了，你要吓死我吗？"

肖御耸了耸肩道："这不是怕你想小肥球想我吗？所以就飞来了，反正也不浪费时间。"他戏谑地说着，眸中却带着一丝深沉，乔晚的顾虑他好像有些知道了。

乔晚噌地站起来，然后坐到他的身边，压着声音说话："我身边的所有人都不知道御成的存在，包括我哥还有我妈。"

乔晚有点着急了，她现在毫无准备，肖御就带着孩子回来了，要是乔楚问起，她该如何解释，难道不承认这是自己的孩子？她最怕的便是隔墙有耳，消息传到祝靖寒那边去。

肖御倒是有些诧异，怪不得刚才他怀里抱着乔御成，乔晚的哥哥除了看了几眼便没别的话音了，要是知道是自己的外甥，不该是这样的反应。

乔楚已经给两人弄好了咖啡放在茶几上，乔晚整个人都有些紧绷。

乔楚的目光再次停留在肖御怀中的孩子身上，他思虑了一下还是问了。

"这是你的孩子？"乔楚问的自然是肖御。

乔晚一下子僵住。肖御给了她一个安心的眼神，俗话说得好，既来之则安之。他笑了笑，那样子还带着些傲娇："我朋友的儿子。"

乔楚蹙眉，既然是朋友的儿子，那他怎么和孩子穿亲子装？而且乔晚的样子就像是犯了什么错误一样，他的妹妹他最了解，这其中一定有猫腻。

乔楚端起一杯咖啡，轻抿了一口，眼神若有似无地扫过睡着的乔御成。

乔晚手指攥紧，都要出汗了，其实她知道不应该瞒着乔楚的，早晚也得露馅，以后露馅可能事情会闹得更大，只是这一切来得太突然，所以她暂时说不出口。

肖御倒是一脸淡然，他说的是实话，乔御成是朋友的儿子，乔晚是朋友，一切顺理成章，要是以后乔晚是他女朋友了，那么乔御成就是他女朋友的儿子，也就是他的儿子了。

这时候，乔御成在肖御的怀中动了动，哼出声，他伸着小手揉眼睛，他的手被肖御握住。乔御成睁开眼睛，黑眸亮晶晶的，然后一咕噜地坐了起来，他一侧头便看见了乔晚，他特别开心，冲着乔晚伸出手去。

"大晚，我好想你。"

孩子的声音软糯，乔晚一听心里就软了下来。

乔楚在孩子转过来的时候，就一眨不眨地看着孩子，他神情突然一沉，目光凝视着乔御成的脸。

乔晚抱过乔御成，然后伸手拍了拍他的后背。

乔御成的双手环绕住她纤细白皙的脖子，小脑袋倚在她的脑袋上，温馨的样子，令人备感温暖。

肖御看向乔楚，乔楚也看向他，两人目光交汇，里面有不明的信息在传递。

肖御眉头一皱，他怎么觉得，乔晚的哥哥此刻的神情太过于深幽了些，仿佛什么都知道了一样。

4

祝氏高层内，祝靖寒坐在办公桌前，满脑子都是乔晚逃跑的样子，陡然间，他眸中闪过一抹光，拿起办公室的内线电话，给助理室打了过去。

"总裁，您吩咐。"

"晚上约 LK 老总来吃顿饭。"祝靖寒说这话的时候，眼中闪过一抹精光。

他还没忘记那天他在包厢里所听到包厢外肖御和乔晚的对话。

"好的，祝总。"

挂断通话之后，祝靖寒双手撑在办公桌上起身，全身散发着生人勿近的气息。乔晚一来，那个男人便追到了海城，明显是打着别的主意。

祝靖寒冷冷一笑，看来肖御大概不清楚这海城是他的地盘，乔晚也是他的女人。

肖御接到江菲儿的来电时，正在乔家外面的小路上随便地溜达。

"找我什么事？"

"肖总，AH 娱乐约您今晚去百乐酒吧吃饭。"

肖御挑眉，AH 娱乐约他就是祝靖寒约他喽，祝靖寒现在人在海城，而百乐酒吧恐怕也是海城的，这祝靖寒对他的行踪倒是了如指掌啊。

"不去，就说我有事。"肖御自然是不想去的，赤裸裸的鸿门宴，他又不傻。

江菲儿挑起性感的红唇，轻轻地摆弄着自己的指甲，她坐在椅子上，面色除了上扬的嘴角之外，并没有什么表情。肖御的性子她还是了解的，这种很明显去了不讨好的邀约，他这只狡猾的兔子才不会上当。

"那我知道了，挂断之后我会直接回复 AH 娱乐的。"

肖御"嗯"了一声，而后挂断了电话。AH 的消息这么快，难道是因为他和乔晚的关系，还是因为他是 LK 的幕后老板？

若是因为后面这个原因，祝靖寒对他未免也太上心了些，他自认论企业实力 LK 是比不上 AH 的。

江菲儿看着快速挂断的手机屏幕，妖冶的眸子挑了挑，她涂着酒红色指甲油的手指轻轻地敲打着桌面，正准备出去落实肖御的话，就想起LK出了一件大事情。

　　今天肖御走的时候，把正式签文妍的事宜交给她了，但是不知怎的，文妍左等右等也不来，这好不容易等来文妍的助理，那助理却说前面的合同他们决定不作数了，另外，违约金他们会照赔。

　　江菲儿平时是一个很冷静的人，可是文妍突然反悔这事给LK造成了影响，况且文妍的后台极硬，若是对LK有不满，那么以后必定会腥风血雨的，所以江菲儿第一次心里没有谱了。

　　她还是冷静地分析了一下，文妍不签的原因只有两点：第一是单纯的不想签了，不走这条路；第二就是签了别家更好的，所以要毁约。

　　乔御成玩着乔晚从她房间里找来的好玩的。都是以前乔晚玩过的东西，难得乔御成玩得专心。

　　乔楚坐在那里，面色压抑，乔晚都不敢抬头，生怕被乔楚看出了什么。肖御也不知道是怎么回事，非要出去逛逛，就跟他很熟悉这里一样。

　　乔楚一直看着乔御成，眼中带着危险的神色，甚至还有些不悦和探究。

　　许久后他开口说道："小晚，你打算瞒我到什么时候？"她以为就她和肖御那点模棱两可的样子可以骗过他？

　　乔晚脊背僵直，转过头对上乔楚严肃的眼神，平静了下来。

　　"我没有想瞒你。"她知道，乔楚八成是知道了乔御成的事情，否则不会一直盯着孩子看的。

　　"若是我没见过祝靖寒就罢了，若是这个孩子和祝靖寒长得一点都不像就罢了。但是小晚，这孩子和祝靖寒长得太过相像，只要熟悉的人一眼便看得出来，你连我都瞒不过，怎么可能瞒得过祝靖寒？"

　　乔楚倒不是生气乔晚不告诉他真相，而是生气她竟然明目张胆地带着孩子来海城。

　　"你知道这个孩子被祝家发现的后果是什么吗？"乔楚眯起眼神，神情冷峻。

"哥，所以我才不敢回来。"乔晚憋闷了许久的话，终于道出。这种有家不能回的感觉无比痛苦，她的孩子若是被祝家抢走了，她该怎么办？她争不过祝靖寒，唯一的办法就是永远都不要让祝靖寒知道孩子的存在。

乔楚知道乔晚也害怕，更多的是心疼，怪不得这么多年都不敢回来，原来是独自在外生了个孩子，自己带着孩子过日子。

他不知道乔晚是怎么过的，因为乔晚从没有向家里要过一分钱。

"放心吧，就算发现了，我也会保护你的。"

乔楚安慰着她，一向冷漠的神情出现了丝丝裂缝，在乔晚的面前，他永远无法做到冷漠相对。

"大晚，你怎么了？"乔御成看到妈妈似乎很是伤心，站起来拉了拉乔晚的袖子。

乔晚摇头，亲了亲孩子的额头。

乔楚蹲下身子，把孩子给抱了起来："来宝贝，告诉舅舅，你叫什么名字？"

乔御成看着乔楚，眼前的人比他那个不要脸的肖叔叔看起来靠谱沉稳多了，而且刚才大晚叫他哥了，乔御成一下子对乔楚好感大增。

"我叫乔御成。"孩子眼睛大而明亮，长得太过好看。

乔楚笑笑，喜爱地捏了捏他的小鼻尖，很好，姓乔。

"名字是谁给你起的？"

"大晚。"

"叫舅舅。"

"舅舅。"乔御成很是嘴甜。

乔楚绝对不知道的是，乔御成只对看顺眼的人嘴甜，在一般人的眼里，乔御成简直高冷傲娇到哭。

这一声舅舅让乔楚之前的不快烟消云散，管什么祝家不祝家的呢，只要孩子好就行。

乔晚的心一直沉沉的，肖御这个决定做得太突然，如果孩子被祝靖寒发现了，后果她不敢想。如果当初高苓知道她怀孕的话……

想到这里，乔晚突然想起，祝老爷子不知道怎么样了。

乔晚想了许久，还是问道："哥，祝爷爷他还好吗？"

谁知道乔楚身子一僵，随即就像是没发生一样继续抱着乔御成晃啊晃。

"还好，现在在美国的疗养院里。"

乔晚放下心来，毕竟当初祝爷爷对她还是很好的。

"那周老先生呢？"乔晚还记得，当初是周老先生，也就是乔楚的亲外公来给祝爷爷的手术提了意见落实了方案的。

乔楚回身，面色终于不似刚才那般轻松，而后叹了一口气："给祝老爷子做完手术后没两个月就去世了。"

乔晚大惊，事情怎么会是这样，她脑中没来由地闪过当初去 M 国找周老先生时，管家蓝叔的表情。

"到底出了什么事？"乔晚不知道的事情太多太多，比如顾珩的事情，比如这件事情，她都得慢慢地弄清楚。

乔楚把乔御成放在沙发上，眸光敛起，心里有些难过："治了一辈子的心脏病人，最后自己却因为突发心肌梗死而去。"

乔楚后来才从蓝叔那里知道，乔晚和祝靖寒去找周老先生的时候，他的心脏已经很不好了。

根本不适宜长时间的劳累和走动，当初蓝叔拒绝祝靖寒和乔晚的请求的原因也是这个，但是周老先生因为乔晚，说白了因为乔晚是乔楚的妹妹所以才来的，只是谁也没想到，老先生后来走得那么突然。

乔晚有些叹息，世事无常，人的生命来之不易，又太过脆弱。

乔晚心里有些难过，她想对乔楚说抱歉，可是她张了张嘴，终究是没有发出声来。

最后乔晚伸手搭在乔楚的肩膀上，什么也没说。

乔楚笑笑，事情早已经过去，再提无益。

肖御本以为推了 AH 娱乐的邀请就完了，谁知道没一会儿江菲儿就又打电话过来了。

肖御不耐地接起电话后，眉头一直蹙着。他听着江菲儿把事情一点一点地说出来，脸色也越来越阴沉。

他自认为自己做事手段挺阴险的，没想到还有比他更阴险的，这么明目张胆地抢人，他怎么想都是 AH 娱乐做的事情，看来这鸿门宴他是去也得去，不去也得去了。他倒是要看看，这传说中的男人葫芦里到底卖的是什么药。

"肖总，接下来你想怎么做？"江菲儿绝色的面容配上严肃的神情，别有一番风采。她很担心他，他不知道怎么的就把事情都交给她，然后跑去海城了，而海城是 AH 娱乐的老窝。

"既来之则安之，他还能吃了我不成？"

江菲儿凝了凝神，自然是支持肖御所做的一切决定的，她从 LK 起步就跟着肖御，这些年来看着他一步一步地把公司做大。

结束通话后，肖御进了屋子。他张开手臂要去抱乔晚，乔楚一下子挡在了乔晚的面前，他便猝不及防地撞进了乔楚的怀里。

肖御轻咳一声，后退了一步，他看向乔晚并带着一脸的玩味对着乔晚说："晚上，我要去约会。"

乔晚一听到肖御要约会了，心情值瞬间飙升，这货终于想通了！刚想要说恭喜，肖御就又开口了："一想到要和 AH 娱乐总裁约会心里还挺忐忑呢，不过他抢走了我签的人，心里应该会比我更忐忑。"

"你认识祝靖寒？"乔楚脸色清冷。

"只是知道其大名却从未接触过，今天便要去会一会了。"肖御的心里带着一丝兴奋，祝靖寒，无疑是一个挑战，一个让肖御跃跃欲试，光是想想就冲动的挑战，两人有相同的爱好，相同的竞争点，例如艺人，例如女人。而肖御相信他既然和乔晚离婚了，那么两人之间肯定有什么不能横跨的矛盾。俗话说得好，相见不外乎时间，时机才是最重要的。

乔晚心里不安，祝靖寒这么快就邀请了肖御，那就肯定知道他抵达海城了，那么关于孩子的事情呢？

肖御似乎看出了她的疑惑，宽慰道："别紧张，虽然 AH 娱乐公司势力大背景大，但是我有把握抢回我的人。"

肖御一语双雕，这人，既是指文妍，亦是包括了乔晚，只是不知道乔晚听懂没有。

乔晚一下子便想到了文妍那个女孩子，能让祝靖寒动手抢的，也就只有那个人，只是肖御估计错了，祝靖寒心里才不会忐忑。

5

夜色微凉，一辆黑色的兰博基尼停在了百乐酒吧门口，车门被人从外面打开，男人先迈出一只脚，露出崭新锃亮昂贵的皮鞋，然后颀长的身子笔挺地站在那里，淡漠的神情中没有一丝温度。

门侍都对他很恭敬。在海城很少有人不认识祝靖寒的，尤其是他们混迹在这种名贵的地方，更是熟知这个男人的大名。从门口走出一个领头的，他样子恭敬，微微弯着腰。

领头的侍应生伸出手说道："祝总，里面请。"

百乐酒吧算是海城最名贵的酒吧，对于祝靖寒这样的客人，根本不用提前预订，他们在这里都有专门的 VIP 包厢处理公事。

领头的侍应生把祝靖寒迎进了奢华的包厢后便退下了，这种大人物一般是不喜欢有外人打扰的，他只需要去按照单子安排里面要吃要喝的东西，准备好后送来便不用再进来了，只需候在别处等着他们的吩咐。

祝靖寒坐在沙发上，修长的双腿交叠，双手很随意地放在一边。他脸色深沉着，嘴角扬起莫须有的笑意，如果正常邀请 LK 肖御恐怕他是不会来的，所以他便给他加了点料，这场关乎公司的艺人的会面，祝靖寒不相信他不会来。

男人墨染的目光看向腕表现在是晚上七点半，正是夜色来临，夜生活开始的时候。

肖御，大概也快来了。

如往常一样，夜晚的酒吧内喧嚣吵闹。

只不过肖御还没到，东时先来了。

祝靖寒微抬眸，目光扫过来人的面庞，薄唇抿着，眸子清冷。

他目光敛起，而后往杯子里倒了半杯伏特加，眯起眼睛，抿了一口，纯纯的味道。

东时见状，坐在了他的一旁。

其实东时有些不明白，祝靖寒娱乐公司做得大，一直都是行得正坐得端，手段有时候虽然狠辣了一些，但从没抢过别人已经签到手的人。

"祝总，文妍是值得投资的人吗？"东时是有话必问的性格，不会藏事情，而这也是祝靖寒欣赏他的地方。

祝靖寒的手里拿着酒杯，眼神淡漠地盯着在橙黄色灯光下摇曳的透明液体，轻轻地晃动，逐渐泛起涟漪。

"某方面，很值得投资。"他笑笑，旋即把杯中的酒一干而尽，直接把杯子缓慢地放在桌子上，清脆的玻璃碰撞玻璃的声音。那声音在东时的心里荡了一个圈。

他明白祝靖寒所做的事情都是有理由的，他从来不会打响盲目的战斗，从来不会做浪费时间的事情，所以突然签下文妍，其中必定有理由：要么文妍这个人很有潜力，要么就是她身上有祝靖寒所需要的东西，两者必有其一。

这边隔音效果很好，激荡的摇滚乐声早在步入 VIP 贵宾区前就被隔离个彻底，所以除了有些浓郁的酒精气味，这边安静得根本不像是一个酒吧，正好也是会谈的适当场所。

包厢的门再次被打开，这回却真真正正是祝靖寒所要等的人。

肖御一进来便看见了坐在沙发上样子尊贵的男人，他就那么坐在那里，浑身散发出一种强大的气场。

两人目光对视，一瞬间，莫名的电流在两人之间流窜。

肖御身上就穿着来时的那身休闲装，并未来这种场合故意换身衣服什么的。

"你好，我是 LK 肖御。"他走上前，在缓慢站起来的男人面前伸出手去，他的手指长得很好看，干净得自成一体。

祝靖寒嘴角扬起一抹笑意，他的眉眼似乎就是清冽的。他也伸出手，握住肖御早就伸出的手，而后薄唇轻启："祝靖寒。"

简单的自我介绍后，肖御手里暗中加重了点力道，但出乎他意料的是，祝靖寒根本没怎么在意，轻而易举便压制了他，还压制得不动声色，他感觉指骨都要裂了。

稍许，祝靖寒松手，肖御也快速地收回手，他的虎口处还有骨节处一片通红，反观对方的手，除了有点轻微的红印之外并无其他。

肖御轻笑道："祝总今天邀请我来这里，不知道是不是为了秦逸的事情？"

他总要找个话题开始，现在谈文妍，似乎早了些，祝靖寒做事是太绝了些，但是大多数的问题出在文家，以文家的地位就算不接受 AH 的邀约又如何？眼前的人魄力倒是挺大，怪不得会有今天的位置，别的不说就说这点，肖御就很佩服祝靖寒。

祝靖寒笑意深浓，他伸手把那瓶他倒过的酒推了过来，骨节分明的手指轻敲了敲瓶身。

"秦逸的事，肖总你不必放在心上，毕竟那么一件小事对于 AH 来说无关紧要。"祝靖寒身子倚在后面的沙发上，慵懒的样子和戏谑的话音，让肖御心里一堵，他突然扬起一抹冷笑，眼神明亮。

"既然这样，封杀秦逸的事情是不是可以做个了断了？"祝靖寒不是说他不在乎吗，既然这样他干脆就顺手推舟算了。

"没问题。"

祝靖寒本来就安排了人在权城，特地谈这件案子，口风咬得不是很死，自然就没有要真的封杀秦逸的意思，他不过是想见到乔晚而已，既然见到了，这些事情就没有再利用的价值。

在祝靖寒的心里，人无非分为两种：一是可以利用的，二是根本无用的。

肖御心里也懂，他也是刚刚想明白的，既然可以点名找秦逸的负责人，那么肯定是知道了些什么，祝靖寒还真是一个城府颇深的男人。

他们在商场上第一次正式交手，他便失了一局，还好祝靖寒只是想见到乔晚罢了。可这么迫切地想见自己的前妻，他想不出除了余情未了之外的别的理由，他的心一下子就紧张起来了，要是别人还好，可是对手是祝靖寒未免太难搞了些。

祝靖寒稍微仰起头，眸光加深。

"既然不是为了秦逸，那祝总你约我来的原因我有些不明白。"肖御眯了眯眼，一双妖孽的桃花眸带着些凌厉。叙旧？没有旧可以叙，无非是为了乔晚，或者是为了文妍，但是前者的几率更大一些，祝靖寒就不是那种抢了人然后再来给你打声招呼的男人。

东时坐在一边，暗暗看着两人之间的风起云涌，这个肖御看起来也不是个小角色，LK崛起得那么快，暗中不知道有多少手段。

肖御眼中闪现的神色被祝靖寒清楚地捕捉，他拿起桌上的酒杯，手指在杯沿摩挲了两下，薄唇勾起好看的弧度。

"没必要卖关子，肖御，我要乔晚。"太极打够了，他想要的人，还不至于委婉地去要。

肖御的眸光刹那间变得清冷，他心里燃起一丝怒意，什么都可以，乔晚万万不行。

肖御挑眉，眸光冷然："那么请问祝总，怎么个要法？"

祝靖寒眸光冷冽，周身的气氛彻底地冷了一层，肖御的话音他听得清楚，无非是要挣扎一下，可是入网的鱼，想要挣得鱼死网破的话，很难很难。

"很简单，撤销和她之间的工作合同。"

祝靖寒没想着乔晚从LK出来，便会来AH或者祝氏，但是凡事都有前提，肖御必须放手。他不喜欢自己喜欢的人在别人那里，尤其是对她有不明意思的男人那里，很显然这肖御对乔晚的心思绝对不简单。

"这不可能。"肖御不想让祝靖寒看出他已经知道两人是前夫前妻关系的事情，作为一个不知情的上司立场，他比较有权利，这就包括撤掉工作合同这件事。乔晚当初签的是五年，还未到时间，毁约的事情他一个正常的大公司是做不出来的，他相信，祝靖寒应该可以理解。

"祝总，LK虽然不如AH实力那么强劲，地位也没有AH显赫，可是随意违约的事情我肖御是做不出来的。"

祝靖寒脸上的笑意冷酷，眼神淡漠，肖御话音里讽刺的意味只要是长了耳朵的自然听得懂。如果他强逼肖御撤掉合同，那么就证明 AH 有毁约的做法，肖御的话里话外，便是把 AH 推上了一个骑虎难下的位置，可是他不在乎，他轻笑，目光十分慵懒。

"要是我拿文妍换乔晚呢？"祝靖寒淡淡地开口，不大的话音却在冷寂的空间中猛地炸开。

肖御五指攥紧，原来用这一招对付他呢！文妍他一定是要签的，可是乔晚也是万万不能放的，要签文妍的原因是因为名门千金签入 LK 的消息已经提前放出去了，现在媒体手中都有料，估计正在着手写新闻，如果签不成，这么大的变故外加他人揣测，众口莫辩的情况下可能会给 LK 带来致命的打击，就算爆出 AH 抢人的文章，那么媒体也只会大肆报道 AH 的实力多么强劲。

现在的娱乐圈就像股市，动荡不安，人和人之间、公司和公司之间，都暗地里较着劲。

肖御的样子东时看在眼里，这条件他不可能不动摇。毕竟，像祝靖寒这样带领 AH 天不怕地不怕的公司少有，就算 LK 之前在国外多么厉害，哪怕在街上都是横行的，可是在权城它就是一个新驻扎的娱乐公司，必定玩不过祝靖寒。

祝靖寒也不说话，静静等着肖御考虑，拒绝也没关系，毕竟他也没带着十成成功的几率来换人的，只不过就是想看看肖御到底是个什么样的男人。

"不换。"肖御心里百转千回之后依然拒绝了，他就不信 LK 一个有着六年根基的公司，还斗不过只有四年历史的 AH？

祝靖寒闻言，轻笑，薄寒的眸子闪过一抹幽光。很好，他第一次正视了肖御这个男人。

肖御看着祝靖寒目光平静的样子，似乎没因为他的话受任何影响都要气炸了。回乔家的时候，一定多亲两口他儿子，然后气哭他！

祝靖寒起身，目光沉静，他嘴角微勾，然后轻声道："那么，以后合作愉快。"

肖御也站起来，不甘示弱地笑着回应："合作愉快。"

不过祝靖寒这是什么意思，合作什么？

祝靖寒先行离开，东时跟在后面。

　　等到人离开后，肖御目光一下子严肃下来，看来签文妍的事情是没着落了，谈不拢自然没必要谈第二遍了。

　　祝靖寒走出百乐酒吧，夜风肆虐吹起他利落的黑色短发，男人的眸光冷冽，他站在那里，没有走动。他想着，乔晚在乔家已经一天了，也应该待够了吧。

　　他眯了眯眼上了车，黑色的兰博基尼在喧嚣的街道上疾驰，而东时从酒吧里出来，便看着他家总裁开车从他面前穿过，完全没有管他的意思。

YI SHENG XIANG WAN

Chapter 07
一醉成疯

1

车子顺利地行驶到某栋别墅，男人一个利落的刹车停了下来，他单手握住方向盘，车窗一直开着，他清冷的目光看向外面，冷然的眸色中逐渐染起一丝灼热。

男人薄唇轻挑，诱人的笑容在黑夜里绽放，他伸手推开车门下车，然后整个人都靠在车上，双手交叉放于胸前。

从他这个位置，可以看到前方别墅二层的灯光还亮着，她，还没睡。

夜风肆意，夜色越深周围的空气越凝固。

男人回身从车里拿出烟盒从中抽了一支，他修长的手伸入兜内，摸到了金属质感的打火机，手指轻磕，"啪"的一声，顶端露出微弱的火光。

男人的墨瞳映入亮色火光后，陡然生出一股妖冶。他勾唇一笑，手指滑动，清脆的声响后再无任何光亮，而香烟慢慢地升起细长的白烟。

他缓慢地吸了一口，薄唇中溢出的白色烟雾，顺着风的方向随意变幻，最后被风吹散。

他幽深的眸子紧紧地盯着窗口的方向。指间的烟燃尽，那亮着的卧室灯也一下子熄灭了，整个世界陷入一片漆黑，除了路旁微弱的路灯。

他站在阴影处，坚毅的侧脸看不出温度，随后离开了所倚的车辆，回手把烟头扔进了垃圾桶内。

他薄唇勾起，眼神灼灼，大步地向着前面熄灭处走去。在离墙壁大概三米远的地方他开始助跑，跑到贴近墙壁的地方时，他大手摁住墙壁的顶端，猛地向上一跃，一个翻身便跳了进去，微弱的落地声，就像他没来过一样。

男人拍了拍手，大步地向别墅那里走去，他没有停留，助跑后直接跃上二层围栏，而后一个助力便跳进了阳台。

阳台的窗户微开着，里面是一层薄薄的米黄色窗帘，黑色无光的房间，外加上毫无月色的夜晚，一切看起来阴沉诡异。

他伸手推开窗户，整个人都跳进了室内。床上的人瞪大眼睛，还未来得及尖叫嘴巴便被捂住。男人熟悉的味道伴随着淡淡的烟草味溜进了鼻尖，乔晚感觉心脏都快跳出嗓子眼了。

两人在床上翻了两圈，饶是床足够大，两人还是翻到了床边的位置，男人压在她的身上，只要他稍稍一动，她便有可能就掉到地上了。

乔晚呜呜了两声，她伸手去推男人的身子。

祝靖寒嘴角勾起邪魅的笑意，一吻便吻在了她的眼睛上，她长长的睫毛颤了颤，整个人都僵住。

"不许喊。"祝靖寒松开手，话语毫无威胁之意，倒像是在挑逗。

实际上，就算是他不说，乔晚也不敢喊。晚上，乔楚非要抱着外甥睡，吃完晚饭他就抱着乔御成去了卧室，而她若是出声，孩子被吓醒也就罢了，若是被祝靖寒发现……

祝靖寒敛眸，心想乔晚今天怎么这么乖，说不喊便不喊了，他大手摸上她的额头，也不觉得烫，不是生病了怎么这么蔫？

乔晚啪地伸手打开他的大手，眼中有恼怒的情绪在。他当自己是强盗吗，一个堂堂的大总裁半夜不睡觉，翻墙进院找前妻，这不是有病是什么？

"祝靖寒，你有病啊！"乔晚眼中带着星星点点的火光。

"嗯，有病。"祝靖寒也不恼，脸上带着戏谑的笑意。

"想你想的，都得了相思病了。"祝靖寒伸手抓住她不安分的手，然后眸中笑意深浓。

他整个人撑在她的身上，乔晚总觉得别扭。

"祝先生，你先从我身上下去。"她沉沉出声，这声祝先生让他脊背一僵，他不动，只是黑白分明的眼神灼热灼热的。

"乔晚。"他的声音平添一抹沙哑，而后一只手轻轻地摩擦着她的唇。

乔晚一下子别过头，眼里带着防备："祝先生，如果你再这样我就报警了。"

"报警？告我什么？调戏前妻吗？"他低低笑着，俊逸的面容清冷和炙热的笑意如两重天，一冰一火，看起来却分外和谐。

乔晚心里一空，在她看过的所有男性生物，然而祝靖寒就像是一个巅峰。

"你也知道是前妻啊，我还以为祝先生你忘了呢。"

他俊颜一笑，而后翻身松开了她的手，直接躺在她的身侧。

乔晚刚要起身，他的大手直接拽住了她身上穿的睡衣，"刺啦"一声从边上缝合的地方直接被撕开，露出她光洁的后背。

乔晚没稳住差点摔下床去，祝靖寒猛地坐起来拽住她的胳膊，将她整个人都拉进了怀里。她被男人撕开的衣服缠住了手，祝靖寒一怔直接把裹住手的布料扯开，这一下子她身上的大半部分衣服就被扯没了。

当他的大手触及她白皙的肌肤时，乔晚简直要疯了。

祝靖寒寒薄的眸子怔住，这是什么布料的睡衣，以后得给她多买几件，太方便了。

乔晚又气又恼，脸红得像柿子，她趁祝靖寒愣神的时候，一下子把他推倒在了床上，而后伸手扯过被撕掉了一大片的布料挡在胸前迅速下了床。

"你给我滚。"她指着窗外的方向，她第一次赶人不是指着门口，而是指着窗户让人滚的。可祝靖寒也很无奈，他要是可以悄无声息地从门进来，他为什么要从窗户进啊，好歹他也是一个上市公司和娱乐公司的大总裁。

祝靖寒的眸子深了深，他起身逐渐逼近乔晚。

乔晚向后退着，马上就要躲到门边了，她的手刚握住门把手，便停顿了。如果她现在出去乔楚势必就醒了，那么，后果……

"祝先生，我再说一遍，你赶紧走，否则我报警了。"

祝靖寒眯起眼睛，报警？

他勾唇一笑，迅速迫近她的身边将她抵在门板上，他的大手撑在她的耳侧，眼神微醺。

"乔晚，不如我们谈笔生意吧。"

乔晚愣神，这个节骨眼上，他这又是闹的哪一出？

"你说，但是你离我远点。"

现在这个姿势、现在这个气氛、现在这个状态，她觉得谈什么都不合适。

祝靖寒笑笑，将腿侧着伸了一点，他整个身子都降了一些，他低头凝视着乔晚的眼睛。

"我觉得这样谈就挺好。"他灼热的眸子越加凌厉和深刻，薄唇勾起明朗的弧度。

他伸手，钩起她的一缕发丝，她光洁的后背抵在冰凉的门板上，激起了一层鸡皮疙瘩。

"来我公司工作怎么样？"这次是提问，也是命令。

说得好听是商量，说得不好听，便是威胁。乔晚冷笑，她别过头，声音很轻："祝先生，你不觉得这样很没意思吗？"

"当然有意思。"

乔晚脑中闪过某人的脸庞，她眼神渐渐地变得暗淡。

"你既然已经结婚，就别和我勾搭不清，别为了一时的新鲜和不甘心毁了你心爱的女人。"

在乔晚的心里现在他的行为就是不满当初她执意离婚，男人的占有欲和霸占欲而已，只是不甘心罢了，盗用祝靖寒当初的一句话就是，难道他还爱她不成？

"谁说我结婚了？"他眼神一紧，也不知道哪里传出来的消息。

乔晚转过头来盯上他的眼睛，她红唇勾起，面容平静得不像话："当初你和慕小姐订婚的消息满城皆知，现在都四年了，不结婚才奇怪。"

如果是她，要是可以和喜欢的人结婚一定不会拖延得这么久。

"如你所说，只是订婚而已。"

"祝先生你什么时候做柳下惠了。"乔晚眼中浮起讥笑，他和慕安宁订婚四年不结婚，怎么可能呢？

祝靖寒眼神一紧，他什么时候是柳下惠了？突地，他俊眸挑起，带着魅惑，瞳孔幽深。

"怎么，嫉妒了？"

"我嫉妒？这么长的时间你凭什么认为我还记着你，要不是不小心和你撞上了，我知道你是谁？"乔晚的话语里有些轻蔑。

这么说她若是不见到他，都忘了他是谁了！

他寒薄的眸子陡然阴沉了下来，但是脸上笑意不减反增。

"是吗？那我帮你回忆一下好了。"

他笑意深浓，乔晚突然看出了危险的意味，转身想逃。

祝靖寒怒了，他大手揽住她的腰，直接将乔晚扛了起来。

乔晚一腾空，瞬间尖叫出声。

"祝靖寒你放手，你别碰我。"她的声音很大。

他一下子把她放在床上并顺势压了下来。

"你别碰我，你走开！"乔晚伸腿去蹬他。

他一手握住她的脚踝然后压在腿下，又直接将她的两只手都握在手里，省得这个小闹猫胡乱地挠。

"说，你忘了我哪儿了？"他的眸子眯起，带着凛然的危险。

"哪儿都忘了。"乔晚咬牙。

祝靖寒勾唇，而后大手直接去除掉她身上唯一的衣物。

"祝……"她还未喊出声，嘴便被堵住。她瞪大眼睛，"唔唔"没有话音。

他在她的唇上又啃又咬，别说什么技巧，完全就是生气了在乱啃，他身上的西装还完好地穿在身上，整洁得一丝凌乱都没有，和身下的女人形成鲜明的对比。

卧室的门"砰"的一声被打开，床上的两人皆是一怔，祝靖寒一下子黑了脸，他半个身子挡住乔晚，大手掀起被子把她盖得严严实实之后转过头。

一阵利落的拳风一下子便冲着他捶了过来。

祝靖寒一偏头，迅速抓住来人的拳头。卧室的灯"啪"的一声大亮，乔楚脸上怒气迸发，眼中的狠厉毫不掩饰，祝靖寒胆子倒真是大了，又越窗进来，没把人带走，这是要现场图谋不轨。

"祝靖寒，谁给你的胆子！"

他刚才隐约听到乔晚尖叫，所以一下子就醒了，跑出卧室的时候他听到了乔晚喊祝靖寒的名字。

祝靖寒勾唇一笑，而后松开乔楚的手："大哥，别来无恙。"

乔楚一下子就怒了，他大手揪住祝靖寒的领口。

这次祝靖寒没躲也没反抗，任由他抓住了。

乔楚将祝靖寒一下子抵到墙上。

"若是还有下次，你便别想就这么毫发无损地出去。"他现在不想和祝靖寒动手，一是在乔晚面前打起来他怕乔晚担心，二是如果吵醒了乔御成就得不偿失了。

"放心，下次是一定会有的，而且还会有下下次。"

祝靖寒眼神眯起，他把乔楚推开，随即整了整自己的衣领，他的眸子突然变得很严肃。

"就算你是乔晚的哥哥，她的房间你也不能这么随便进吧！"

乔楚眉头敛起，祝靖寒看起来是恼了。

"那你觉得你合适？"他一个前夫还敢进来，还敢这么理直气壮。

祝靖寒轻笑，不可置否，早晚他都要把这个前夫的前字名正言顺地给去掉。

见他不说话，乔楚自知他理亏，然后往后退了一步。

"祝总，小地方留不下你这尊大佛，你走吧。"若是他留下，说不定会再生出什么事端来。

祝靖寒嘴角勾起，回头看了乔晚一眼。

乔晚抓紧被子，别过头。

祝靖寒迈步离开卧室，乔楚就跟在后面并顺手带上卧室的门，不过祝靖寒走到客厅就不再走了。

他一下子坐在了沙发上，乔楚右眼跳了跳。

"不好意思祝总，我家没夜茶。"

祝靖寒淡眸挑起，样子很随意。

"乔楚，我想接晚晚回家。"他的话音很平静，没有平时的傲气气焰。

乔楚被这突如其来的转变弄得有些不知道该怎么作反应。

"就算我同意，祝总，小晚也不可能跟你回去，何必执着。"乔楚冷笑，浪子回头吗？有金也不换！

祝靖寒垂眸，长长的睫毛映在眼圈中央，映出好看的光影。乔楚抿唇，这乔御成和祝靖寒相似度太高了，虽然不至于是一个模子刻出来的，但是也差不了太多。

祝靖寒脸上的薄凉之意慢慢地淡下去，他就那么坐在那里，竟然有些孤寂的意味。他知道那场婚姻里，有过错的一方从来都是他，而不是乔晚。

他薄唇微动，话还未说出口，二楼的卧室内，传来一阵清晰的孩子的哭声。

乔楚心里"咯噔"一下，显然祝靖寒也听到了。

祝靖寒眉间冷清，乔家怎么会有孩子哭？

卧室内的乔晚慌忙地穿好衣服跑向乔楚的卧室。她打开门的时候，乔御成正躺在地上，哭得上气不接下气。

"宝宝不哭，妈妈抱。"乔晚眼里一酸，孩子显然是睡着了之后不知道怎么着摔在地下了。

祝靖寒三步并作两步地上楼，他看到乔晚跑进乔楚卧室了。

乔楚一下子拦住马上就要上去的祝靖寒，眼神一凛："祝总，请回吧。"

孩子哭声还在继续，哭得乔楚心里都一揪一揪的。

祝靖寒寒眸敛起，一把推开乔楚，而后冲进了乔楚的卧室，他看到乔晚怀里抱着一个小孩子。

祝靖寒的到来，让乔晚一瞬间忘记了作何反应，他不是走了吗？乔晚手紧紧地抱住乔御成，眼里带着防备和紧张。

"妈妈，你不哭。"乔御成就摔的那一下子疼，一下便摔醒了，他现在看见乔晚哭了便伸手去给乔晚擦眼泪，而这一声妈妈，在祝靖寒的脑子里炸开。

乔御成回头，脸上挂着泪痕，看向乔楚和那个高大陌生的男人，但也只是一眼便收回了视线，然后手臂抱着乔晚的脖子哭。

孩子哽咽的声音让祝靖寒整个人都跟着难受起来，这孩子转头的那一刹那，他就知道这孩子是他的。

他的心仿佛被绞碎了一般难受。他不清楚乔晚是什么时候怀的孩子，甚至不知道她这几年是怎么过的，他突然很心痛，前所未有的痛。

乔晚走的时候他在机场，后来，他从舒城那里知道了一切的真相后就想去找乔晚，但舒城告诉他要给乔晚空间，给她时间考虑，可他怎么也没想到，就是那么短的一段时间，她就消失不见了。

他一直等，才等到了四年之后她在权城的消息，他本以为他和她之间再无任何羁绊了，却他没想到，乔晚竟然给他生了一个孩子。那一瞬间，惊喜、诧异、心疼、愤怒、悲伤，五味杂陈，他抿着唇，眼神晃动，第一次变得柔软起来。

2

AH娱乐的代表带着文妍来LK了，江菲儿给他说这个消息的时候，肖御刚买好乔晚和他回权城的机票，原来AH娱乐并没有和文妍签约的意思，只是他不知道祝靖寒到底为什么没有抢文妍这块咬到嘴的肥肉。

"祝总，为什么不签了？"东时站在一旁一脸的疑惑，好好的人怎么就白白送给LK了？

祝靖寒笑笑，一双眸子凌厉。

"当初这么做，不过是想引出肖御而已。"他之所以抢LK的人，是预料到当天肖御不会出现，所以布下的一张网，而他的目的只是想会会这些年待在乔晚身边的肖御，到底是个怎么样的男人。至于文妍换乔晚的提议，也不过是个试探而已，看来肖御这个人，对乔晚是真的很好，还好，她遇到的人都很好。

"还有一事……"东时开口，他小心翼翼地看着男人的脸色。

祝靖寒抬眸看向东时，薄唇轻启："说。"

"有线报说肖御买了三张去权城的机票，很奇怪的是，其中有一张是儿童票。"东时不懂，难道肖御有孩子？

东时所说的话，若是再早一天祝靖寒一定会很好奇，可是现在什么事情他都知道了。他薄唇勾起，弯起好看的弧度。

"东助，做好准备。"他轻声一笑。

这一声"东助"让东时有些莫名其妙，上次祝靖寒叫他"东助"的时候，第二天创建了 AH 娱乐，当时他可忙疯了，这回祝靖寒是又要做什么大事了吗？

东时安静地站在那里，不知道祝靖寒想到了什么。许久后，祝靖寒突然开口道："你说小孩子都喜欢什么东西呢？"

"大概喜欢爸爸妈妈在身边吧。"东时认真地说道。

祝靖寒心里一软，爸爸妈妈都在身边吗？

东时看着祝靖寒脸上的表情有些愣怔，他是有多久没见过他家总裁这么笑过了？他都有些记不清了。

祝靖寒抬眸，随即起身拿起桌上的车钥匙往外走。

东时连忙跟上祝靖寒的脚步。

在去机场之前，祝靖寒去了新沃一号买了点东西，这本不是祝氏最大的商场而是以母婴专营而闻名。

黑色的兰博基尼如风声静止一样停了下来，祝靖寒看了一眼时间，还有很长时间，估计按飞机起飞的点现在登机牌都还没换吧。

海城机场，国际航班是提前两个小时，而国内航班是九十分钟，去权城的话，现在还没有换登机牌，两人走了进去，十分熟络地找到了正确的位置。

乔晚和肖御就坐在那里，肖御怀里抱着乔御成十分开心，他现在恨不得黏在乔晚她儿子身上。

"小肥球，你说肖叔叔帅不帅？"

乔御成看了他一眼，不做评价。

肖御的脸色一下子就变得委屈，画风转换得也太快了。

"世界上哪里会有比你肖叔叔我更帅的男人了。"他自顾自地逗着乔御成，结果乔御成这个小肥球压根不买账。

乔晚笑看着两人，一家三口的模样让远处走过来的男人脚步一顿，东时心里冷汗涔涔，按照惯例祝总是一定会生气的，果然脸色都沉了。

肖御怀里抱着孩子，孩子身上穿的衣服和他身上穿的衣服是亲子装，可是别人不知道，肖御的衣柜里有一堆和乔御成配套的衣服。

为了缓和气氛，东时决定说点什么："祝总，你看肖御都有儿子了。"

这下祝靖寒脸色彻底黑了下来，可东时完全没意识到，还在继续作死："你看肖御好像还挺喜欢他儿子的，两人穿的衣服都是亲子装，那个肖御吧……"

东时还未说完，祝靖寒的眸光就转了过来，冷丁丁地瞪着他。

东时不禁感觉凉气从脚尖开始向上涌，不知道他家总裁是不是误会他的好意了。

"总裁你放心，那个孩子一定不是乔小姐和肖御生的，你看孩子都那么大了，时间上来不及的，你说是吧。"

祝靖寒沉着声音，咬着牙一字一句的说道："当然不是乔晚跟别人生的，那是我儿子。"

东时一下子没音了，他心里就像是有一万只草泥马奔腾而过，这是什么节奏？那是他家总裁的儿子？

东时想想刚才自己说的话，欲哭无泪，他凑近祝靖寒颤抖着说道："你看看，小少爷那气质，一看就是总裁你的儿子。"

祝靖寒眼神缓和了一些。东时再也不敢乱说话了，谨言慎行地跟着祝靖寒，他这张嘴啊，迟早把他自己卖了。

祝靖寒三步并作两步地走到乔晚面前，低下头来问道："要回去了？"

"嗯，等会儿飞机就来了。"乔晚心里紧张，昨晚祝靖寒明明看到了孩子，可直到现在他什么都没说也没做，这更让她心里忐忑不安。

祝靖寒抿了抿唇，目光接触到肖御时，眼中闪过一丝冷厉。

乔御成回头，小小的样子十分可爱，三岁的模样像极了祝靖寒的萌版。

东时呼吸一滞，还真是他家总裁的儿子，这相似度没差了。

"来，叔叔抱。"祝靖寒伸出手，眼神很暖，声音温柔。

乔御成看着眼前奇怪的叔叔，这才第二次见面，就要抱抱？

乔晚看得出来，乔御成对祝靖寒不排斥，可是不知道怎的，乔御成摇了摇头。

"妈妈说，不要和陌生叔叔抱。"这句话表达得很清楚，祝靖寒是陌生叔叔，还有就是他不抱。

肖御虽然心里很爽，可还是为祝靖寒感到一丝心酸，被亲生儿子拒绝，心里怕是不好受吧。

祝靖寒眼底落下一抹暗色，他慢慢地收回手，抬起另外一只手，晃了晃手中的5*5的魔方，而后嘴角扬起温暖的笑意。他把手伸到乔御成面前："不知道你喜欢什么，这个算是叔叔送你的见面礼。"

乔御成眸子一亮，也不认生，直接接过祝靖寒手里的魔方。

"谢谢叔叔。"

肖御很诧异，祝靖寒的手段和为人他多少了解一些，这样子明显是知道了乔御成是他的儿子，之前他那么千辛万苦追到权城，这回就这么放他们母子走了？

肖御看了一下时间，伸手拉住乔晚的手。

肖御的动作让祝靖寒本就不平静的眸子波澜起伏，他的五指收紧，俊美的脸色有些薄寒。

"到时间了，我们走吧。"乔晚笑着点头，没和祝靖寒打招呼，也没再看他。倒是乔御成饶有好奇地看着祝靖寒，又多看了几眼，他觉得这个叔叔长得很帅，说实话，比肖叔叔要帅。

肖御抱着乔御成牵着乔晚的手迈着步子去换登机牌，一旦换完登机牌就要去候机楼了，祝靖寒突然迈开步子握住乔晚的另一只手，他的目光清澈，乔晚蹙眉，眸子诧异。

肖御回头目光一紧，他这是反悔了？

祝靖寒握着乔晚的手腕，大手暖暖的。

"孩子，叫什么？"他想问的，就只有这个。

她目光如水，轻轻地说了三个字，只是这三个字眼，让祝靖寒高大的身形猛地僵住，说完，她从他的手掌中将手抽回，转身跟着肖御走了。

乔御成双手环在肖御的脖子上，水汪汪的大眼睛一眨不眨地看着离他越来越远的祝靖寒。

祝靖寒垂眸，微低着头。

三人穿越拥挤的人群，各色拉着行李箱的人很多，很快，乔御成就一点也看不到祝靖寒了。他的小嘴努了努，清澈的目光投向站在一边低头不知道想什么的乔晚。

"妈妈。"乔御成没叫乔晚大晚，乔晚抬头，对着乔御成微笑。

"怎么了？"

乔御成大眼睛里映着清澈，表情竟有些担忧："妈妈，那个叔叔好像哭了。"

乔晚心里一拧，乔御成口中的那个叔叔是祝靖寒无疑，她回头去找祝靖寒的身影，可是茫茫人海早已经阻隔了她的视线。

她看不见他的身影，哪怕她和他离得并不远。

乔晚心里下意识地否定那些话，乔御成一定是看错了，祝靖寒那样心硬的男人，怎么可能会哭，怕是一滴眼泪都不会掉的吧？

祝靖寒目送着三人进了候机楼，还站在原地，东时走到男人的面前刚想说些什么，却一下子止住了话音，他的心里有些不落忍，因为男人的眼眶竟然有些红。

"祝总……"东时还是开口，心里不是没触动。

祝靖寒笑容凝注，轻声说道："乔御成这个名字，是不是很好听？"

东时点头，祝靖寒勾唇，眼中的水光似乎只是他的幻觉。

"乔御成。"祝靖寒的话语在嘴边萦绕，乔晚肖御所成的意思吗？

祝靖寒缓步走到窗边，机场大厅内大大的落地窗，映着碧海蓝天。

万里高空，山石海景，一览无遗，整个海城仿佛都被缩影成了一幅画，从这里都看得清清楚楚。

他看着飞往权城的飞机滑行一小段后，像一只雄鹰冲上云霄，俯瞰蓝天，他的眼中波光流转，神情并不平静。

乔晚再一次在他的眼前离开了，只是这次他没有阻拦。

若这次她不想留在他的身边，那就换他去找她吧。

3

两人离开机场后，祝靖寒淡淡开口道："去祝氏。"

东时有些诧异，自打AH娱乐成立后，祝靖寒就很少去祝氏了，不知道是为何，他觉得祝总是下意识地不想去。他倏地心思一转，觉得这也是件好事，能重回故地，不管是公司还是家里，意义总是一样的，那便是祝靖寒应该是释怀了什么或者是放下了什么。

祝氏依旧是往日的模样，祝靖寒办公地点虽然不在这里，祝氏却没有减少它的风头，而是逐日渐盛，要是让东时形容祝氏的话，这个集团就像是一座城池，容着上千员工的大家庭。

最顶层的办公室内一切都保持着原样，尤其是左侧首秘的位置，桌子上的东西一动也未动，乔晚离开时什么样，现在还是什么样。

"东时啊。"祝靖寒陡然抬眸，叫他的称呼有些不太一样，东时听着，总感觉亲切了许多。

"祝总你说。"

"给你两天时间，务必做好准备。"

"什么准备？"

"战斗的准备。"祝靖寒目光中带着好看的笑意，冲散了刚才厚积薄发的淡漠。

东时揉了揉鼻尖，然后点头，行，战斗就战斗吧，反正他家总裁总是想好了才会通知他。

东时一直和祝靖寒在公司待到晚上八点才从祝氏出来，祝靖寒说要自己回家不用他送，所以他便先行回家了，可是他绝对没想到，祝靖寒会搞出那么大的事情。

事情的经过是这样的，晚上东时回家后，开开心心舒舒服服地洗了个澡。

因为每次祝靖寒一想到万全的决策，便会信息通知他，所以他从浴室出来时，总会打开手机看看有没有收到信息，可今天他什么都没收到。

东时心里松了口气，他站在落地窗前打量自己那张本就不逊色于他人的俊美面容，无论怎么看也是一个美男啊！

他觉得自己这颗明亮的夜明珠就是被祝靖寒这个超级大太阳的光线给影响了。你说，一个男的没事长得那么好看干什么，大家都是随便长长的，不知道从什么时候起就拉开了距离。

正当东时陶醉在自己的盛世美颜中时，邮箱清晰的提示音将他拉回了现实，他点开之后最抢眼的莫过于他给祝靖寒的备注——我最亲爱的大 Boss。

东时乐了乐，然后点开，但是里面的东西让他一下子瞪大了眼睛，他可以肯定，这件事情祝靖寒应该计划很久了。

东时有些待不住了，他赶紧擦干身上的水珠，去衣帽间找了件衣服穿上，然后马上出了门，本以为今天回来这么早，可以很轻松、很惬意地享受生活来着，结果总裁真的赤裸裸地扔下来一个炸弹啊。

东时一路开车飙到祝靖寒的别墅，他站在车外看了一眼别墅里面，二楼书房的方向还亮着灯，一大片橙黄色的光晕映在窗帘上，看起来似乎是暖意浓浓。

现在是晚上九点半，对于他们这些睡得晚的人来说，这个时间不足以睡觉，但东时多少还是心疼祝靖寒的，因为他的睡眠特别少，以前还好，自从乔晚走后，便成了这样几乎不眠不休的状态。

他跑到门口，伸手推开密码盒，手指快速地输入四位数的密码，0415。

他一开始不知道这串密码的意思，后来才意外得知这是乔晚的生日。

门因为密码输入正确后利落地开启，东时伸手拉开门快速地进了客厅，里面漆黑一片，为了不影响到祝靖寒他决定不开灯，直接跑上了二楼书房去找人。

东时走到书房门口，没有硬闯，而是礼貌性地伸手敲了敲门。

想知道半夜家里本来就你一个人，但是却听见敲门声是什么感觉吗？

祝靖寒轻轻抬头，皱了皱眉，他的确惊悚到了，他不迷信，也不信邪，所以，他觉得百分之八十是进小偷了，这小偷简直猖狂到一定境界了，还敢敲门！

祝靖寒眼神眯起，起身走到一边，拿起立在那里的高尔夫球杆，他的脸色带着些冷漠，而东时浑然不知，正想着待会儿怎么跟他家总裁开口谈事呢。

他又伸手继续敲门，门忽地被打开，他一下子便看到了祝靖寒的那张俊颜，还有他手里作势要打下来的高尔夫球杆。

"总裁！是我是我！别打！别打！"东时捂住脑袋一下子蹲下身子移动了两步。

"你来干什么？"祝靖寒皱眉，这大半夜的，难不成是睡不着来聊天的？还是想跟他睡？

"总裁，你先把武器收起来。"东时缓慢地站起来，离祝靖寒老远，差一点脑袋就被他给削了。

祝靖寒抿唇，将杆放在一边，东时瞄了两眼，觉得安全了才走了过来，边走还边整理整理衣服领子，想办法挽回一下自己的形象。

"说吧，什么事？"祝靖寒身子倚在办公桌上，微微歪着脑袋。

书房内的灯光是橙黄色的，昏黄温馨，打在男人冷酷的侧脸上，柔和了他的样子。

"祝总，这邮件是你发的？"东时怎么想都是祝靖寒被盗号了，他是疯了才会做出这个决定吧。东时把手机拿出来然后打开邮件内容，祝靖寒寒薄的眸光看过去，但是他的目光被东时给他的备注上停住了。

我最亲爱的大 Boss？

"这真的不是开玩笑？"

东时觉得祝靖寒一定是疯了，祝氏在海城扎根的年纪比他们的年龄还要大，他居然想连根拔起地搬到权城！他这是要折腾什么？权城到底有什么吸引他的？

祝靖寒蹙眉，他当然不是在开玩笑，可是移动的肯定不能是祝氏，而是 AH 娱乐，祝氏根深蒂固，根本动不得，显然东时理解得有些偏差。他发的邮件里面清晰地交代着，他明早要处理公司的剩余部分，上面没有标明是 AH 还是祝氏，但是无论是哪个，都是一场冒险。

"我已经决定了。"

东时抿唇，有些不知道该说什么了，这一切，只怕都是为了乔晚吧。

他觉得总裁的提议很冒险，可是整个完整的方案看下来，他竟然觉得还是不错的，祝靖寒打算在权城开一个 AH 娱乐的分公司，分公司里面全面招聘新鲜血液，这个一点都不难，AH娱乐的员工待遇不是一般的高，最大的问题便是选址了。

东时去打电话，问权城那边有什么好的地段没，等他打听完事回来的时候，便见着祝靖寒盯着LK公司的卫星图。这行为看得东时胆战心惊，他家祝总该不会是想霸占人家的地盘，顺便收了人家的公司吧，以他的实力，完全可以干得出来这事。

"你觉得LK选址怎么样？"祝靖寒问东时。说实话，LK也是国外迁回来的，要是不迁回来他也看不到乔晚了。LK大概是提前两年选的地方，所以有充足的时间准备建造。

可是他就不一样了，他不想做无谓的等待，所以决定直接包现成的，总之要一个字，快！他的儿子女人都在那边呢，他要是不去，他也不放心啊。

东时看了两眼LK的选址，因为同是娱乐公司，所以LK进驻权城的时候，他便有所调查和了解，选址的位置，还有建筑的造型，内部的装修几乎完美到无可挑剔，只是肖御个人比较浮夸了一些，据说他的办公室内走浮夸重金属风。

"堪称完美。"东时由衷感叹，只希望他家总裁别一旦看上就一下子就买了。祝靖寒点头，也同意东时的说法，LK简直就是占了海城商业最好的地段。

所以一分半钟以后，祝靖寒告诉东时，要他买下LK旁边的大楼。

虽然没买LK，不过有什么区别吗？！

两个相同类型的大公司，一般人会忌讳放在一起的吧！又不是争宠！

4

乔晚把孩子送去幼儿园后，便接到了张一的电话说秦逸回来了，乔晚一听，脑袋一下子就清明了。

"给我把人看住了，我马上就过去。"

"得嘞。"张一拍着那本来就很平的胸脯保证。

只要秦逸在她的面前，她便可以压制住他，乔晚挂掉电话就往外面跑，臭小子这是玩够了，终于回来了是吧，敢缺席那么重要的场合跑去马尔代夫，真是胆子大了。

秦逸这个不省心的主，三天两头就不见人，总有办法甩开助理，虽然是一线大牌，但是外界关于他的传言很不好。

乔晚到公司后，就见秦逸跷着二郎腿坐在椅子上，目光慵懒，一副漫不经心的样子。

"秦逸，你知不知道那个首映礼有多重要。"乔晚面容有些严肃。

"我知道啊。"

"知道你还跑？"乔晚无奈地继续说道，"以后你长点心吧。"

"我就知道晚晚最爱我了，走，我请你吃饭。"

"少来。"乔晚白了他一眼，"你去肖总那里，承认下错误。"肖御因为秦逸的事情都要气死了。

秦逸苦下脸来，他不想见肖御啊。

乔晚当然知道他在想些什么，不过这不是他不想去就不去的。

秦逸在乔晚的绑架下，来到了肖御的办公室门前，乔晚好心地替他敲了门。

里面传出男人好听的声音后，秦逸要疯了，他伸手把门打开硬着头皮走了进去，估计待会儿里面就是阿修罗场。

肖御不用抬头，听脚步声也知道是谁，况且刚才有人来通报过了，说秦逸回来了，他就在等这个臭小子什么时候来找他。

"肖总，我回来啦。"秦逸一下子站到他的办公桌前，带上标准性的笑容，音调上扬，努力营造出一种欢快的气氛。

"怎么不在那里多玩几天，马尔代夫风景好，妞美，人杰地灵的，你现在回来干什么？"他的声音低低的，说出的话都让秦逸开始紧张。

"这不是想念你们了吗？"秦逸退后了一些，而后坐在沙发上，觉得还是和肖御保持安全距离比较好，否则他生起气来，容易殃及池鱼。

"就这么想念我？"肖御出声，语调上扬。

秦逸不乐意了，什么叫想念他，他刚刚明明说的就是想念你们，多个"们"呢好不好，不过，大老板发话了，他怎么也不能不给人家面子不是吗？

"是啊，肖总，因为太想你，我食不下咽，夜不能寐的，所以我回来了，这是我对你满满的爱啊。"

肖御突然起身，站在秦逸的旁边，这让秦逸心里多少有些不自在，记得上次被肖御抓到，他就可怜兮兮在家里被关了半个月之久，门口有保镖看着，连想吃东西都得订外卖，别提多可怜了。

"我本来打算关你半个月的，可是现在看你态度这么诚恳，我放过你了。"肖御伸手拍了拍秦逸的肩膀，面容和煦。

"肖总，我谢谢你。"秦逸简直喜笑颜开啊。

"这次你给公司造成的损失我也可以既往不咎。"

"这个不用，损失我可以自己赔偿。"秦逸总觉得肖御这么好让他有些不安，肖御刚才说不关他，他可以理解，但是现在说这个有点邪乎了。

"公司打算，这次爱心公益活动让你去。"本来这种活动对明星就很好，有益处而无害处，只不过一般比较累，而秦逸最讨厌的就是累。

"地点是哪儿啊？"秦逸脸苦着。

"非洲。"

秦逸觉得他要是去才疯了，他去非洲干什么，他现在一个好好的小白脸，去完了就变成小黑脸了。

"肖总，我有拒绝的权利吗？"

"没有。"肖御笑笑，而后冲着站在屋子里的那两个保镖摆了摆手，那两人会意，便架着秦逸出去了。

肖御背过身，眼角都是笑意。

秦逸被架着走的路上，观光团很多，所以他一见到了乔晚就仿佛看到了救星，看到了观音菩萨转世啊。

"这是怎么了？"乔晚停下脚步，看着秦逸一脸的委屈。

"晚晚，肖御要送我去非洲献爱心。"那样子，活脱脱一个男版窦娥啊。

乔晚点头，原来是这样啊。

她伸手拍了拍秦逸的肩膀，而后一脸郑重地说道："好好做人，积极改造，争取早日回来。"说完，便一脸幸灾乐祸地走了，只留下秦逸独自一人，迎风落泪。

5

一个月后，权城今日有两大新闻：一是权城进驻全球最大的娱乐公司 AH
娱乐；二是文妍正式签入 LK。而最引人注目的便是 AH 娱乐公司的选址，不偏
不倚就在 LK 相邻的地方，两个公司只隔了一条街。这一决定，无疑引发了广
大媒体的猜想。

祝靖寒的办公室，无一例外地建在楼层的最高层，里面的装饰黑白分明，
简单的黑白色调，就如祝靖寒的性格一样，沉稳霸气。

坐在沙发上的男人好看的眼睛闭起来，长长的睫毛安静地覆在那里，因
为要忙着搬迁和交代总公司的事宜，这些天他日夜忙碌，很少睡觉，此刻，
难得的片刻安宁。

今晚就有一个在权城举办的名流宴会，他已经收到了请帖，打算晚上去。

奢华迷离的夜，一家贵族宴会厅，里面灯光镏饰，灿烂奢靡，门口铺着
长长的红毯，从宴会厅里面蜿蜒直下，一直蜿蜒到路边，红火的颜色配上这
地点、这装饰、这夜色，就俩字——高贵。

门口停着很多名车，劳斯莱斯、兰博基尼、布加迪威航威龙、法拉利 599
车型，甚至 Zenvo 和柯尼塞格各种限量版一直排到街的那边，哪怕只是路过，
爱车迷就足以惊叹，美不胜收了，难得名贵的跑车可以聚集得这么全。

车子一般都停在红毯前，侍应生打开车门，里面形形色色的人走出，大
多都是穿着礼服，穿着考究前来的。

这时候一辆灰蓝色的柯尼塞格缓慢地开了进来，修长的车身不仅外形抢
眼，功能更是连连打破世界纪录，5.0 升的 V8 发动机带来的 1115 马力的强劲
动力，只需 2.9 秒便可以完成 0—60 英里 / 小时的加速，而这款开过来的柯
尼塞格是升级版碳纤维版的车型。

车门被打开，里面的人下车，男人修长的身形，穿着一身深蓝色的西装，
崭新锃亮的黑皮鞋，身上的搭配与淡蓝色的车身完美地融合到了一起，引得
不少人纷纷瞩目。

他回身伸出手去，一双纤细白皙的女人的手便映入眼帘，她的手柔弱无

骨地搭在他的手里，男人一笑，而后微微使劲，带着她从车里出来，而后才关上了门。

"挽着我。"肖御笑了笑，侧脸看着今天异常美的女人。

她柔顺的头发盘起，白皙的侧脸，脖子上戴着一条价值不菲的钻石项链，身上穿着白色镂空的礼服，名品的设计衬托出她姣好的身材，完美的身材曲线，手中是亮棕色包包，脚下一双十二厘米的高跟鞋衬得她越发高挑动人。

乔晚伸出手去，好久没有穿这么高的高跟鞋还有些走路不稳，她的样子一点都不紧张，带着婉约大气。

上台阶的时候，肖御走得特别慢，两人看起来十分相爱的样子，让周遭的媒体朋友瞬间时刻地捕捉，以前怎么不知道LK的总裁有爱人呢，以前出席这些活动的都是江菲儿那个长相过于好看的首席秘书。

突然，身后传来一阵莫名的骚动。

一辆黑色车身、橘黄色车底的布加迪威龙Super Sport快速地停在了红毯前，车子一停下便让人倒吸了一口气，车身看不出什么不一样，懂行的人只要看一眼它的行驶速度，便就会知道这是经过巨额改装过的高级版。

男人从车上下来，头发是时尚的中分造型，若非上好的颜，一般人撑不住这样的发型，好看但是有限制性。他身上穿着一套黑色的意大利手工西装，右手的手腕处戴着Patek Philippe的贵族手表。

男人的目光越过人群，看向最上边的两人，目光幽深锋锐。祝靖寒迈开步子往上面走，一步一步地接近宴会厅的门口，他的目光对上乔晚的目光，乔晚手指紧了紧。

AH驻扎权城的消息就如同春风一样在整个城市蔓延，她想不知道都不行。

肖御也看到了祝靖寒，直接带着乔晚走了进去，噼里啪啦的闪光灯向着门口处一阵狂拍。记者是不允许进去里面的，所以他们就只能趁走红毯的这一小段拍一拍，可即使这样，还是来了超多的媒体记者，毕竟这些商业大佬、金融才俊平时聚在一起的机会太少了，这样的盛会实在很难得。

"紧张？"肖御看着乔晚，她身体有点紧绷，并没有刚才那般自然。

"不是。"乔晚只是意外祝靖寒会出现在这里，以前他总不爱参与这些的。

"那我们少待一会儿就回去。"

"我没事。"乔晚微笑。她知道肖御是为自己好，但是她也不能因为她的原因就拖肖御的后腿。

端着果汁与红酒的侍应生在人群中来回穿行，肖御伸手拿了一杯红酒一杯橙汁，橙汁递给了乔晚，他是带司机来的，所以不担心喝酒的问题。

"早上文市长来是因为什么事情？"乔晚不免好奇。

公司已经签下文妍了，其实单单撇开文妍家世不说，其实文妍本身的条件和潜力还是不错的，否则肖御也不会收，而且早期文妍还参加过大型的选秀节目，名次还不错，后来中途有事退出所以没有走到最后，现在不知道兴趣怎么又起来了。

"他看上了你最近筹划的那部大 IP 剧，想让文妍出演。"肖御笑笑，继而说道，"可是我没同意。"

乔晚无语，肖御真是光脚的不怕穿鞋的。

"你这是什么表情？"肖御伸手捏了捏她的鼻尖。

"我只觉得你想怎么做就怎么做这样挺好的。"在乔晚的认知里肖御就是一个敢想敢做的人，典型的豪爽性格。

从远处看，男人微低着头，女人轻抬着头，两人对视着笑着说话的样子，分外和谐。

祝靖寒手里端着一杯红酒，目光深沉，他没有带女伴来，而是带男助理东时来的。

在这样的场合，祝靖寒这样的名人不带女伴，不仅引人侧目，更是引人猜疑。

东时目光随着祝靖寒的目光看了过去，那边是乔晚的方向，而他淡淡地看着不知道在想些什么。

祝靖寒轻抿了一口酒后便大步地走到乔晚的面前，他将左手背在身后，伸出右手，声音性感沉着："乔小姐能赏脸和我跳一支舞吗？"

他掌心的纹路清晰不乱，十分干净，就如同他这个人一样，利索不拖拉。

"不好意思祝先生，晚晚是我的舞伴。"肖御将乔晚护在怀里，而乔晚也真的不反抗不拒绝，这让祝靖寒的心里仿佛失了城池。他看着乔晚没有犹豫地和肖御一起走向了舞池，胸口的某一处像是被痛击一般。

他的目光逐渐暗淡。

音乐响起，前来的所有人几乎都是成双成对地在一起，肖御拥着乔晚很快便转到了另一边。

祝靖寒站在那里，手臂垂在两侧，他的目光跟随着舞池中的人影晃动，抬起手中的酒杯将里面的红酒一仰而下。

他转身走到角落后坐下，双腿交叠，目光依旧落在两人的身上，而她的目光一直都在肖御的身上，不曾回头看。

肖御拉着乔晚的手，她身形轻盈地转了一个圈，只不过有些心不在焉。

"晚晚，你还爱他吗？"肖御轻声地问道。

"我会忘了他的。"乔晚突然开口，目光坚定。有些人合适与不合适是早就注定了的，她要是和祝靖寒合得来，就不会闹到今天这种地步了。

肖御目光复杂，等到哪天她不会再提起他了，听到他的消息，脸色能毫无异样，见到他的时候就像过眼云烟，大概才是真正忘了吧。

他知道乔晚没有想好，可是他可以等，他不在乎时间，只希望她可以待在他的身边一辈子。

晚宴的时间持续了很长时间，可能因为心里委屈，乔晚喝了很多，肖御看着心疼。

因为乔御成，乔晚从来没喝醉过，甚至像今天这样，没亲自接孩子回家也是头一遭。乔晚在乔御成的身上倾注了太多心血，乔御成是她在最艰难时期的所有支撑。

"我没喝多，肖御。"走出外面，冷风习习，乔晚不自然地打了个寒战。

"喝多了的都说自己没喝多。"肖御扶着乔晚，把身上的西装外套脱下来，披在她的身上。

"肖御，我跟你说，我一点都不难过。"乔晚的眼里面有水光划过。

"我知道，上车，我们回家。"

"可是我难受，你陪我走走。"乔晚现在还是有一丝意识的。

"好。"时间很晚了，外面的媒体早已经散去，街边的人都很少了，肖御让司机开车跟着他们，便一路扶着乔晚。

"你说我是不是很傻啊？"乔晚轻吐了一口酒气，眼前一片模糊。

"你不傻，你是我见过最聪明的女人。"不仅聪明，而且坚强，这是肖御对乔晚的印象。

"那是你还不了解我，我跟你说，我年轻的时候都傻到家了。"乔晚突然笑了起来，头发被她甩得有些乱。

肖御知道她有心事，乔晚很少这样，他有时候觉得乔晚就像是一堵墙。

"你现在也不老。"肖御伸手把她揽得紧了一些，谁知道乔晚一下子就挣开，而后跑到前面突然回身，伸出双手举过头顶，整个人晃来晃去的。

"人啊总是觉得得不到的才是最好的，我最好的青春偏偏就只喜欢一个人，而那个人一点都不喜欢我，我这是何必呢。"

乔晚一个没站稳，直接摔在了地上。肖御大步地奔了过去，伸手抱住乔晚，要把她抱起来，乔晚伸手一下子拍开肖御。

"你别碰我。"不知道是不是酒劲上来了，乔晚眼前变得模糊不清，分不清眼前人是谁了。

"晚晚，我是肖御。"肖御皱眉，这种天气，地上冰凉冰凉的，这么坐下去还不得生病。

"肖御……"乔晚似乎是想起来了。她突然笑了出来，是肖御啊，他看她好像认识自己了，正准备伸手把她抱起来。

"我来吧。"伴随着沉稳的脚步声，祝靖寒大步地走了过来，他的手一下子握住乔晚的胳膊，把她扶了起来，而后大手把她打横抱了起来。

肖御眼神一沉，他刚想去阻拦祝靖寒的动作，却被跟着赶来的东时拦住了。

"不好意思了，肖总。"东时大手抱着肖御的胳膊。

东时的力道很大，肖御只能眼见着祝靖寒抱着乔晚走了。

直到那辆黑色的布加迪威龙快速地驶离视线，东时才松开手。

东时不好意思地向着肖御道了个歉，而后转身离开。肖御没再耽搁，直接开车去追，谁知道祝靖寒要把乔晚带到哪里去，要做什么。

乔晚此时迷迷糊糊的，眼前的人更是朦朦胧胧，她坐在靠窗的位置上，整个人烂醉如泥的。

"肖御。"她笑了笑，叫着肖御的名字。

祝靖寒面上带着无奈："我不是肖御。"

"你刚才还说你是肖御呢。"乔晚伸手抱住他的胳膊。

祝靖寒的心里像是被猫挠了一样，知道是肖御她还抱，还抱得这么自然。

他伸手将乔晚额前的头发都缓慢地弄开，而后似是无奈地叹了一口气，怎么还像原来一样，长不大呢。

"肖御，我会忘了他。"她轻声呢喃，又重复了一句，祝靖寒整个人一僵。

"为什么非忘不可？"他开口，目光并不沉静。

乔晚似乎是听见他说的话了，而后缓慢地起来，手指轻轻地划过他的脸颊，她目光氤氲带着笑意。

"我和他八字不合，只要在一起就会不幸福，可是那不怪他，是我傻，是我一厢情愿，是我想不清楚。"

乔晚声音很轻，祝靖寒心里却无比沉重，见他不说话，乔晚笑出声。

"顾珩，你认识顾珩吗？不对，那时候你还不认识我呢。"

乔晚醉眼蒙眬，起身一个不稳然后栽向后面，祝靖寒伸手将她牢牢地揽在怀里。

他的声音很温和："顾珩怎么了？"

"差点就死了，因为我。肖御，你都不知道，那年，我才十八岁，十八岁的女生有什么胆子？可知道他在那里，我想都没想就去了。"乔晚捶着胸口，眼前模糊成海。过去乔晚就被顾珩的事情所折磨，她像是犯了十恶不赦的大罪，躲着顾家，甚至躲着祝靖寒。她永远都忘不了她出院之后祝靖寒嫌恶她的样子，她甚至连解释的机会都没有，她就成了害死他好兄弟的女人。

"我总以为人心再冷也是能焐热的。"乔晚低头委屈地说着。

祝靖寒心疼了，前所未有的心疼。

"若是他爱上你了呢？"他抿唇，声音诚恳。

乔晚像是没听到一般，自顾自地说着："我不后悔当初我去救他，可是我后悔因为我喜欢他，我父亲死在冰冷的牢里了。"

乔晚眼泪哗地就流出来了，父亲的事情她恐怕一辈子都不能释怀，她谁都不怪，就怪她自己。

"晚晚……"祝靖寒伸手抱住她，甚至说不出话来。

"他以为时间过去了，我就都忘了吗？我可是什么都记得，你说，我能和他在一起吗？"

她的眼睛看着他的脸。

"肖御，为什么看你，像他呢？"她说完，脑袋便栽向了他的胸口而后闭上了眼睛。

祝靖寒的手僵在那里。

"你说，我能和他在一起吗？"

这句话不断地在他的脑海中盘旋，这些话不知道藏在她的心底多久了，喝成这样她才说了出来，若是今天不把他错当成肖御，他恐怕也没机会听到这些话。

"对不起。"他的大手握住她的手，眼中波涛汹涌，心里更是不平静。他的目光里包含太多，他从来都不知道乔晚的心里承受着这么多，怪不得当初她执意要走。

"祝总，后面有车跟着。"司机很快就察觉出来车后有人跟着。

"随他吧。"他眼睛眯紧，抱紧怀中的女人。

祝靖寒的车开向的是乔晚家的方向，肖御跟着心也就突然放了下来。

车子停下后，祝靖寒抱着乔晚出来，随即迈步上了楼，跟在后面的肖御目光沉沉的，看来祝靖寒把乔晚调查得一清二楚，不管是住的地方还是别的什么都清清楚楚的，完全是有备而来。

不出意料，祝靖寒直接就找到了乔晚所住的地方，他把乔晚放下，大手揽住她的腰。乔晚整个人就算是靠着他手臂的支撑趴在他身上的。

祝靖寒单手从她手里一直握住的包里掏出了一把钥匙，直接插进锁眼里面，轻轻一转门便被打开了。

里面的人听到动静后，以为是乔晚回来了，事实上也是乔晚回来了，只是没想到会多一个人。

张一当场就愣在了那里，这是什么情况，不是他们肖总和晚姐去参加宴会了吗？所以才让她把乔御成给接回来，这会儿怎么变成了 AH 的大 Boss 呢？

张一寻思着也许两人有点什么不寻常的关系，她还是不要在这里当电灯泡了。

"既然晚姐回来了，那我就走了。"说完，张一就向乔御成摆了摆手，然后拿着包包快速地离开了，走的时候还不忘把门也给带上了。

"大晚怎么了？"

乔御成从沙发上溜了下来，跟着祝靖寒进了乔晚的卧室，这个叔叔怎么对他家这么了解？

祝靖寒把乔晚放在床上，将披在她身上肖御的衣服拿了下来后扔在一边，给她脱了鞋后悉心地为她盖上了被子。

"喝醉了。"祝靖寒声音低沉，回答乔御成。

孩子的声音很稚嫩，听着却是舒服的，忙完了乔晚，祝靖寒回身看着乔御成，高大的身子蹲了下来。

他伸手想摸一摸孩子的脸，乔御成退后了一步直接躲开了。

"叔叔，谢谢你送大晚回来，那你也赶快回家吧。"

乔御成被乔晚教得很好，很有礼貌。祝靖寒看着心里就仿佛被什么填满了一样，这是他和乔晚的孩子，这么看着，他竟然觉得很神奇，神奇到心里酸涩。

"来，过来。"祝靖寒温声开口，向着乔御成伸出手去。其实他心里是忐忑的，毕竟乔御成不认识他，似乎也不爱和他亲近的样子。

乔御成似是思考了一下，不过还是向前走了两步。祝靖寒大手一揽便把他抱在怀里了。乔御成倒是没太多的想法，反正肖御叔叔就爱抱他，每次嫌弃他沉还不松手。这个叔叔，应该也是那样吧。乔御成也记得，就是这个叔叔，那天好像哭来着，男子汉大丈夫，怎么就哭了呢，大人的世界真难懂。

祝靖寒抱着乔御成站了起来，抱着他走到客厅，坐在沙发上也没松手，只是让他坐在了自己的腿上。孩子的头发软软的，小脑袋有些圆，祝靖寒看着竟然伸手摸了摸，第一次觉得有些手足无措，乔御成看起来很小，样子和他很像，长得很白很可爱。

乔御成努了努嘴，似乎是想到了什么，他的眼神清澈，带着孩子的天真。

"叔叔。"乔御成突然转头，眼睛撞入祝靖寒幽深的眼底。

"嗯。"

"你喜欢我家大晚吗？"

"喜欢。"祝靖寒毫不犹豫地回答。

乔御成一咕噜从他身上爬了下来，然后自己坐在沙发上，小脸带着婴儿肥十分讨人喜欢。

"但是叔叔，大晚有肖御叔叔了。"在乔御成的记忆中，肖御简直就是个天使一样的人物，除了不是他亲生父亲之外，肖御简直就是完美。

祝靖寒眸色一怔，他没想到在乔御成的心里肖御的位置会那么重要。

祝靖寒僵住的样子乔御成看得清楚，他的小手放在祝靖寒的大手上，语重心长地说道："不过叔叔你也别气馁，要是你对大晚也好的话，大晚不一定不会选你的。"

在孩子的心里，谁对大晚好谁就赢。

"我知道了。"祝靖寒声音温和。

"叔叔，那你要不要回家？"

乔御成抬起头看着祝靖寒，不过怎么觉得眼前高大帅气的男人长得很眼熟哪？祝靖寒并不打算回去，肖御就住在对面，况且在乔御成心里肖御就跟亲爹没啥两样，他这个亲爹再不努力，孩子和媳妇就都飞了。

"今天我就住在这里了，要不你妈妈半夜有什么事情你照顾不了。"

乔御成笑笑，心里觉得也是，不过他不是那种可以说话让人心里很舒服的人，怎么着也得让他有点危机感吧。

"没事，我可以找肖御叔叔。"

祝靖寒脸色一冷，他这儿子张口肖御叔叔闭口肖御叔叔的，他丝毫地位都没有了。

"你肖御叔叔来不方便，走，我带你去睡觉。"他起身把乔御成抱了起来，还别说这孩子还真不瘦，这让他心里踏实了不少。

"哦。"

就跟自己家一样，乔御成还没来得及告诉祝靖寒自己住在哪里，祝靖寒就特别熟悉地打开了他的卧室门。

"自己睡不害怕吗？"祝靖寒把孩子放在了床上，目光落在了他床头叠得的整整齐齐的睡衣上面。

"不害怕。"乔御成摇了摇头，别看两个卧室，可大晚经常抱着他睡的。

他把乔御成抱站起来，伸手去扒他的裤子。乔御成脑袋都要炸了，这个叔叔是脱衣服还是撕衣服，不过看他一副好心的样子上，他也就不说什么了。

给孩子脱衣服的活，让祝靖寒出了一身汗，他都不敢使劲儿，孩子看起来那么小那么嫩，他生怕一使劲儿就伤了孩子，这衣服明明就是大人衣服的缩小款，怎么脱起来就这么费劲呢。

乔御成现在光溜溜地坐在床上，看着祝靖寒捣鼓着他的睡衣。

直到半个小时之后，祝靖寒才费了老大的劲儿帮他把衣服穿上，衬衫都被汗浸湿了一片。

乔御成睡觉前缠着祝靖寒给他讲故事，祝靖寒读故事的语气略微深沉，可是这没能拦得住乔御成的睡意。

祝靖寒抬眸，见他像是睡着了，松了一口气后缓慢地站了起来。

他刚才一直蹲在床前，腿有些麻，他走到窗前把窗帘拉好，而后轻声走出乔御成的卧室并关上了门。

乔晚卧室的门紧紧地关着，他推开门走了进去，她侧身躺着，屋子里的酒气很浓，他走到床前将被子掀开，穿在她身上的礼服皱皱巴巴的，脱女人的衣服和脱孩子的衣服好像截然不同。

祝靖寒直接把她身上的衣服撕开换下，然后给她盖严实被子，他坐在床边，眼神复杂。

Chapter 08
峰回路转

1

清晨的第一缕阳光穿透薄雾缓缓地升起，暖色的色调照亮了整个大地，早上五点半祝靖寒便醒了。

他昨晚睡在了沙发上，高大的身子窝在不算大的沙发上，多少是不舒服的，身上的衬衫被压得皱皱巴巴。

他直接把衣服脱了扔在卫生间装脏衣服的篮子里面，家里就他儿子和他女人，他怕什么。

他随后去了厨房，从冰箱里只找到了干海带，因为没有莲子、核桃仁和青梅山楂糕这样的东西，所以选择干海带实属退而求其次，他还将冰箱里面的牛肉也拿了出来。

他熟练地将海带泡在水里，并且将泡海带的玻璃器皿盖上盖子，一直那么泡着。等了一会儿，海带泡软了，他把海带捞了出来，放在一旁的漏勺里面沥干后拿刀切成了五厘米左右大小的块。

看了一眼时间，乔晚应该快醒了，开中火放入牛肉加入些芝麻油、1/3的酱油还有一些盐，煮了一分钟，把切成块的海带放了进去，他修长的手指握住勺子，不停地在搅拌，加了些水直到煮沸，才停止搅拌盖上盖子，中火变小火，再煮二十分钟就好了。

他离开厨房，正准备去叫醒乔晚，门铃清脆而利落地响了三声。

祝靖寒走去开了门，门外的人是肖御。

祝靖寒站在那里，一脸的理所应当，倒是肖御心里起伏不定的，因为祝靖寒上半身什么都没穿。这样子在屋里待了一晚上，实在不能不让人多想，肖御又多看了他两眼。

祝靖寒沉吟半晌，率先开口："她还没醒，有事上班再说吧。"

"我能进去吗？"肖御虽然很不想这么说，不过现在显然他就是在外面的那一个。

祝靖寒垂眸，而后扬起嘴角，拒绝得毫不拖泥带水的。

"不行。"

万一待会儿乔晚穿得随意就下来了，岂不是都让他看到了？祝靖寒见肖御也不像有事情的样子，直接关上了屋门。

祝靖寒没打算看肖御到底在门外干什么，他直接转身去乔晚的卧室。

他站在床边，看床上的女人眉头拧着，光洁白皙的胳膊和肩膀半露在外面，她偏着头，头发随意地铺展开，美得自然，脸上还带着熟睡时候的酡红。

"唔……"

乔晚翻了个身，她脑袋剧痛，感觉整个人都是混沌的，等她睁开眼睛之后看清来人，整个人都愣住了。

他怎么会在这里？乔晚努力地想，努力地想，也不记得昨天喝多了和他在一块啊，最后跟她在一起的不是肖御吗？

祝靖寒见她一脸防备的样子，脸色不禁冷清了一些，生硬地问道："你脑袋疼吗？"

乔晚脑袋当然疼，昨天一不小心喝大发了，现在脑袋里就跟糊了糨糊似的，她现在没力气跟祝靖寒抬杠，只是虚弱地点了点头。

没一会儿，祝靖寒出去之后手里端着一碗褐色的东西又回来了。

"把这个喝了，就不难受了。"他坐在床边，然后右手扶住她的脑袋，左手把碗递到她的唇边。

"我自己来就好。"乔晚认得这是醒酒汤，只是不知道祝靖寒从哪里弄来的，她喝了几口之后将碗放在一边，目光落在祝靖寒身上。

"昨晚是你送我回来的？"其实祝靖寒这个时间在这里，就足以说明一切了。要么是他送她回来的，要么是肖御送她回来他跟着来的，但是后者的可能性要小，因为若是那样肖御不会让他进门。

而且肖御绝对不敢扒她的衣服，能做出这种事来的，就只有祝靖寒了。

"嗯，你身上的衣服也是我脱的。"祝靖寒笑笑。

乔晚嘴角绷紧，她还没先说呢，他竟然也好意思提。

"穿好衣服出来吃饭。"祝靖寒心情似乎很好，和乔晚说完后便拿着碗出去了。他出去后直接进了厨房，先拿出面包放入烤面包机中，又简单地煎了三个荷包蛋。

他高大的身影占领着厨房，侧脸俊朗柔和，宽肩窄腰，结实的手臂和锻炼得紧实的腹部，简直就是诱人犯罪的身材。此时，他举着奶锅温着牛奶，专心致志地做着手中的事情，一头短发利落干净。

乔晚换好衣服后去了乔御成的房间，她坐在床边，伸手把他细软的头发拨了拨，孩子八分和祝靖寒相似的样子，连她都不得不佩服这遗传基因。

三岁的乔御成某些性格似乎也很像他。

屋内气氛沉静，她的几缕发丝随意地垂在耳侧，乔晚伸手，把发丝掖在耳后，而后伸手拍着乔御成的后背，窗户是关着的，不知道是不是没关严实，窗帘轻轻地晃动着，摇曳的白色仿佛皑皑白雪垂下来了一样。

"吃饭了。"低沉醇厚的声音在门口响起，他不知道何时已经找了一件她相对比较大的 T 恤穿上了。因为 T 恤就是简单的棉白色，所以他穿着只是觉得恰到好处，并没有任何奇怪的地方，他抱着手臂，身上的衣服整洁如斯。

乔晚看着他许久后别过目光。

"御成，起床了。"乔晚转头，轻轻地晃了晃乔御成的小胳膊。乔御成动了动，样子有些委屈，似乎是没睡好，他嘟着嘴。乔晚伸手把他抱在怀中，她纤细白皙的手轻轻地拍着他的后脑勺，声音温柔如微风。

"宝贝，醒醒，我们吃饭了。"她抱着他往外走。

乔御成就在这过程中睁开了眼睛。

"大晚。"他叫了一下乔晚，然后伸出小手环住乔晚的脖颈，顺带着脑袋还倚着她的肩膀，睡眼蒙眬的样子。

祝靖寒迈着长腿跟在后面，他的目光一直在前面的母子身上，目光温煦沉稳。

乔晚走到餐厅把清醒得差不多的乔御成放在椅子上，她伸手把筷子递给了乔御成。此时祝靖寒把装有两个荷包蛋的盘子放在桌子上，他转身去倒牛奶，乔晚去厨房里拿面包，她刚才明明闻到烤面包的味道了。

两人跻身于厨房之中，乔晚安静把面包夹到盘子里，她的头发随意地梳着，白皙的皮肤、性感的锁骨和脖颈看起来越发明媚，乌黑的眼眸配着毫无瑕疵的皮肤，堪堪平添了几分气质。

祝靖寒侧眸，幽深的眸子落在她的身上。

乔晚没抬头，只是拿好面包之后便拔了烤面包机的插头，而后离开了厨房，任由背后那一抹目光停留很久。

吃过早饭后，乔晚抱着乔御成下楼，肖御似乎早就等在楼下了。

"我送小肥球去幼儿园。"肖御走到乔晚身边，其实乔晚是有车的，LK派发的，只不过她不愿意开而已。

祝靖寒高大伟岸的身形也从楼道里出现，他走出来似乎是低笑了一声，肖御一怔，目光发紧。

沉默片刻后，乔晚出声："我打车去吧，反正也顺路去公司。"她不等肖御回答，便抱着乔御成走到路边，准备招手打车。

祝靖寒走过来，向着乔御成伸出手笑着说道："叔叔送你去幼儿园好不好？"

"那辆。"祝靖寒伸出手，指了指远处的布加迪威龙。乔御成目光顺着他手指的方向看过去，只感觉俩字——炫酷，当即兴奋得不得了，但是大晚好像很不愿意的样子。

肖御凑过来，迅速指了指自己的车。

"小肥球，肖叔叔的车可是最新款，正打算带我们肥球兜兜风呢，要不要坐？"

"肖御，你送御成去幼儿园。"乔晚把乔御成放在肖御的怀里。

祝靖寒整个人的心情都下降了一格。

"跟叔叔走咯。"肖御把乔御成抱得很紧，然后不顾乔御成的嫌弃在他嫩嫩的脸颊上亲了一口后上了车。

祝靖寒看到肖御亲乔御成，眼神里面有些杀气，以前没觉得，现在想想还挺气人的，他看着肖御嚣张而去的车尾之后有些火大了。

"我送你去公司。"祝靖寒转头握住乔晚有些凉的手。

"不用了祝先生。"乔晚拧眉，摆明了就是不愿意。

"你我都坦诚相见过，叫得这么生疏做什么。"祝靖寒觉得不能太依着乔晚，要不现在她非得打车去不可，所以她被他直接塞进了车里。

乔晚面色有些冷清，她和他的关系现在开这样的玩笑一点都不恰当。

"祝先生，要不要我再提醒你一下，我们离婚了。"

"我还没失忆，结婚证和离婚证都是红本本，没差多少。"祝靖寒轻笑。

乔晚先是一怔，随即冷笑，她对于他此时的行为，倒是无话可说。

祝靖寒的表情淡淡的，熟练地把车转弯而后上路。

乔晚目光看向窗外，多少有些不适应。

两人一路上都没说话，祝靖寒倒是没有为难她，开车把她送到 LK 便开车去 AH 了。两家公司太近，乔晚站在那里，甚至可以清晰地看到祝靖寒把车停到哪里了。

2

晚上，乔晚去幼儿园的时候，老师说孩子被人接走了。乔晚有些慌张，迅速拨通祝靖寒的电话，因为她想不到除了他以外还有别的人会一声不响地带走孩子。

果然，那边接通电话之后让她在幼儿园门口等着，乔晚又急又气，十五分钟后祝靖寒来了，她拉开车门上了车。

"我儿子呢？"乔晚显然生气了，语气也不是很好。

祝靖寒眸光轻敛，淡淡地说道："我儿子自然在我家。"

乔晚皱眉，嘴角死死地抿紧。

祝靖寒将车开向祝家别墅，因为乔御成她不得不跟着他进去。

"从今天开始你就住在这里。"他整个人褪去了几天之内的温和，看起来有些冷清。

"御成呢？"乔晚心里全都是孩子，也没看见他在这里，瞬间就急了。

"东时带去超市买必需品了。"他一副要让她和孩子在这里常住的架势，祝靖寒目光灼灼，人都带来了，她想走就难了。

乔晚低头，目光垂下，她突然的话语让祝靖寒一怔。

"我住哪间？"

"楼上右手第一间。"

乔晚转身直接上楼，而后打开那扇门走了进去，最后关上了门，动作一气呵成，乔御成在他这里，她所做的一切反抗最后只能妥协了。

祝靖寒整个人放松下来，他上楼走到房间门口，直接打开了卧室的门，里面的人坐在床上低着头，祝靖寒心里直接安然下来，她不是没有逃跑过的前科。

他站在乔晚的身前，突然蹲下身子，和她的眼眸几乎平视。

"衣服我都准备好了，在左手第三间的试衣间里。"

乔晚不知道是该做什么反应，她的样子冷冷淡淡的，他看起来像是早有预谋，甚至连衣服都准备好了。

祝靖寒伸手把乔晚的鞋子脱了，她的脚后跟因为高跟鞋的摩擦已经出了血，他皱眉，深眸一寒，起身将抽屉打开，而后拿出医药箱。

在他的手即将要触碰到乔晚脚踝的那一刹那，乔晚整个人一激灵，直接收回脚，快速地说道："我自己来。"

这点小伤口贴个创可贴就行了，祝靖寒将药箱递给她，旋即坐在了床边。

"待会儿孩子回来的时候，是你告诉他我是他的父亲，还是由我自己说？"

祝靖寒的眼神深沉，他这个伪叔叔实在是做够了，他眼中带着薄凉的迷雾，让人看不真切。

乔晚眼神复杂，神经绷紧心思上下翻涌，就在她还未来得及回答的时候，他再次开口："晚晚，这个家里从来就没有别的女人的位置，我们结婚吧。"

这句话，让乔晚鼻子一酸，她忍住酸涩的感觉，而后目光悲恸："祝靖寒，我不爱你了。"

他从来都不知道，她有多瞧不起过去的那个自己，可是现在再次见到他，她依旧会放不下。她的心已经凉透了，不管他是否和别的女人有所牵扯，她不能就因为他的一句话而心无旁骛地笑着说："好啊，我同意。"

那样她对得起谁？她乔晚谁都对不起！

她知道，隐瞒父亲的存在很对不起孩子，可是她真的害怕，她过不了自己心里那关，哪怕让孩子一辈子没有祝靖寒这个父亲。

祝靖寒有些说不出话来，眼中波光流转，第一次有些茫然，他嘴角扬起一抹苦涩而后伸手扶住她的肩膀。他目光灼灼，俊逸的脸庞如同刀刻般的棱角，薄唇轻启，说出一句承诺："以后我爱你就好了。"

"你是不是觉得我毫无尊严可言？"乔晚的目光带着嘲讽，他是不是觉得只要他想，她便会回来。

"不是。"祝靖寒五指收紧，然后将乔晚揽在怀里。他从未这么想过，他现在只想要乔晚回来，他只想要对她好。

"既然不是，你就放我走，我累了，我和你耗不起。"

他这样的人，想要什么样的女人都会有，何苦吃回头草，何苦再纠缠。

祝靖寒沉默地闭上了眼，他可以不顾风险地将亿元资金投入未知的大投资里，他可以把财产全部都捐给福利机构，他甚至可以现在就放弃掉所有的一切，可是他独独不敢再放开乔晚的手了。

"我不会原谅你的。"她静静出声，任由他抱着。

"我不在乎。"他的手臂收紧，只要她还在，其余的他都不在乎，他沉静的眼中闪过一丝荒芜，样子竟然有些无措。

3

权城下雨了，簌簌的冷风吹袭，绿树的叶子被雨和风打得啪啦啪啦响，祝靖寒站在那里，一身家居休闲装，一件简单的白色 T 恤，裤子是白灰色的休闲裤。

他高大的身子倚在窗口，俊逸的脸庞微低着看着床上睡着后没了防备的女人，他嘴角缓慢地勾起，这是这个陌生的城市，可以给他的唯一的慰藉。

他手里握着乔晚的手机，里面有好多条信息全都是肖御发的，还有好多通未接电话。他将手机紧紧攥在手里，不再去看那碍人的字字句句，直到那边再次打电话过来，这次他没有挂断，而是转身接通。

他眯着眼看着外面的光景，凉爽的天气，男人目光微敛，神色与这淡漠的气氛融为一体，祝靖寒骨子里就是一个清冷的人。

"祝靖寒？"那边几乎毫不迟疑就猜出来接电话的肯定不是乔晚。

"嗯。"他应声，没过多地理会。

"乔晚在哪儿？"肖御懊恼，今天她就没来上班，打电话发短信没人接也没人回复，而且她也不在家。

"在我这里。"他的眸光清冽，眼底深邃暗藏少许暖意。

那边肖御沉默半晌，他知道祝靖寒的性格，是不可能轻易放乔晚这么回来的。

"祝总，你这属于绑架，你没有资格带走她。"

祝靖寒手一抖，而后寒薄的嘴角越发冰冷，随即直接挂断电话。

突然，孩子清晰的哭声传来，乔晚一个激灵便从床上起身跑了过去，跑到他的房间后发现孩子有些发烧。祝靖寒开车载着母子两个去了医院，因为高烧很严重，祝靖寒给孩子安排了住院，乔晚整个人都瘫坐在走廊里的椅子上，低着头捂住脸。

祝靖寒站在她的身边，看着里面病床上躺着的小孩子，眼中带着复杂的意味。小孩子极其容易生病，那么只有她一个人的时候，她是否一个人抱着孩子在医院内奔波，甚至是满脸的无助？

走廊里一阵高跟鞋的声音嗒嗒作响，乔晚抬头看到来人后变了脸色，她噌地站起来，怒火中烧。她望着祝靖寒，眸子里带着浓浓的失望，她竟然把孩子的事情告诉高芩了。

"我的孙子在哪儿？"高芩欣喜异常，她走到乔晚的面前然后握住乔晚的手。

"妈，你怎么来了？"祝靖寒看着乔晚气恼的神色，他皱眉而后看向跟在母亲身后的东时，他只是让东时提前跟医院打个招呼，没让东时把这事告诉母亲。

东时低头知道自己做错了，他还不是想着帮两人一把嘛，如果有高芩的压力在，乔晚应该不会轻易能离开他的。

"看你这话说的，这么大的事情，为什么瞒着我？"高芩现在高兴，也不计较祝靖寒阴沉的神色。她转头看向了一边的病房，大透明的玻璃窗里面是孩子小小的身影。

高芩的目光转向乔晚，一副慈爱的样子。

乔晚从高芩的手中抽回自己的手，转身站在病房门前，伸手拦住欲进去的高芩。

高芩说道："等孩子好起来，你带着他跟靖寒回家吧。"

"孩子是我自己的，和旁人无关。"乔晚绝对不想再回到过去，回到那无望的爱情里面，如一潭死水她怕再次卷进去。

"这……"高芩皱眉，看向祝靖寒。

祝靖寒五指攥紧。

乔晚眼里浓浓的讽刺意味深深地刺激到了他的心，他目光凌厉地看向东时，东时脸上微笑，报以歉意。

"妈，你先走。"祝靖寒开口，语气中是不容置喙的余地。

高芩自然是不愿意的，她还想抱抱她孙子呢。可是高芩还是看清楚了两人之间的形势，最后由东时送着走了。走之前她还是不忘回头看了孩子几眼，她岁数也大了，祝靖寒的婚事和孩子的事情就像是压在她心里的大石头，如今总算是放下心来了。

走廊里又恢复了平静，只是两人之间刚建立起来的安静就因为这个小插曲而崩裂。

"祝靖寒，你真卑鄙！"嘴里说着哄着，背地里竟叫高芩过来，若是请了律师打诉讼官司要孩子的抚养权，她不一定能赢，毕竟财力物力她根本无法和祝家抗衡。

"你先过来。"祝靖寒的眼底有克制的隐忍，他向着乔晚伸出手。她眼里的不信任让他整个人仿佛火烧一样，她曾经何时对他露出过这样的表情。

"这件事情我不知道，我不会卑鄙到去用手段抢孩子。"

"做了就是做了，至少敢作敢当。"乔晚好不容易平静下来的心思因为他的一句话又死灰复燃。可意料之外的是祝靖寒没有发火，而是表情十分认真地解释："我知道你在乎乔御成，我不会在孩子身上打主意。"

乔晚冷笑出声，目光氤氲，因为在乎，所以不会打主意？她别过头，眼底泪涌。

"你别忘了，当初我百口难辩都没换来你的同情心。"

祝靖寒高大的身形一晃，心底最隐晦的地方被人戳中。他闭了闭眼，脑中是乔晚当初绝望的神情，他动了动嘴，却没有发出声音。

乔晚浑身颤动，她知道他都记得。

经过一下午的观察，孩子没有特殊的情况，便被准许出院了。乔晚抱着孩子出了医院，头也不回地坐上了出租车，因为高芩来医院的事情深深地刺激到了她，他并未拦着她走。

4

这两天日子过得很平静，祝靖寒也没来找过她。乔御成这两天身体不好所以请假没有去上课，乔晚请了阿姨在家帮忙照顾孩子，她是有担忧的，但是自从那天后高芩没有再出现。

权城这样大，大到有些陌生，她就跟万千深海里的浮游生物一样，居无定所。下班后，乔晚先去超市买了晚上的食材后才往家里赶，把车停在楼下的停车位，乔晚下车上楼，她到家阿姨也就下班了。

乔晚穿上围裙进了厨房准备晚餐。

手机响了一声，乔晚擦了擦手将手机从兜里拿了出来，短信箱里只有简单的两个字。

　　"下来。"

　　发件人祝靖寒。

　　乔晚皱眉，大步地走到窗前，透过玻璃窗可以看到，在小区楼门口站着一抹颀长的身影，只不过整个人被大束的红玫瑰挡住了脸，可即便如此，乔晚还是认得出这是他，她拉上窗帘把手机丢在一边，转身去叫乔御成吃饭。

　　时针一点一点地走过，转眼间就到了晚上八点，外面已经漆黑成一片了，乔晚的目光落在窗户上，这个时间他应该不会待在楼底下了吧。

　　"大晚，你看什么呢？"乔御成的脸上有些好奇。

　　"没看什么，走，睡觉去。"乔晚伸手抱起乔御成，哄着他去睡觉。

　　晚上十点十分，乔晚走出乔御成的小卧室，然后拢了拢身上的睡衣，她犹豫半晌后走到窗前，伸手把窗帘掀了条缝隙，底下路灯明亮，但是刚才站在那里的男人却不在了。

　　乔晚心里知道，祝靖寒一向没有耐心，她拿起垃圾走到门口，伸手开门，还未等她出去，一大把鲜艳的红玫瑰便将她堵了回来，他整个人欺身进来，而后顺势带上门。

　　"送你的。"祝靖寒嘴角勾起，意气风发的样子，而后把大束的玫瑰往她怀里塞。

　　乔晚随手扔到一边，表情淡漠。

　　他倒也没生气，只是大步地走到客厅的沙发上，直接坐在了上面。

　　乔晚咬牙，放下手中的垃圾而后走到祝靖寒面前，她深吸了一口气，目光皎皎："祝先生，请出去。"

　　祝靖寒仿佛没有听见，他直接仰面躺在沙发上，目光慵懒地看向她，黑曜般的眸子里带着波光，望着乔晚的目光里带着跃动的火焰，那火光似乎浓烈得可以吞噬一切。

　　"我为了给你送花，晚饭都没吃。"

　　乔晚不打算搭理他，转身欲走，祝靖寒猛地蹦起来双手从背后环住她细软的腰肢。

"我想你了。"他的声音沉沉的，只有几天不见，却像是隔了好久一样，他这两天有重要的项目要谈，所以不得不出国。

"祝先生，麻烦你自重。"

"自重不了了，晚晚，和我一起回家好不好？"

祝靖寒眸光低沉，整个人身上的气势流光溢彩，他望着光滑的地板，面容俊逸温和。

"我不和你走。"

他本来期冀的样子因为她的话有一瞬间的沉寂，不过瞬间又打起精神来，他松开了手走到乔晚的面前，然后伸手开始一件一件地脱衣服。

乔晚整个人一怔，猛地退后了一步，整个人都受到了惊吓。

"祝靖寒你干什么？"

"我没地方去了，你得收留我。"他把西装上衣随手扔到沙发上，似乎一点都不介意褶皱。

他开始动手去解衬衫，乔晚的眼中有些慌乱，他一个堂堂的总裁怎么会没有地方去，随便买下一个酒店都是分分钟的事，怎么会来她这里凑合。

"你给我出去。"想到此，她秀气的眉目间闪过恼怒。

祝靖寒嘴角挑起，直接把衬衫脱下，露出匀称的胸膛和完美的腹部。

"你，你穿上……"乔晚的话有些磕巴。

祝靖寒嘴角掀起，笑意盎然，还知道紧张，那就代表还有救。

"反正我不走了，我衣服都脱了，我这么要面子怎么也不可能光着出去。"

乔晚整个人紧绷，她咬唇后转身走向卧室。

"随你便。"

伴随着她的声音还有的是紧闭的房门声还有利落的落锁声，只剩下祝靖寒自己站在那里，高大的身形，完美的腰线。

乔晚进了房里把门锁上，然后自顾自地上了床，随他，他爱睡就睡，反正她也拦不住。迷迷糊糊中，好像是半夜了，恍惚听到敲门的声音，乔晚翻了个身，眯了眯眼，只听见男人醇厚好听的嗓音。

"晚晚，我冷。"

乔晚没理，他自找的，冻死也不关她的事。

"晚晚，我没衣服穿了。"

"晚晚，我还没被子。"

"哎呀，儿子的屋里应该不冷。"

门"啪嗒"一声被打开，乔晚一张清冷秀气的小脸伴随着怒气出现在祝靖寒面前，祝靖寒眉毛一挑。

他嘴角掀起，直接挤进乔晚的卧室内，然后跳到了床上利落地盖上了乔晚的被子，脸上自得的样子让乔晚心里的怒气都满了，她走到床前伸出手去拽祝靖寒身上盖的被子。

"睡觉了。"祝靖寒忽地坐起来拽住乔晚的手腕，把她整个人拽到了他的怀里。乔晚的鼻尖撞入他的胸膛，他身上火热火热的，然后还未等她反应，他便一把把她拢进被子里，紧紧地圈在了怀里。

祝靖寒不得不承认，他这些年来从未有一刻像此时这么安心，仿佛她就是全世界一样，只是安心过后就浑身是火了。软香在怀，他又多年未开荤，不火才怪，他低头吻了一下乔晚的眼睛，乔晚整个人僵住。

"嘘，你千万别动。"他喉咙里面干涸得厉害，嗓子眼也不自然地咕咚了一下。乔晚自然知道，他那言下之意是什么意思。

"祝靖寒，你和我的关系……"

"我知道。"他的声音依旧沙哑沙哑的，随即嘴角向下，堵住了她的唇。

乔晚瞪大眼睛，扬手给了他一巴掌，然后猛地推开他。

"你既然知道，那你至少应该尊重我。"

祝靖寒脸上火辣辣的，他动了动唇，然后伸手捂住脸，突地他一下子栽到床上，紧闭着眼睛，似乎一脸很痛苦的样子。

乔晚的心一下子就提起来了："祝靖寒，你怎么了？"她伸手握住他结实的肩膀，她只不过打了他一巴掌，也没有很使劲儿，他该不会是有什么病吧，她再也不能淡定整个人都慌了。

"你怎么了，你醒醒啊！"

　　她的眼底全然是慌乱，就算告诫自己一千遍一万遍的不在乎，可是当他真的不省人事的时候，她还是会着急。

　　"这下子完了，本来可以靠脸吃饭，现在被你废了，晚晚你得养我。"他睁开眼睛，欠揍地笑，可是那笑意却在看到乔晚慌乱而湿润的眸子时陡然消失，他猛地坐起来。

　　"你别哭啊，我逗你的。"他伸手将拇指放在她的眼角。

　　乔晚不说话转而别过目光，伸手扯掉他放在她脸上的手。

　　"你给我滚。"她冷硬出声，眼神氤氲。

　　祝靖寒笑笑，而后一张俊脸放大在她的眼前。

　　"你是在乎我的，对不对？"他就知道乔晚说的话都是口是心非。

　　当初他很难承认自己早就喜欢上了她，是因为那时候太年轻了，不仅误会了她和顾珩之间的关系，更因为兄弟义气对她多年的委曲求全置之不理。以前，他便没意识到，可现在想想，若非不是从那时候就喜欢上了，他又怎么会如此在乎她呢。

　　祝靖寒心里变得温暖，他伸手不顾乔晚的挣扎和别扭直接把她揽在怀里，他的手不小心按在了旁边的遥控器上，室内一下子便昏暗了下来。

　　外面月明星稀，室内空气稀薄。

　　他身形一转便把她压在了身下，两人呼吸交缠，黑暗中乔晚一双美眸明亮，祝靖寒的呼吸中都是她身上好闻的香气。

　　乔晚仰着头，满脸的防备，她刚要开口，祝靖寒伸手捂住她的唇，动作不大却足以让她不出声。

　　"我跟你发誓，我从来都没碰过别的女人，除了你我没有别的女人。"他知道以前慕安宁的事情让她心里有芥蒂，而现在他想好好地跟她解释。

　　"晚晚，我初吻初夜都给你了，你别想赖掉。"

　　他压着她的手，眼里尽是温软，他说完后才松开捂住乔晚嘴的手。

　　乔晚深吸了一口气，脸色被憋得有些红，绯红的样子别显风情，尤其是这种暧昧不明的昏暗的光线下，尤为诱人，但是祝靖寒不敢动，他只能忍着，如果触碰到了她的底线很有可能适得其反。

乔晚气恼得不说话，祝靖寒看了半晌终究是叹了一口气，安静地侧身躺在床上将她抱在怀里，无奈地说道："好了，睡觉吧。"

乔晚的心里如麻一样乱，她现在也无法说一些话，显得她多在意似的，四年的痛楚和不出现她都忍过来了，她不会因为他一时的示好就会变得柔软的。

她闭上眼，不想同他争执，因为她怕吵醒被她哄睡着的乔御成。

乔晚在祝靖寒怀里根本睡不安稳，仿佛感应得到似的，她真就做噩梦了。那个她想彻底忘掉的场景再次真实演练般地出现在她眼前，她站在那里，无法开口，无法行走，甚至无法哭出声。

梦里那场大火依旧烧得正旺，可是无论她怎么伸出手去却始终和她当初的意愿背道而驰，她竟然没有抓住祝靖寒的手。

在梦里，他的眼神依旧是淡漠的，只是在她伸手的时候，他就站在那里，不前进也不后退，眸中带着笑意。

无论她怎么喊，他都像是没听见一样，他身后的火光越来越大，浓烟吞噬掉了他高大的身影。

而后乔晚伸手扼住自己的嗓子，只觉得连哭泣的声音也发不出了。

她猛地睁开眼，从梦中惊醒，习惯性地向身边看去，而此时，祝靖寒侧着头睡在她的边上，额前有几缕碎发散开，睡颜特别安静。

乔晚闭了闭眼，噩梦的源头只是日有所思，夜有所梦罢了。

外面的天还没亮，乔晚伸手摸了摸嗓子，噩梦的惊吓让她觉得心有余悸，她不知道为什么会那么害怕。

再次侧眸，不知道为何，他的脸色竟然异常红润，乔晚伸出手去轻轻地放在他的脑门上，他的体温异常高。

她抿唇，然后敛下眸光，自己是不是不该管，她的手正要收回便被他大手猛地握住。乔晚心口一滞，便见他睁开眼睛，眼里不太清明，他俊逸的眉宇蹙起，然后坐起身来。

"天还没亮。"祝靖寒向外看了一眼。

乔晚抽回手然后侧身躺下，他坐在那儿揉了揉眉心，感觉是发烧了，不过并不碍事。

"刚才你喊什么？"祝靖寒声音沙哑。

是很隐忍的叫喊声，压抑到仿佛是看见了什么不得了的东西。

"没有，你听错了。"乔晚抿唇，闭上眼睛。

"我还以为你做噩梦了。"他似乎是轻轻说了一声，轻似呢喃。

乔晚敛眸，睁开眼睛后眸光冷漠："我希望御成醒来的时候不要见到你。"

祝靖寒抿唇，然后躺下，右手手背放在脑门上。

"好。"

其实，乔晚如果回头的话便会看到他眼中的黯然和无奈。

5

早上六点半，闹钟响了，乔晚起身下床，此时她的身侧他还躺在那里。

乔晚的目光中闪过一丝复杂，她站在床尾声音冷冷的："我去叫孩子起床。"

祝靖寒翻身起来，头低着一手无力地扶住额头，他点了点头。

乔晚打开卧室的门出去了，她知道既然祝靖寒答应了，便没有理由赖在这里不走，他向来说话算话的。

祝靖寒起身，他走到客厅里眼神眯着，一副慵懒的样子。

他灼热的眸光蹙起然后揉了揉眉心，呼出一口热气之后伸手去拿沙发上的衣服，因为太难受，干脆就闭着眼睛胡乱地往身上套着。

乔晚正晃着乔御成的胳膊叫他起床，乔御成昨天跟她说，他可以去学校了，他不太喜欢那个阿姨。

乔晚见他没问题便答应了，这不一大早就来叫他起床，乔御成翻身揉了揉眼睛，然后坐了起来。

乔晚拿起昨天便准备好的衣服准备给乔御成穿上的时候，外面突然传来一声剧烈的声响，伴随着"哐"的一声，把乔御成的睡意都吓醒了。

乔晚更是吓了一大跳，家里只有三个人，那么客厅里面的就是祝靖寒，他怎么了？

乔晚跑出了卧室，她看到男人高大的身子倒在地上，茶几上的东西散落了一地，乔御成此时也跑出来了，他看到这番场景后睁大眼睛，谁来告诉他他家里怎么会有一个不穿上衣的男人？

“大晚，这不是祝叔叔吗？”乔御成开口，乔晚点头后走到祝靖寒身边，伸手去扶他，他浑身滚烫跟着了火一样，好像是烧得严重了，一个大男人怎么就这么不经冻呢。

她不知道的是，祝靖寒为了能赶紧出差回来，几乎没怎么睡，硬生生地把一个星期的行程安排压缩到两天半了。

国外和这里气温差很多，他回来时就不舒服了又在楼下冻了几个小时，然后不穿衣服又在客厅里冻了一会儿，不烧才怪。

他整个身子很沉，乔晚费力地把他扶起来，扶到了沙发上，他的额头上有一处血痕，乔晚看着，那个伤口像是倒下来的时候磕在了茶几的边上，玻璃质地的边边角角总是很容易伤人的。

“祝靖寒，你醒醒，我送你去医院。”

她轻轻地拍了拍祝靖寒的俊脸。

祝靖寒眼睛使劲地睁开，脸上红色蔓延，也许是昨天太晚她没仔细看，现在她才发现他的眼里竟然满是红血丝，整个人因为发烧看起来毫无精神。

他皱了皱眉感觉到额头有些疼，伸手就要往头顶上摸，乔晚见状将他的手拿开。

“刚才你摔倒的时候磕破了，别碰。”

他闭了闭眼睛，大手握住她的手，转过身干脆就不睁眼了。

乔晚脸色变了变，饶是发烧生病他的力道也不小，乔晚费了半天的劲儿才把自己的手抽出来。

乔晚起身走向一边，拿起他昨晚脱在那里的衬衫，然后她走到他的身旁，把衬衫翻了翻，把袖子套在他放在上面的左胳膊上。

乔御成噘着小嘴，看祝靖寒一点都不配合的样子后开口：“叔叔羞羞，这么大还让别人帮穿衣服。”

祝靖寒不知道哪里来的力气，噌地就坐起来了，他眸光微醺却足足生出来一丝凌厉的气势，他伸手拿过乔晚手里的衣服，慢慢地穿上，半眯着眸子，嘴角越发泛白。

祝靖寒咳嗽了两声，然后抬眸看着她。

乔晚抿唇，眼里又恢复了一片清冷。

"我叫东时送你去医院。"说完乔晚拿起手机翻开通讯录。

祝靖寒的眼神一寒，他猛地伸手拍掉乔晚手中的手机，高大的身子晃了一下，目光冷凝。

"不用了。"

他浑身盛着怒气，然后伸手抓起放在一旁的西装，寒眸清洌地走到门口转而打开了门。

"你去哪儿啊？"乔晚本不想开口的，可是他现在生着病，不知道从谁那里遗传出来倔强的性子，以他的性格现在八成是不想去医院。

祝靖寒身子倚在门框，他低头咳嗽了两声，面色潮红。

"公司。"

乔晚皱眉，她就知道，她走到祝靖寒身后，然后抓住他的手腕。

"我也不想管你，但是你是从我这里出去生病的，我送你去医院。"

祝靖寒身上的寒气更重了，冰火两重天，他轻轻地甩开乔晚的手。

"你不用勉强，感冒又不会死人。"说罢他手撑开身子，一步一步地走向走廊电梯的那一边。

乔晚再也没动，随他好了，反正病死烧坏了也不关她的事。

6

把乔御成送去幼儿园后，乔晚就去上班了，她坐在那里，精神有些恍惚。

"晚姐，你想什么呢？"张一抱着文件走过来，看着乔晚走神的样子只觉得稀奇，以前可没见过乔晚这副出神的样子。

乔晚愣了一下，然后摇头，她起身准备去倒点水喝，刚站起来兜里的手机便响了，上面显示是东时打来的。

"乔小姐，你能不能来一下 AH，祝总生病，他不去医院不听我的劝。"

乔晚接通后，东时着急地说着，他能不着急嘛，烧得那么厉害，就算是一米八六的大男儿也抵不过身子虚啊。

"我现在在上班。"

"乔小姐，人命关天，总裁现在都不省人事了。"说罢，还特别大声地呼喊了祝靖寒。

乔晚心里一下子提了起来，祝靖寒该不会真出什么事吧，毕竟因为她的缘故所以才生病的，她有些放心不下。

乔晚跟肖御请假后从 LK 出来一路跑到 AH，东时就站在门口等她，一是因为上电梯要刷员工卡，二是乔晚也不知道祝靖寒办公室在几层。

乔晚刚一上电梯，就直接按了顶层的按钮，她见东时诧异地看着她就知道自己猜对了。有些东西真是潜移默化，明明没有细说过，但她就是知道祝靖寒是一个喜欢高处的人，他绝对不会允许自己的办公室上还有楼层，也不知道是不是一种怪癖。

电梯很快便到了顶层，电梯门打开后，东时在前面带路。

AH 的装饰黑白分明，设计高贵简单，和肖御的奢华重金属风不一样的是，祝靖寒所在的办公室就两种颜色。

开门进去后，乔晚熟悉到还以为进了祝氏。

不远处的男人躺在沙发上，领口敞开。

"祝靖寒，我送你去医院。"乔晚大步地走了过去。

祝靖寒微微动了动眼睛，他睁开眼睛面色不好看。

"不用你管。"他还生气，因为早上的事情。

"东助理，帮我把他扶起来。"

乔晚不管了，他不管说什么也得把他弄医院去。

东时走到祝靖寒的身边把他扶站了起来。男人的呼吸很重，他伸手推开东时，然后整个人都靠在乔晚的身上，乔晚感觉到身上有些吃力，尽管他有些不清醒，但还是支撑着没全部压在乔晚的身上。

"我去开车。"东时见状，看了祝靖寒一眼，只见祝靖寒抿唇，微眯的眸中带着寒光，东时就一个瑟缩快速地走了，总裁这是嫌他碍事呢！刚才怎么劝都不走，怎么说也不动弹，可乔晚一来了，欲拒还迎之后，马上就老实了，果真是一物降一物。

乔晚扶着祝靖寒走出办公室，饶是他没有把身体全部重量压在她身上，也够她受的了。偏偏不知道是故意的还是无心的，他把脑袋放在她的脖颈处，炙热的呼吸喷在她的脖子上，然后还一不做二不休，直接双手抱住她的脖子，乔晚皱眉觉得这个动作怎么这么熟悉。

没一下她就想起来了，乔御成睡醒的时候，就喜欢这么抱着她的脖子赖着他，乔晚觉得脑袋疼，真不知道乔御成遗传了祝靖寒多少。

AH 的员工驻足，观赏着这令人诧异的一幕，他们的顶头上司此刻正以一种扭曲的姿势和一个好看的女人走在一起，就算是新晋员工，他们也清楚，这总裁不是不喜欢女人吗，连贴身助理都是男的。

乔晚和祝靖寒走出来的时候，东时刚好开车过来，他下车打开后车门，帮乔晚把祝靖寒扶了进去。

上车后，她扭了扭手腕，感觉有些僵，突然肩膀处一沉，男人的身子倚了过来，她的手还被他紧紧地握住。

祝靖寒闭着眼睛，长长的睫毛在眼窝处映出好看的弧度，微小的阴影更是衬出他刀削般的轮廓，他的手特别热，她的手掌心都出汗了。

乔晚叹了一口气后别过目光。

车子很快便行驶到了医院前，东时背着祝靖寒下了车，饶是他想反抗此时已经毫无力气了。

送去之后医生检查过了，虽然和感冒症状一样，但是祝靖寒的病情却蔓延成了肺炎。东时给祝靖寒办理了住院手续，他被安排在病房里输液，他的手紧紧地握着乔晚的手就是不松开。

乔晚坐在椅子上，目光放在他俊逸的面容上。

祝靖寒呼吸极为不平稳，她稍有动作，他就会睁开眼睛，所以她干脆不动了，不知道过了多久他的手劲松了下来，乔晚缓慢地抽出了手。

祝靖寒醒来的时候接近傍晚，一睁眼除了初期的眩晕和致命的嗓子痛之外，他不似先前那么难受，他定了定神然后坐了起来，病房内空无一人。

　　他敛眉，乔晚不在，他的眸光一下子就沉了下来，心里堵着闷气，一层失落和怒火噌地就蹿了上来，俊眸幽深一片，伸手把输液针管拔掉，然后坐了起身掀开被子准备下去。

　　乔晚手里提着一大堆东西和从外面买来的饭进来，门口的人影吓了她一大跳。男人的面容冷着，眼中稍稍带着诧异，那怒气汹汹的气势还没来得及收回便被乔晚看到了。

　　乔晚记得，刚才她出去的时候护士刚来换了输液瓶，他的手背冒出红色的血珠，刚起来的头发还有些凌乱，他伸手，手掌抵在门框上，头微微地低着。

　　"去哪儿了？"声音沙哑得几乎听不出原本的声音。

　　"给你买吃的，省得你饿死。"乔晚低头从他胳膊底下钻了出去。

　　祝靖寒刚才本来有些生气，见她回来之后就开心了。他转身走到床边，上床自己盖上被子，一副乖宝宝的样子。

　　他的手背因为粗鲁的拔针有些青肿，乔晚看了一眼不知道该说什么好，她若是关心过度，她怕祝靖寒误会什么，所以不关心最好。

　　她伸手撑开床桌后把东西都摆在上面。期间，男人的眼睛一眨不眨地望着她。乔晚把勺子放在他眼前的粥碗里声音柔和："你吃吧。"

　　乔晚准备叫护士重新给他扎上针，祝靖寒见她转头就走，气氛突然就低迷了。"我不吃。"他冷冷地出声。

　　乔晚没理他直接走了出去。

　　祝靖寒寒气逼人的眸子里闪过锋锐，等乔晚带着护士再次回来的时候，发现他依旧维持着刚才的姿势桌子上的东西一动未动。乔晚咬牙，她有些生气地看着护士给他重新换吊瓶。

　　"我饿了。"护士一走他便开口，并且目光灼灼地看着乔晚。

　　"我没不让你吃。"乔晚站在那里，不远不近，目光平淡。

　　祝靖寒伸了伸右手。

　　"我输液，自己没法吃。"

　　乔晚总算是明白他为什么那么乖了，可是偏偏她还不能说什么，难道让他把输液针再次拔了吃饭？

他的左手手背肿成了一片，因为他粗鲁的动作所以不得不换成右手输液，现在左右手都空不开，他也不是那种手疼还将就着吃饭的人。

乔晚心里一堵，直接走过去然后拿起勺子舀了一勺白粥往祝靖寒面前递，他不张嘴，乔晚忍着怒气。

"啊……"她示意他张嘴。

"吹吹。"祝靖寒盯着眼前的白粥，脸上笑眯眯的。乔晚就差把碗砸在他的脸上了。要不是看他是病号她早就这么做了，她忍着将粥放在嘴边吹了吹再递给他，这一口一口地喂还真就见了底。

她还买了好多水果过来，就当是友情慰问了。

"我没吃饱。"他拧眉。

"我要回家了，要是还想吃什么，就叫你助理给你买。"乔晚把桌子撤下去，然后准备走。

祝靖寒哪里同意，他直接给她拽了回来。

乔晚现在耐着性子，毕竟他是病人，她看着祝靖寒等着下文，果然……

"我要吃苹果，你削给我。"他刚才看见乔晚拎回来的袋子里有苹果。

乔晚深吸了一口气，然后点头，她心里要炸了，早知道就不来了。

她从一旁的袋子里翻出苹果，拿起一旁的水果刀熟练地削着皮，随着她熟练快速的动作，祝靖寒整个人都不好了，怎么会削得这么快！

乔晚把削得只剩下果肉的苹果递给祝靖寒，祝靖寒抿唇，扫了一眼自己的两只手，然后勾唇一笑。

"我好像没法吃。"

乔晚自然看懂了他的意思，她眯起眼睛笑得特别明媚，她"啊"的一声示意祝靖寒张嘴。祝靖寒乖乖地张嘴，心里正高兴呢，她就直接将整个苹果往他的口里面塞，做完这个动作之后她拍了拍手，笑眯眯地转身走了，留下一脸怒气的男人在病房里。

7

晚上肖御给她打电话说他去接孩子，等到乔晚回家的时候，肖御就站在她家门口好似在一直等着她。

"肖御，谢谢你。"乔晚道谢之后准备开门进屋，这个谢字让肖御的面容一瞬间的苦涩，他直接挡在了正门门口。

"乔晚，我们认识多久了？"他的神情特别严肃，和平常的样子判若两人。

"三年多了。"乔晚微笑。

肖御只是轻抬嘴角："三年的时间足够了解一个人，也不足够了解一个人，乔晚，你觉得我对你了解多少。"

他不是等不及，只是祝靖寒的出现让他有了危机感。

难得肖御一直称呼她的名字，乔晚从他的话中察觉出了不寻常的意味。

见乔晚怔住，肖御再次开口道："乔晚，我就问你一句话，你有没有喜欢过我？哪怕就是那么一瞬间。"

肖御胸膛里燃着熊熊的大火，血液中流淌着不安的因子，他知道自己心里忐忑，乔晚她从来都不想耽误肖御，而且她清楚地知道自己想要的是什么，所以她回答得笃定。

"没有。"

肖御笑得苦涩，他伸手抱住乔晚。

"晚晚，能不能给我一个机会，哪怕就一次，试着和我在一起，如果最后你还是不爱我，我也知足了。我从两年前就开始喜欢你，我不是圣人所以我对你的好都是别有目的，如果你是怕孩子跟着我怕他吃亏，我以后可以不要孩子，我们就要御成一个。"

肖御敛眸，将手臂收紧。

乔晚说不感动是假的，她心里也明白这个世上也许不会有人对她和孩子比他更好了。

"你不要说话，你听我说完。"

肖御害怕了，他害怕乔晚就此拒绝他，以后再也不和他来往，他也有顾虑所以才会小心翼翼地走到今天。

她早上来请假，他以为她哪里不舒服，抛下刚开的会议去跟着她，可是他看到了她扶着祝靖寒上车的身影。

"晚晚，和我结婚吧，我会对你好一辈子。"

乔晚愧疚地笑，她将肖御推开，缓慢地望向他："肖御，我一直当你是好朋友、好上司，我不会和你在一起的。"

她必须直接拒绝他，她不能因为自己而耽误一个好人的未来，他值得更好的女人去爱他。

肖御眼神闪动，轻轻地点头。

他最看不得她对他疏离的样子，他也不想看到她为难。

他承认自己无法坦诚面对她的拒绝，于是，落寞地转身，回到了对面的家。

说实话乔晚心里特愧疚，但并不是为自己的决定而愧疚，而是因为她没法给肖御他想要的，她的一颗心就那么丁点的位置，全部都给了那个薄情的男人，哪怕她不想承认，这颗心也没有真正放下过那个男人。

Chapter 09
地狱晨光

1

幼儿园放学了，乔御成往学校门口慢慢地走。门口停着一辆拉风的布加迪威龙，车前面还站着一个男人，乔御成自然是看到了。

"祝叔叔，你也来接小孩吗？"乔御成走到他的身边。

祝靖寒蹲下身子摸了摸他的小脑袋说道："来接你去吃好吃的。"

"大晚不让我跟陌生人走的。"

祝靖寒失笑，上次他还不是和自己走了。

"我已经告诉你妈妈了。"

"真的？"乔御成半信半疑，不过他对祝靖寒倒是相信。

"真的！"

"骗人是小狗。"

"好，骗人是小狗。"他伸手把乔御成抱了起来，然后放在车后面的儿童安全座椅上。这是他出院后立马去安置的，把孩子固定好之后他才上车坐在了主驾驶位置上，特地想跟孩子独处，所以没带东时。

"你想吃什么？"祝靖寒问乔御成，他不太了解小孩子的世界，他更不了解自己孩子的口味。

"我想去吃冰激凌。"冰激凌什么的大晚平时就不让他吃，偶尔吃一回也是肖御叔叔偷着给他买的，老说这个对身体不好，那个对身体不好，可是别的小朋友都吃。

祝靖寒应允后，带着乔御成去了麦当劳，车子一停下可把乔御成开心坏了。他把乔御成抱下车，两人一起走了进去，要了一份双层麦辣鸡腿汉堡，又点了一份摩洛哥风味火辣板烧鸡腿堡、一份麦辣鸡翅、两大杯可乐。乔御成还要了四支甜筒，两人坐在靠窗边的一长排位置上，这下子可把乔御成乐开了花，不过，这要是被大晚知道了，他得被打死。

祝靖寒的手机响起，他接通。

"你把孩子带到哪里去了？"那边是乔晚气喘吁吁焦急的声音，祝靖寒就发了一条短信息给她，说孩子他接走了，她到学校的时候乔御成就不见了。

"丽南路，麦当劳。"他简洁地报了地址后便结束了通话，祝靖寒手部的动作停留在那里，他的眼里暗潮汹涌，什么时候起，他和她之间的话题就剩下孩子了。

"大晚打来的？"乔御成抬起头，吃得迅速。

"嗯。"祝靖寒点头。

乔御成一副大事不好的样子，迅速地解决着手里的汉堡，甜筒都被解决完事了。

"慢点吃。"

祝靖寒盯着乔御成，小儿难养不知道这句话是不是这个意思。

乔晚到的时候就发现乔御成在吃平时她不让他吃的那些东西。

"你给他点什么了？"乔晚一脸焦急地看着祝靖寒。

那慌张的神色让祝靖寒眸色更深了一些："我带我自己的儿子出来吃东西有什么不对吗？"

乔晚看着乔御成，拿着纸巾给他擦了擦嘴后问道："你肚子疼不疼啊？"

乔御成肠胃敏感，不知道是不是太小的缘故，她不是不让他吃，只不过每次都控制着分量。

"大晚，不疼。"乔御成其实刚才就不舒服了，可是乔晚的样子有点吓到他了让他不太敢说。

"走，妈妈带你去医院看看。"她才不信，直接抱起来就往外走。

祝靖寒跟在乔晚的后面，俊朗的眉头蹙起，知道事情闹大了。

车子一路行驶到医院，乔晚抱着乔御成去儿科，轻车熟路的样子让跟在后面的祝靖寒整个人都紧张了起来。

乔御成在里面做检查，乔晚和祝靖寒面对面。

"对不起，我不知道。"

他只是看别人家的孩子都爱吃这个，平时路过的时候小孩子也很多，所以他以为乔御成肯定也爱吃这个。

"你对孩子根本就不了解，要是为他好，以后你真别再见他了。"乔晚算是怕了，现在乔御成离开她一步她都不安心。

"乔晚，我是他的父亲！"男人的眼底一片波涛汹涌，眸光中抑制不住的痛楚之意流窜。乔晚不说话，他似乎是想到了什么。

祝靖寒双手握住她的胳膊，目光灼灼："你看着我的眼睛告诉我，你爱肖御吗？"

乔晚曾经觉得稀奇，怎么会有眼睛长得这么漂亮的人，只要凝视着就会发现里面像是藏了宇宙一样，星河璀璨，但是她忘了越是浩瀚的东西越神秘，不该触碰的，就不该碰。

她深吸了一口气，直勾勾地盯着祝靖寒的眼睛，一字一句地说道："对，我爱肖御。"

也好，任由他误会也好，两人之间流窜着无声的气氛，一片死气沉沉。

2

乔御成的检查结果没问题，他出来的时候看着乔晚有些怕怕的，毕竟之前乔晚三令五申地不许他吃凉的东西。

"走吧，回家了。"这么一折腾，又是晚上了，乔晚有些疲惫。这次乔晚没有抱着乔御成连手都没牵，乔御成知道自己犯了大错误了。

"大晚，不会再有下一次了。"他伸出小手，碰了碰乔晚的手心。乔晚的手躲开。

祝靖寒看着眼前的母子俩，然后在乔御成身前蹲下身子。

"御成，叔叔对不起你。"他不知道孩子不能吃凉的。

"祝叔叔，我没事。"乔御成咧嘴一笑，然后把嘴凑到他的耳边轻声说道，"叔叔，你今天能不能跟我一起睡？"

"可是你妈妈不同意怎么办。"

"没事，有我在，妈妈不会赶你出来的。"

乔晚自然是没听到两人的这番对话，祝靖寒抱起乔御成准备走。

她拦在他的面前伸出手看着他："孩子给我。"

"你不是不要了吗？"祝靖寒声音莫名上扬，他抱紧乔御成往前面走，一瞬间就把乔晚落在了后面。

乔晚心里一急，他是要把孩子带去哪儿？

她只是想吓唬一下乔御成，省得下次不长记性，她什么时候说她不要孩子了。

"祝靖寒，你放开他。"乔晚快速地跑到他的前面，拦住了他想要走过去的路。祝靖寒挑眉，很容易闪过乔晚的堵截。

祝靖寒打开车门把乔御成放到车里，然后关上车门后自己上了车，完全没有让她上车的意思。

乔晚跟上来伸手去拽后面的车门，可是被他锁上了。

"祝靖寒，你把车门打开。"

"你想上车吗？"祝靖寒没回答她的问题，轻轻地落下一小部分车窗。

"我……"乔晚还未说完，清楚地听到了他启动车子的声音，她一慌张便去拽副驾驶的门。

谁知道这一拽门就开了，乔晚也不多想直接上了车，省得他一个人把孩子带走。车速极快，一路狂奔到乔晚所在的小区，乔晚发现来了这里后，有些诧异又有些安心。

下车后依旧是祝靖寒先把乔御成抱了起来，乔晚伸出手去却没够到孩子，祝靖寒率先走到乔晚家，有了乔御成这个小叛徒，家里的密码自然不在话下，所以还没等乔晚跟上来他就抱着乔御成进去了。

"宝贝,你觉得肖叔叔好还是我好?"祝靖寒坐在沙发上目光灼灼地看着就坐在对面的乔御成。

乔御成想都没想就回答道:"肖叔叔。"

祝靖寒敛眸,明显不开心。

"祝叔叔,你瞪着那幅画干什么……"乔御成侧眸,发现祝靖寒盯着挂在客厅中央的一幅大水彩画,眼神要杀人似的。

"你看那个像不像你肖叔叔。"祝靖寒开口,乔御成差点没喷出来,那幅画上是小猪,是刚搬到这里来的时候,他跟着大晚去卖画的地方挑的,他挺喜欢这个的,所以乔晚就买了。

"快说像不像你肖叔叔。"祝靖寒又重复了一遍,越看越像肖御。

"一点都不像,我肖叔叔那么帅。"

祝靖寒眼神一变,直接把乔御成翻了过去压在身下,伸手往他小肚子上挠痒痒。

"快说,像不像!"

"像,像,最像肖叔叔。"乔御成躲闪不及,被抓个正着,痒痒死了都要,所以不得不先违心地祸害肖御一下。

"跟我一样,有眼光。"见乔御成痒得前仰后合的,他总算是放开了孩子,乔晚进来的时候他拿起遥控器把电视打开了。

"最新消息,亚洲最大毒枭秦五爷今日出现在海城,警方提前派人在他所住的宾馆前埋伏,但是并未抓到人。"

祝靖寒手指顿住,目光冰冷地看着这一条新闻,新闻上出现了一张秦五爷的照片,年逾七十的老爷子两鬓斑白,可是身体却老当益壮。

祝靖寒眯起眼睛,他的眸子里快速地闪过一道光,他站起来拿起手机走到了窗前,然后拨通了一个人的号码,大概响了四声后那边接起。

"祝总,有事?"

"现在打开新闻,海城新闻。"

那边的人沉默,但是动作一点都不慢,直接依照着祝靖寒的话打开了海城当地的新闻。

"该死的。"那边爆了粗口。

"不知道他此次去的目的是什么，你做好准备，我会派人过去保护你们的安全。"那边人沉默半晌，眸子里面带着滔天的怒火。

"不用了，一命抵一命，他自然不会再找我们的麻烦，只不过我绝对不会让他再跑了。"那边人开口，嘴角掀起一抹冷漠的弧度，冤有头债有主，血债血偿。

祝靖寒低头思索了一下，旋即应声："别冲动，注意安全。"

"知道了。"

祝靖寒先结束了通话，他转头看着新闻，四十人的警力围堵一家大宾馆，秦五爷却像人间蒸发了一样不见了，他果然还是那么有本事。

看来，他要回一趟海城了，只有亲手解决这件事情，他才放心。

新闻播报了五分钟，这才切换到别的镜头，祝靖寒站在窗前目光放得很远，他真的决定去海城了。

3

祝靖寒走的那天，天气异常好，他先行出发去了机场，并没带着东时。飞机落地的那一刹那，座位上俊逸的男人眼睛倏地睁开，幽深的目光中带着清明，起身走下飞机。

海城，才不过阔别不久，他便又回来了，只是这次，不知道还回不回得去了。

他的表情清冷一片，然后将墨镜戴上，他嘴角微微抿起，这天，恐怕又要不太平了。

秦五爷来这里的消息，闹得不少人都人心惶惶的，要是普通的毒枭也就算了，偏偏还是一个混黑的，而且不知道手上沾了多少血。

祝靖寒站在机场外，目光漆黑一片，伸手招了一辆出租车。

祝靖寒报了个地址，车子一路奔驰，到了目的地不过十分钟。

他下车，随手扔给司机一张红色的票子，便大步离开。

一幢古色古香的别墅，带着浓郁的沉静气息，偌大的院落，花草缤纷，墙上蔓延着高高的爬山虎。这幢别墅由来已久，别墅外部分白漆甚至剥落，门是暗红色矜贵的木门，整幢别墅的窗户都紧闭着，所有睁眼看得见的窗户里面都拉上了窗帘。

他走上去，里面的设施陈旧，木楼梯踩着甚至咯吱咯吱响，一楼漆黑一片，明明是大白天，这里却布满了阴森的气息，二楼门口是个铁栅栏，上面唯一现代化的便是密码门。

祝靖寒伸出手指，输入了四位数字，"叮"的一声，门应声而开，他的长睫毛敛起，迈步一步一步地上楼。

步入二楼，走廊里黑陈旧的木色，只有门的颜色白得醒目，这里所有的白门都是上锁的，只有最后的一间朱红色的门是可以打开的，他走到那里，修长的手指伸出去放在门上。

祝靖寒敛眸，此门一开，便再无退路，手指缓慢地向下，握住门把手，而后轻转"咔嗒"一声门便开了。

他慢着步子，一步一步地往里面走，直到走到屋子中央站定，因为窗前坐着一个人。

那人闭着眼睛，处在黑暗中。祝靖寒伸手摸向左边，是一包蜡烛和一包火柴，他轻轻地拿出一根火柴，又挑出一根蜡烛点燃，然后把蜡烛放在烛台上，微弱的黄光蔓延，可以依稀辨别出那人苍白的脸色和俊美的面容，刀刻般的俊脸如天工巧匠精致开凿出来的雕塑。

"帮我个忙。"祝靖寒开口，在这间幽静的屋子里，声音空空地回响，仿佛窗前的人只是空气一般。

那人睁眼，瞳孔的颜色和正常人不太一样，泛着琉璃红。

"什么忙？"

他的声音饱满如提琴拉响，和想象中的并不一样，反而让人听着愉悦。

"找到秦五爷，送他去该去的地方。"祝靖寒嘴角不带一丝温度，他的目光望着那人的侧脸。

"代价呢？"那人偏过头来，嘴角微微勾起，魅惑的瞳孔仿佛迷人心智一般盯着祝靖寒俊美的面容，好一张不可方物的脸。

"我放你出去。"他开口，像是做了多大的决定一般。

"成交。"清脆的笑声低低地传来。

"我给你一个星期的时间想办法，一个星期以后，我要看到他去他该去的地方。"

"三天就够了。"

祝靖寒身形一怔，他转身挥灭了蜡烛，而后走出门外关上了门。

祝靖寒看着那个密码锁，他抿唇伸手抽出中央的芯片，而后离开了。

这扇门，以后再也不用锁了。

走出别墅后，他咳嗽了两声，墙外本来绿油油的藤蔓开始慢慢地枯萎剥落，但是又从底下冒出新的芽尖，祝靖寒瞥了一眼，随即收回目光，慢慢地走出院外，一步一步地靠着墙走。而二楼，窗帘被打开，一抹俊逸的身影出现，他的目光里带着笑意，盯着外面的世界，他伸手，在窗户上缓慢地滑动画出一个"卍"，他的瞳孔颜色越加妖艳，折射出来的光映在窗户上，他伸手，猛地拉上了窗帘。

4

秦五爷落网已经是三天后，简直是劲爆全国性的大新闻。

"大晚，什么叫毒枭？"乔御成安静地吃完饭，然后擦完嘴后问着乔晚。

"就是贩毒团伙的老大。"乔晚笑笑。

乔御成似懂非懂的，乔晚起身收拾碗筷。

"大晚，祝叔叔怎么好几天都没来了？"乔御成眨巴眨巴眼睛，那天晚上和祝叔叔一起睡，祝叔叔讲的故事比大晚讲得有趣多了。

"可能忙吧。"乔晚勾唇一笑，她知道祝靖寒回海城了，也许，他彻底放手了也说不定。

乔晚本该高兴的，门砰地被打开。

肖御快速地跑了进来，他脸上的神色让乔晚一怔，这是怎么了？

"肖御，怎么了？"

乔晚放下手中的动作，看着肖御。

肖御则是看了乔御成一眼，然后抿唇："御成，你先去睡觉，叔叔和你妈妈有话说。"

难得严肃的肖御，让乔御成没敢跟肖御闹，乖乖地去睡午觉了，直到听到乔御成关门，他才把目光收回来。他眼神里带着复杂，到底还是出事了。

"晚晚，你听我说，祝靖寒失踪了。"

这事本不该由他来说的，因为祝靖寒三天前莫名其妙地给他发了一条信息，让他好好照顾乔晚。当时他觉得不太对劲，所以就派人去查祝靖寒的消息，结果让他发现祝靖寒竟然去跟踪秦五爷，今天秦五爷莫名其妙地落网，可是祝靖寒的行踪他却找不到了。

秦五爷的底子他查过了，没什么特别的，只不过都是些外人皆知的，比如他毒枭的身份。但是他了解到特殊的一点，就是十五年前秦五爷的儿子不知道怎么就死了。据说从那之后，秦五爷性情大变，做事更加狠辣，当时参与缉毒事件的警察都失踪不少，明知道是他干的，但是找不到人也抓不到人警方也没办法。想来，秦五爷那人必定是极其聪明的，要么怎么可能脱逃法网这么多年。

乔晚当时只觉得五雷轰顶，凉意从脚尖钻入脑中，她僵硬地笑笑道："说什么呢，他回海城了。"

肖御叹了一口气，知道乔晚心里难受，他拿出手机将祝靖寒三天前发的信息给乔晚看。

"这是他那天发给我的，今天我在那边查到消息，秦五爷落网可是祝靖寒也失踪了。"

东时今天举动异常，所以他调查了东时的通话记录，全都是往海城警局那边联系的，而且东时还订了去海城的机票，他过去了解才得知祝靖寒失踪了，自从回去就联系不上了。

乔晚眼眶倏地就红了，她有些不知所措："不会的，那个毒枭和他有什么关系。"

乔晚摇头，她才不信，尤其是肖御把两件事情连在一起说，她并不认为有什么因果关系。肖御叹了一口气，深处的他还没来得及查。但是他明白祝靖寒是乔晚最在乎的人，而且还是乔御成的亲生父亲，就冲这一点他就得帮忙去找人。活要见人，死要见尸，失踪算是怎么回事。

"你去吗？去的话我现在就去订票。"肖御静下心来对乔晚说。

"我不去。"她摇头。

"晚晚……"

"肖御，我都做好决定了。"乔晚使劲摇头，她宁愿相信这是祝靖寒设计好的让她心软的圈套，从发给肖御的那条短信开始，她就不相信这是真的，她对祝靖寒的信任值已经为负。

肖御敛眸，明明是在乎的，他怕今天不说她以后后悔。

"不管怎么样，我都要去看一看，晚晚，别让自己后悔。"肖御别有深意地留下这句话之后离开。

肖御走后，乔晚站在那里有些惶然无措，她抿唇，然后四处找手机，找到之后手指快速地输入他的号码，烂熟于心的号码，想忘也忘不掉的数字，拨通后，那边却是无人接听。

乔晚第二次通电话打给了东时，她在原地转着圈，手指攥紧不知道该往哪里放，想到他那天问她的话，而那天她见他的最后一面，那个目光让她的心里仿佛被冻住，有些喘不过气来。

"喂。"那边的声音有些疲惫，东时知道是乔晚打来的，但是祝靖寒走之前吩咐过，无论怎么样都不要告诉乔晚，她和他已经没关系了别徒增事情。

"他呢？"

"祝总回海城公司处理事情了。"东时抿唇，眼神暗淡。

乔晚手指放在唇边，她咬唇，眼神紧紧的。

"他是不是出事了？"

那边，长久的寂静，大概好久以后，那边传来一阵笑声。

"怎么会呢？你听谁说的，那么大个人不可能出事的，刚才我还跟祝总联系过。"东时笑着笑着眼眶就红了，是联系了可是没人接电话。

挂断电话之后，乔晚坐在那里。

乔御成偷偷地打开门，看到肖御走了之后，这才蹦蹦跳跳地下了楼跑到乔晚身边，然后伸手拽了拽她的袖子。

"大晚，你想什么呢？"

"想晚上给你讲什么故事。"乔晚笑笑，蹲下身子抱着乔御成坐在沙发上。

"大晚，我好想祝叔叔啊，他讲故事讲得可好了。"

乔晚一怔，仅仅是几天，便让孩子对他有了依赖，不知道这是好事情还是坏事。

"他给你讲了什么故事？"乔晚勾唇。祝靖寒永远一副冷冰冰的样子，还会讲故事真是稀奇。

"祝叔叔说故事的名字叫作陈毅孝敬父母。"

乔晚眼神动了动，这么成熟的故事，孩子能听得懂吗？

"你听懂了吗？"乔晚问。

乔御成点头，他那么聪明怎么可能听不懂？

乔御成把小脑袋放在乔晚的腿上，然后脸颊靠在她的大腿，趴在上面乖巧得不像话。

"祝叔叔还说，要我不要惹妈妈生气，妈妈带大我不容易，叫我好好地孝顺妈妈。"

乔御成没告诉乔晚，他半睡半醒的时候，还听见祝靖寒对他爱说他爱他呢，这也算是小秘密吧。

乔晚敛眸，眸子复杂。

傍晚时分，夕阳映着黄昏，逐渐地隐藏住自己橙黄的颜色，缓慢地落下去，大地漆黑成一片。

乔晚一个人坐在客厅里拿着手机翻着头条新闻，她伸手拢了拢自己的衣裳坐在沙发上，她也不知道为什么自己的心放不下来。

手机接到一条陌生号码发来的短信息，乔晚看了看，明显没有储存这个号码。

"下楼。"里面简单的两个字。

她快步地走到窗前然后拉开窗帘，在她可以看到的这一面，只有孤零零的路灯并没有人。

乔晚换好鞋后便出去了，一步一步顺着带着亮光的楼道大步地下楼去。

大半夜的，她不太敢坐电梯，走到楼下，这才看到正前面的路灯下一抹修长的身影，他穿得干净休闲，看着乔晚，目光宁静。

乔晚的眼中闪过一丝欣喜，她快步地跑到来人身边，然后站定。

"阿珩，你什么时候来这里的？"

顾珩脸上没有什么笑意，而是过于严肃了些，一点都不像他。顾珩伸手，似是经过深思熟虑的考虑，乔晚这才看到，他的手里拿着一个档案袋。

"我来是想把这个交给你。"

他伸手递给乔晚。

乔晚抿唇接过，右眼激烈地跳了两下。

"这是什么？"乔晚拿着，挺厚重的感觉。顾珩大半夜地来，就是给她送这个，究竟是多十万火急，她的心里更加惴惴不安了。

"你看了就知道了，我先走了。"他抿唇，终于勾出丁点的笑意，然后伸手想摸摸她的脸，却在离她脸颊还有一点距离的时候猛地顿住，而后转而伸手揉了揉她的头发。

他收回手转身，乔晚心里怦怦怦地乱跳了几下，不是因为顾珩，而是因为今天所有事情交杂在一起，她突然伸手，拽住顾珩的衣袖。

顾珩回头，乔晚抿唇，她目光里带着迟疑，心里忐忑地开口："阿珩，你今天联系过祝靖寒吗？"

顾珩目光顿住，摇头说道："这几天都联系不上。"

林倾这两天出狱了，他本想着来这里找祝靖寒谈事，结果却没联系到祝靖寒。后来他们得知祝靖寒回海城了，刚准备启程回海城，就发现东时十万火急地找到他，问他们有没有祝靖寒的消息，说好久没联系上他了。

顾珩联系到秦五爷出现在海城的事情，心里明白事情闹大了，他和林倾商量后，把这个东西拿了出来，里面的东西全部都是原文件的复印件，因为他们现在在权城，事情又比较紧急，他们也实在是没有办法了。

他们打算抓紧想办法回海城，去找人，无论生死，先找到再说。

现在距离他失踪最少有72小时了，如果按第一天就联系不上的时间开始，现在是晚上十点左右，那么就是82小时，顾珩如何不着急，82个小时太多的未知，也许一个活生生的人就那么没了。他想劝说乔晚帮忙，可是现在的乔晚大概是不想去找的。

他想到那么大的事情被祝靖寒隐瞒下来，她毫不知情的情况下，确实是该恨祝靖寒的。

顾珩抿唇，却发现乔晚手里拿着东西不知所措。

乔晚知道顾珩是不会骗她的，连他都说祝靖寒联系不上，那……

她的手指攥紧，眼神晃动，可收回手后，她又冷静了下来，联系不上，那又如何？

她轻轻地笑，嘴角勾起，露出一抹怆然，祝靖寒，如果你死了，那么就从今以后，一切就结束了。

乔晚嘴角惶然的笑意，让顾珩眼神微闪。

"我走了。"顾珩终究是没说什么，有些事情是需要自己想明白的。

乔晚点头，然后挤出笑意。顾珩抿唇，转身离开，他脚步缓慢，一瘸一拐的样子，只是那抹遗憾不足以成为他美好人生的缺憾。

乔晚想，顾珩一定会幸福的，他一定会找到一个很好很好的人，一个很爱很爱他的人。

她回头拢紧衣服往楼上走，她走入走廊的那一刻，没入黑暗中的顾珩顿住脚步，他回头看着楼梯一节一节地变亮，俊美的眸子在黑夜中熠熠生辉，他祝福乔晚，可以依从自己的意愿活得幸福。

顾珩嘴角扬起一抹笑意，如果早知道会是这般，他便放手了，遗憾的是，他没早看出来，祝靖寒和乔晚之间的情愫。

想来，那时候因为他，乔晚该有多憋屈，祝靖寒那样的人是断然不会抢朋友喜欢的人的。

顾珩轻笑，眸光触及不再向上亮的灯光，他放在身侧的手逐渐收进兜里，就在今天他打算彻底放弃过去。

晚晚，再见。

往昔，再见。

顾珩回头一步一步渐行渐远，没一会儿黑暗便淹没了他的身影。

世界上总有那么一种男人，他会在你需要的时候默默付出，他也会喜欢你喜欢到尽人皆知，他更懂得放手。

5

乔晚打开门然后关上，身子倚在门上，她的眼睛望着顾珩给她的东西，勉强勾唇，里面该不会是以前他们在一起时候所拍的照片吧。

她停在原地，低眸一圈一圈地绕开档案袋，里面有好多张纸，还有好多张照片。照片的角度不是很好，像是探头拍下来的，不太清晰可是乔晚认得出那上面的人，是她的父亲，里面还有一个人，只不过被高大的植物挡住，她看不清。翻开下一张照片，是放大之后的某一个特写，拉近距离乔晚才看到，那个被挡在高大植物后面的男人好眼熟。

这些照片的右下角清晰地印着日期，正是父亲去世之前的一个月，她猛地跑到电视机旁，然后拿起遥控器打开了电视。

乔晚焦急地等待着，电视画面一出，是重播早上的新闻，电视画面中的老人和手中照片这个人如出一辙，父亲怎么会和大毒枭扯上关系？

乔晚心里惴惴不安，她接着翻开以下的照片，大部分都是父亲与那个人的见面，乔晚的目光落在秦五爷身边站着的男子身上。

她眯了眯眼，脑中总觉得见过这个人，她努力地回忆后终于想起来，那天父亲被警察带走的时候，父亲身边那个穿着警察制服的就是这个人，因为记忆太过深刻乔晚从未曾忘记。

她手指颤抖，紧咬着嘴角，照片翻到底，最后一张是一辆车，乔晚熟悉无比的车辆，小时候父亲总是开着那辆车送她去上学，因为念旧，那辆车直到她大学毕业还一直开着。

乔晚倒吸了一口气，她不明白这些东西到底有什么关联，顾珩给她这些东西意欲为何，里面的文件纸张学术性的话语太多，她翻开后因为心绪难平，所以连纸上的字都无法看清。

这件事情，祝靖寒早就知道？秦五爷的落网和他有关系吗？

乔晚脑中乱成一团，为什么父亲被关进警察局的那天，他的身边会有秦五爷的人，这和父亲的死有什么关系吗？

乔晚脑袋有些疼，她眼眶通红，伸手摸到手机，然后拨给顾珩。两人之间寂静无声，乔晚红着眼眶，不知道该问些什么，两人安静到可以听见彼此的呼吸声，此时的寂静更是让人心绪难平。

　　"晚晚，你想知道什么？"还是顾珩先开口，他似乎能感受到乔晚那边不能平静的气氛，里面的东西不多，但是足以引起她的警示了，剩余的东西全部都在祝靖寒的手里。

　　"我只问你一句，当初我父亲是林倾逼死的吗？"

　　顾珩沉默良久，薄唇轻启："晚晚，有些事情往往没你看到的那么简单，而且还有很多你更不清楚的，如果你想知道就去问他吧，他知道的要比我们清楚得多。"

　　乔晚怔住："他？"

　　"祝靖寒。"顾珩低头后开口。

　　乔晚眼前一片朦胧，悲从中来，她缓慢地滑坐在地上，久久不出声。

　　就在顾珩以为她不再会开口的时候，乔晚似乎是做了什么决定。

　　"阿珩，如果你回海城的话带上我好吗？"

　　眼泪啪嗒地砸了下来，她有些后悔，早上为什么没有和肖御一块走，她突然很害怕，祝靖寒要是再也回不来了该怎么办。

　　"我今晚动身，如果你想回去的话，现在下来。"

　　乔晚快速地起身，立刻跑到卧室换了衣服，然后往大包里装了孩子的衣服和自己的衣服。乔晚把证件都装好之后，跑到乔御成的卧室，把熟睡的孩子抱了起来。乔御成睡得很熟，乔晚给他裹了个小被子，几乎不敢停下脚步，乔晚抱着孩子几乎是向着小区外奔跑过去的，顾珩的车就停在小区外。

　　顾珩站在车边，他的脸色平静，当乔晚站在他的身边时，他看到她怀中的孩子，眸子一怔，几乎是一瞬，他便掩下眼中的神色，而后转身打开车门，乔晚抱着孩子坐了进去，车子就此启动。

　　没敢惊动外界，去找人的都是祝靖寒的亲信和顾珩、乔楚手里的人。海城的西山，偏僻荒凉到无法进人，经过大面积的盘查，最让人不愿意看到的消息便是，搜救范围锁定在了这座山上，因为当时秦五爷落网的地方，就离此地公路处不远，谁也不知道他来这里干什么。

就连被抓进去的秦五爷也不知道为何自己会被逼迫到那里，他正准备离开海城，便遭到另一辆车的堵截，而目的地就是这里，他不知道是谁堵截他，但是这个位置几乎就是一个死角，令他无处可逃。

这个位置凶险到车辆根本无法行进，车上的人为了堵他也算是不要性命了。堵截他的车停在悬崖的边缘处，警察就是他被堵的半个小时之后赶到，用直升飞机进行抓捕，可他被抓后，那辆堵截他的车由于进退两难，最后翻下去了。

因此所有人怀疑，掉下去的人就是祝靖寒。

肖御、林倾、东时，甚至是乔楚此刻都聚在这里，乔楚站在那里，目光放得很远，三天前祝靖寒打电话给他，让他小心，但是最后出事的却是祝靖寒。

东时也是干着急没办法，这片林子跟原始森林似的，如果人真的在里面，那么生还的可能性低到负值，而且那么长的时间，万一人还带着伤呢？就算不带伤里面也没什么吃的东西，这片林子野果虽多，但万一有的有毒呢，况且还有野兽出没，所有人的心里都没了底。

"给我手电和导航仪，我要进去看看。"林倾终于忍不住，他伸手向旁边的人要手电和森林导航仪，就这么干等着，每多一秒，希望就少一秒，难道要这么活生生地把人等死？

"你现在进去，等到天亮了，我们还得找你。"肖御开口，话语冷冰冰的。

"你闭嘴，你要是想救情敌才有鬼。"林倾拧眉。他才不相信肖御这个人会豁达到这种程度，反正这件事情要是出在他和乔楚身上，他还会给乔楚补两脚。

肖御抿唇，只是皱了皱眉，没说什么。

"等到五点钟的时候，我们就带人下去。"

乔楚开口，看了看时间离凌晨五点还有三个小时。

林倾手机来了电话，他拧眉然后走到一边接听。

"哥，你什么时候到？"那边不知道说了些什么，反观林倾的眉头越蹙越深。

"你带那个女人来干什么？"还嫌事情不够乱吗？

那个女人来，恐怕是来落井下石的，等到他们把人救上来还得再补一刀。

顾珩又说了两句，林倾直接不耐烦了："算了算了，随你吧，不过我们五点就下去找人了，五点之前你能到吗？"

他是肯定不会让顾珩下去的，他的腿脚不方便。

"能到。"

"嗯，那我等你。"林倾叹了一口气，结束了通话。他身子倚在车上，天气开始炎热了，这样的热天更加危险，林子里的活物都该出来活动了，时间就这样一点一点地过去，天终于露出了鱼肚白，身后的百余人都整装待发。

"分开找，各带三十人东西南北一队一个方向。"乔楚开口，分配着任务，整齐划一的应援声，如军队的官兵一样。

乔楚率先带着一路人下去了，接着是肖御，然后是东时。林倾回头看着来时的路，再往前走，就不能进车了，所以每个人的身上都带了攀岩的装备。

林倾离开车旁，准备出发，身后一阵汽车的轰鸣声，林倾回头发现是顾珩的车，他眉梢带着喜色，然后跑去。

顾珩把车停住，率先下了车，乔晚从后面抱着孩子下来，天气热了，把孩子放在车里不安全。林倾看到乔晚后，本来准备横眉冷对的，但是心里有些愧疚，当年有心要整乔楚和乔晚，所以收到线报之后，便去举报了。谁知道那挪动公款的消息是假的，外加上乔晚怀里现在还抱着一个，他虽然有话要问可是还是憋住了。

"都下去了？"顾珩开口，目光看向前面，从外面算起，一路看过来的车，大概有五十辆。

"嗯，你和乔晚在外面，也好有个接应，我先走了。"看到顾珩到了他便放心了。

"我跟你一块下去。"乔晚突然拽住林倾。

"你一个女人下去不是添麻烦吗。"

"晚晚，你在这里等着，我和阿倾下去。"顾珩开口，却遭到了林倾的白眼，如果非要让一个人下去的话，那还是乔晚比较好，好歹乔晚是个女人，要是有什么事情他还可以背着她跑，万一遇到什么了，她的腿脚也比顾珩利索得多。

"乔晚你跟我走。"林倾伸手接过乔晚身上的孩子，然后塞到顾珩的手里，他伸手拽住乔晚的袖子，把她领到前面，拿过剩余的一件装备给乔晚穿上。

顾珩抱紧乔御成，看着孩子小小的眉眼，眼里沉思。乔晚这么倔，不让她下去是不可能的。

"你照顾好她。"顾珩对着林倾说道。

林倾眉毛一挑，他转身没看顾珩，然后摆了摆手。

"我知道了，我下去你都没这么关心过我。"他伸手把乔晚腰间的绳索一紧，然后试了试紧度，这才穿好了。

顾珩抿唇，俊朗的眉宇敛起。

他看着林倾和乔晚向前的步伐，背影越来越小，乔晚突然回头看了顾珩怀里的孩子一眼，愿上天保佑她可以找到没事的祝靖寒。

里面的路不算窄，过车不好过，走人还是可以的，直到到了通往下面森林的那个峭壁，乔晚微微恐高，她低头看着不少人都沿着悬崖边吊着绳索向下，她嗓子眼里咕咚了一下。

林倾看了她一眼，轻笑："胆小鬼。"说完，他便走到她的身边把她腰间的绳索套在他后背腰部的位置。

"你要是不想掉下去的话就抱紧我。"林倾语气自然不算好，他把乔晚固定在后背，打算背着她下去。

乔晚伸手抱住林倾的腰，不管以前有多少恩怨，今天他们都是有着同一个目的。

林倾眼神动了动，把绳子拴在昨晚提前弄好的铁桩上面，数十根铁桩，有不少人已经下去。这个铁桩撑三四个人是没什么问题的，他不知道底下吊着的绳子有没有落地，他伸手扒住石头，感觉到还算轻松，可是这轻松的

状况没持续到一会儿，他便感受到吃力了。

一个人还好，现在身后还背着一个人，脚下又没有落脚点，他不能肆无忌惮地开始下降，因为要考虑到乔晚。

巨大的摩擦力后他感觉到绳子有些松动，这不是什么好兆头，林倾转头，发现离地面还有很远。

怎么就这么倒霉呢？乔晚当真是他的克星，自从遇见她，他倒了多少次霉。

"抓紧我，我们得赶紧降下去。"林倾开始快速地送着腰间余下的绳子，乔晚点头，她回头看着底下搜寻的人影。

祝靖寒此时又在哪儿呢？久违的心疼此时如同重新灌入的血液不断在叫嚣着，让她痛到无法呼吸。

"咔哒"一声，林倾咬牙，开始快速地带着乔晚下降，在离地面不远的时候，林倾察觉到绳子一松，知道大事不好了，他伸手快速的解开乔晚和他身上的连接，然后抓紧乔晚，绳子唰地彻底断了，林倾一个转身，把乔晚护在了怀里，然后两人垂直摔了下去。

林倾的胳膊狠狠地摔在地面，因为身上抱着乔晚，他摔下来后闷哼了一声，胸口处有一瞬间的喘不过气。

乔晚快速地从他身上起来而后站在那里。

林倾拧了拧眉，这个无情的女人。

"嘶，真是成也萧何败也萧何，我都做了你垫背了，说声谢谢能少块肉啊。"林倾单手捂着胳膊，估计错位了，这么高摔下来，没摔骨折就不错了。

乔晚抿唇，眼神晃了晃。

林倾单手拍了拍身上的土，他这是想什么呢，还指望乔晚感谢他吗？当初是他先对不起人家的，算了就当是报应吧，就当是还债来了。

"算了算了，你没事吧？"毕竟是女人，摔到了就不好了，这要是找到祝靖寒，祝靖寒恰好还活着的话，看到乔晚摔到哪里了他真就废了。

乔晚摇头，有林倾垫背，她自然是没有事的。

"你跟着我，我们去找人。"林倾也不说别的，他没忘记现在下来的目的。

6

天气也快热起来了，这样的环境对于生存来说似乎更难，而且据说这里有老虎有蛇，听起来就挺吓人的，平时很少进人，进来的都是研究森林生态或者找什么珍稀植物的。祝靖寒这么一掉下来，凶多吉少，林倾皱着眉头，但愿别跟他想的一样，两人很快就跟上了大部队，几拨人大面积同步又不同区域地搜索着。

林倾细心地找，所以就没顾着身后，乔晚走着走着，便和林倾走散了，不知道去哪里了。林倾转身没看见人，当即便回身往来时的方向找，林子大了，什么人都不好找。

林倾思虑了一下，这里人那么多乔晚应该丢不了的，也许跟着别的人去找了呢。

乔晚当时没能跟上林倾的脚步，走路一快一紧张就栽下去了，所以现在掉到比上面低很多的地方，上面的人吵吵嚷嚷的，让乔晚莫名安心，她拍了拍身上的土，继续往前走顺着方向找人。

大概五分钟之后，乔晚似乎发现了什么，她先是脚步一顿，然后心里怦怦怦怦地乱跳，不安感越来越大。她开始向前跑，前面三米处，明显是男人的修长的腿，他脚上穿的皮鞋崭新一片，干燥的地面，新鲜的叶子和植被茂盛……乔晚没看到其他，她也没想太多，只知道她可能找到他了，她眼里一酸，水雾弥漫。

她快步地接近，明明几步远的距离，却仿佛像隔了亿万光年，手心里已经濡湿了汗珠。

"祝靖寒。"乔晚大喊了一声，从这个方向看已经可以辨别出躺在那里的男人了。她奔上前去，动作毫无迟疑，只是心里却没了底，男人的面色太过于苍白，苍白到没有生气。

乔晚嗓子眼苦涩，眼眶瞬间变得猩红，而后眼泪哗地涌了出来，她坐在地上，把祝靖寒扶在怀里，他怎么会这么凉呢？乔晚伸出手，颤抖着去探他的鼻息，气若游丝。

"救人啊，这里，救人啊！"她大喊出声，素白的手指紧紧地搂着祝靖寒的头部，然后搂在怀里，男人的眼睛动了动，然后又毫无动静了。

乔晚心里猛地一滞，整个人都变得僵直。

"救人啊，这里有人，林倾你在哪儿？"

乔晚只知道林倾在附近，除了他她什么人都不认识，所以她现在唯一的期盼就是不见人影的林倾，直到喊到声音沙哑，上面终于有了动静。

"小晚，你在下面？"是乔楚的声音，他刚才找到这上面听到了救人的喊声，而这声音像是乔晚的。

"哥，他在这里，我找到他了，你快救救他。"

乔晚泣不成声。

"你等我。"

乔楚说完，便找了两个人在身上系上绳子，绳子的另一端由那两人拉着，他慢慢地落了下去。其实这个堤坡与上面差的尺度并不高，可是对于乔晚来说是困难了些，乔楚下去，这才看到乔晚怀中抱着的男人。

乔楚皱眉，这人还好吗？快步跑到两人身边，他蹲下身子把祝靖寒转了过来，他脑门处有伤口，伤口处已经凝固，按时间推算应该是昨天跌下来的，至于他之前不接电话的原因，不得而知。

"把他扶起来，我背他上去。"乔楚开口，目光沉着。

乔晚深吸了一口气，伸手擦了擦眼睛，她站起来伸手去扶祝靖寒。

祝靖寒软塌塌地趴在乔楚的后背，长而浓密的睫毛安静地伏在那里，一动不动。

乔楚熟练地把祝靖寒绑在自己的身上，绕过绳索打了个结。

"往上拉。"乔楚一声令下，等在上面的人开始向后拉着绳子，不知道哪里传出的消息，此时所有的人都聚拢了过来。

乔楚带着人上到半路，肖御降了下来来带乔晚，他也是过来才看到乔晚在这里的。

"别担心。"肖御看着乔晚的样子，边系绳子边宽慰着她。他就知道，乔晚一定会来的，若她是那般薄情之人，他也不会喜欢。

乔晚点头，她的心里复杂，像是长了杂草一样，拔也拔不掉。

肖御叹气然后把她抱紧，两人被拉了上去，她上去之后，脚软到根本站不住，福兮祸所倚，祸兮福所伏，这个位置本不好找，还好乔晚掉下去了。

肖御看着祝靖寒紧闭的眼睛，眸子倾动，这一切都是天意。祝靖寒由乔楚背着，林倾的胳膊受伤无法背人攀爬，而乔晚则是由肖御带上去。

乔晚的心情一直低落，她的目光紧紧地盯在乔楚的身后，祝靖寒，为什么会这样呢？

没有一刻的耽搁，找到人后，便由乔楚开车载着他去了医院。遗憾的是，乔晚没赶得上乔楚的车速，所以坐在顾珩的车里，乔御成依旧睡着，仿佛刚刚声势浩大的找人队伍就是来吓唬人的。

乔晚的两只手紧紧握在一起，她低着头浑身紧绷。

"晚晚，别太紧张。"顾珩开口，刚才祝靖寒的伤势他一眼没看到，所以就连宽慰他都无法说出口。

"他会好的，一定会好的。"他抿唇最后也只能给出这么一句话，也不知道伤势到底多重，只希望别摔坏了。

她不知道他怎么样了，要知道第一眼看到他的时候，她就真的以为他不在了。因为祝靖寒刚才的状态，哪里像是一个还活着的人。

车子一路跟着前面的车到了海世。

7

车子刚停下，乔晚便迅速地打开车门下车追了上去。祝靖寒被安排进了急救室，人都站在外面。急救室的门关得紧紧的，乔晚站在肖御身边，她的眼睛盯着急救室的门。

肖御看着她的样子而后伸出手去想把她揽在怀里，可是他的手在半路顿住。

肖御抿唇，眼神敛起，他的手握紧而后收回。

乔御成幽幽转醒，他现在在顾珩的怀里。乔御成伸手揉了揉眼睛，一睁眼就看到一个陌生的叔叔抱着他，他先是一怔，黑白分明的大眼睛一瞬间蒙眬。

顾珩嘴角掀起，给了乔御成一个笑意。他伸手拍了拍孩子的后背，他无须多问，也知道这是乔晚和祝靖寒的孩子。

乔楚看着乔晚，薄唇抿起，也不知道她知道多少了。当初祝靖寒千叮咛万嘱咐过不要告诉她那些事情，让她好好地在外面散散心，可是这一散心，她和祝靖寒就真的散了。

不知道过了多久，急救室的门打开，舒城走了出来，他摘下无菌口罩，目光沉着。

"头部脑震荡外加上外伤，情况虽然不乐观好在暂时无生命危险。"

乔御成疑惑："大晚，谁在里面？"

乔晚转头，伸手接过乔御成，她低头，把脸埋在他的肩膀上。

"你爸爸。"乔晚的话，让乔楚脸色变得有些微妙。乔晚亲口承认祝靖寒是乔御成的父亲了，而舒城脸色不明，他看了一眼乔晚和她怀中的孩子，明了了。

乔御成先是一怔，随即明了，妈妈说的爸爸是祝叔叔吧。

"他生病了吗？"乔御成抬起头，看着乔晚的眼睛。

乔晚点头，乔御成双手突然紧紧地抱住乔晚的肩膀，他的声音陡然变得很低："那我要爸爸早点好起来。"他嘟着嘴，有些伤心。

急救室的门再次被推开，祝靖寒被人推了出来，他紧闭着眼睛，嘴角泛白，脸色更是苍白无血色。

乔晚眼眶红着，她上前本想摸摸他的脸，可是手被推车的护士推开，祝靖寒被送入病房了。

"不是暂无生命危险吗，都散了吧。"林倾深吸了一口气，然后摆了摆手，这一摆手他才发现，自己的胳膊要疼炸裂了。

乔晚脸上多少愧疚，知道为了不让她摔下去，林倾摔下去的那一下子肯定不轻。

"你那是什么表情，别以为我想救你，我是怕麻烦。"林倾使劲皱眉，然后可怜兮兮地凑到顾珩身边，抬起自己的胳膊。

"哥，我胳膊错位了，疼。"

"恋兄癖。"乔楚冷声开口，然后拽住有些呆怔的乔晚去祝靖寒那里。

林倾转过头狠狠地白了乔楚一眼："你还恋妹癖呢。"

乔楚没理会林倾，直接拽着乔晚走。

乔楚把乔晚带到祝靖寒的病房后抱过她怀中的孩子。

"小晚，我有事情要告诉你。"

"正好，我也有事情要问你。"乔晚亦是一脸正经。

"你先说。"两人同时开口。

乔晚叹了一口气说道："那我先说。"

乔楚点头，静等下文。

"当年关于父亲的事情你知道多少？"

乔晚嘴角掀起，轻轻地笑，时隔四年，终于问了，可是他不知道该从何说起。

"你知道这两天落网的秦五爷吗？"

乔楚站在那里，微低着头，眼神飘忽，似乎在想些什么，她淡淡地点头。

"我知道这个秦五爷和爸爸见过面。"乔晚心里是有些没底的，该不会是牵扯到什么犯罪的事情吧。

乔楚点头，那是没错，可是那些要放在后来讲。

"秦五爷这个人，你大概没有听说过他的名头，但是他的确是史上最难抓的大毒枭。"

他名声在外许久，可是每到一处，都会让警察扑个空。

乔晚思索觉得乔楚说的不尽然。

"大概也是传闻，距离上次报道没抓到这才几天，他便落网了。"

"我也好奇，所以只有他醒来我们才能知道，祝靖寒到底是怎么抓到这个根本搞不定行踪的秦五爷的。不过这倒不是重点，这姓秦的和祝靖寒本无瓜葛，你知道他为什么第一时间便赶回海城了吗？"

要知道，乔晚有多难才平复下心情说这些。

"因为和乔家有关系。"

她当初看到那张照片上穿着警察制服的人是秦五爷手下的人的时候心里也就明了了。

"对，十五年前秦五爷丧子。"乔楚停顿了一下，不知道这部分要怎么跟乔晚说。

"丧子？"

"秦五爷唯一的儿子死于车祸，事发地点，B城国贸。"

乔楚顿住语气，这事情谁说谁为难，十五年前的B城国贸，已经一派繁华，乔晚整个人突然一片清明。

"爸当时在哪里……"

"B城国贸。"

乔晚整个人跟跄了一下，难道说人是父亲撞的？难道顾珩给她的那份资料里面的那辆车是那样的意思，那些后来两人相见的照片，她大概也明白了，无非是查到了父亲来寻仇。

乔晚整个人都有些缓不过劲儿，之前所有的想象和心里认为的东西被推翻了，她有些蒙。

"林倾举报的是真的吗？"她有些茫然，问着乔楚。

"他手里得到的消息也是从秦五爷那里放出去的。"

乔楚眼里一片澄澈，十五年前，秦五爷的实力还不如现在那般，那时候他只是一个不闻名的小头目。而这些都是祝靖寒去查的，因为时间久远很多东西都难查了，只因为觉得事情蹊跷，所以特意去查了乔爸生前都见过谁。

所以后来秦五爷变得强大之后，才开始报复。乔楚叹了一口气，不过等会儿他还要去警局去见一面传说中的秦五爷，有些事情他要确定一下。还有就是，祝靖寒到底用了什么方法，把秦五爷逼迫到那种地步，不得不束手就擒，这些都是谜。

乔楚不得不去细查，他明白了一个道理，有些事情就要当机立断地处理掉，时间长了，反而是个累赘和祸害。他低头看着乔晚，他们都长大了，乔晚也该学会去承受一些事情，因为总有一天，她要独自去面对全部，能帮她的也只有她自己，心结那东西，如果不是自己，那就得由种下心结的人去解开。

乔楚伸手搭在她的肩膀上，目光温柔，是长兄的样子，随即把事情原原本本地告诉她。

当年，秦五爷低调地现身海城，找到了乔爸，给了他两个选择，要么他自己了断，要么他家人偿命。秦五爷给了乔爸一个月的时间考虑，他见乔爸实在下不了心思，便帮乔爸一把。

他暗中得知林倾想要整治乔家，所以匿名发送乔爸挪用公款的假证据给林倾。林倾当时被怒气冲昏了头，自然信以为真，所以报警去抓，秦五爷当时在里面已经安排好了人。

有句话太适用于不过了，有钱能使鬼推磨。乔爸当时离开家的时候，便有了心思，到了监狱后，那个看守所唯一留下来的警察便是秦五爷身边的人。

那人捎带了秦五爷的话给乔爸，乔爸这才不得不做了决定。

乔晚坐在椅子上，捂住脑袋，她千想万想都没想到最终是这个结果，当初她一心只以为是因为她救了祝靖寒，所以致使顾珩受伤，林倾为了报复她所以诬陷父亲入狱。她以为就连父亲的死亡也和林倾脱不了关系，所以她对自己爱祝靖寒这个心思痛恨到了一定境地，可现在，事实却告诉她，她都想错了，这让她如何接受得了。

"进去看看他吧。"祝靖寒对乔家也算是仁至义尽。

乔晚坐在那里，整个人提不上劲儿。

乔楚叹了一口气，伸手拍了拍她的肩膀，抱着孩子转身离开。

这种场合，要想清楚的话，不需要第三个人在场，时间一分一秒地过去，乔晚手开始发麻，她抬头目光如水般地泛滥。

她突然站起来，然后趴在病床门口的窗户前，她看着里面静静躺着缓慢地呼吸的男人。

第一次，她彻底难过了。

8

乔晚低低地呼吸，她握住门把手将门打开，脚步轻轻地走了进去。病房内的加湿器开着，空调开着，他手背上扎着输液针，但是他的脸色一点都没有好转。

乔晚走到病床前拉过椅子坐下，伸手握住他冰凉刺骨的手，她伸手搓着他的大手，想尽力地让他暖和起来，床上的人眼睛动了动后睁开了。

乔晚看到后，满心喜悦。

"你终于醒了。"乔晚哽咽着，舒城说他的情况不好，她还以为他一时半会儿醒不来呢。男人转头，他星如璀璨的眸光里滑过一丝漠然。

乔晚被他的目光吓了一跳，后怕地伸手摸着他的脑袋。

"祝靖寒，你别吓我，你该不会不认识我了吧。"

他闭了闭眼，似乎敛了神色，而后整个人彻底闭上眼睛，归于平静。

乔晚怔住，她使劲攥着祝靖寒的手，不肯松开。

"我要睡觉了，你出去。"他闭着眼，清冷的话语，嗓音沙哑说话很是费力。乔晚摇头，不肯松手。

"我不走了。"她说话的时候，眼睛紧紧地看着他。

他从乔晚手中收回手，而后转身侧躺。

乔晚的手就顿在那里，她有些不知所措，突地，她起身跑出去找舒城。

舒城刚坐在办公室喘口气，便看见乔晚跑进来了。

"怎么了？"舒城本来在喝水，看到乔晚进来，赶紧放下杯子，前车之鉴，他可不想被呛死。

"阿城，他醒了，他好像摔到脑袋了。"

舒城安慰道："他是脑袋有伤口，不过顶多破伤风，不会出现问题的。"

"算了，我跟你去看看。"舒城看乔晚实在放心不下的样子，便跟着她去了。

病房门大开着，床上的男人侧躺着，蓝白格的病号服穿在他的身上似乎有些大，乔晚第一感觉就是，祝靖寒瘦了。

舒城走过去，伸手去摸祝靖寒的脑门，谁知道，他手刚伸出去，便被啪地挥开，速度之快，哪里像是一个刚才差点死掉的人。

"别碰我。"他声音冷峻地开口，而后冷漠地扫了一眼舒城。

舒城惊呆了，这是什么情况，这男人这是什么体质，伤得那么严重竟然这么快就醒了。

"完蛋，赶紧安排检查吧。"舒城揉了揉脑袋，总觉得有点不放心。

可男人眼神冷漠他不配合，躺在那里一动不动，来的医生护士都有些束手无策了。

"抬上去。"舒城一挥手，软的不行来硬的，几个人就去抓祝靖寒的手和腿，不过出乎意外的，祝靖寒没怎么反抗，这和舒城的预料有些相差甚远。

他当即便想明白了前前后后，脸上有些挂不住了，这男人明明没病，搞什么呢……

送去 CT 室后，乔晚就等在外面。

大概半个小时后，舒城先出来了，乔晚目光灼灼地看着舒城。

舒城没好气地说道："放心吧，你男人脑袋没事，就是性格扭曲了点。"说完，他使劲揉了揉自己头发便离开了，随即从 CT 室里出来的是祝靖寒略微消瘦的身影。

乔晚跑过去伸出手去扶祝靖寒的胳膊，他侧眸看了看，眸光不带一丝温度，他伸手甩开乔晚的手，然后头也不回地往前走。

"祝靖寒，你怎么了？"乔晚开口，紧紧地跟在他的身后，不是没失忆吗，他这是生气了吗？

祝靖寒脚步没停，也没说话。乔晚眼里氤氲一片，她快速跑上前，抓住祝靖寒的胳膊。

祝靖寒猛地停下脚步："松开我。"

乔晚松开手，缓慢地垂下眼睑，男人再也没看她，而是向着电梯的方向走去。

"你看，我就说他性格扭曲了吧。"舒城不知道又从哪里冒出来，语气调侃，只不过目光发紧。

乔晚吸了吸鼻子，她猛地擦了一下眼泪，然后往前跑，就在电梯要关上的那一刹那，她把胳膊伸了进去，电梯门夹住她的胳膊随即又打开。男人的表情似乎出现了一丝裂缝，不过依旧没搭理她，她自顾自地走了进去站在他的身旁。

电梯开始向下走，电梯内，两人寂静无声。

乔晚抿唇，看着金属质地的电梯上映出的他俊美的样子，整个人浑身透露出生人勿进的气息。

"你想吃什么，我去给你买？"乔晚终于开口，掉在那下面应该很长时间多没吃东西了，还好没有摔坏，好在那里树多有个缓冲。

男人的眼神连波动都没有，乔晚抿唇，她再次开口，但是现在她不敢去拽他的衣服袖子了。

"要不我给你熬粥喝吧，你不是很爱吃我做给你的粥吗？"乔晚正欲往下说，突然男人目光一变，他转身一下子把乔晚向前推到电梯壁上，大手砰地撑在她的耳侧。

他微微低头，不知道是不是幻觉，乔晚好像看到他流光溢彩的眸子中透着些许淡漠。

乔晚以为他要发脾气，可是下一刻，男人高大的身影便压了下来，她只觉得眼前一黑，她的眼睛便被他的手捂住。

他的脑袋放在她肩膀的侧面，喘着粗气，伴随着剧烈的咳嗽声。乔晚伸手去拽他的手，男人手掌心狠狠地向下一压，她的脑袋便抵在电梯壁上后脑勺有些疼。

"别动。"他开口，声音令人舒服无比。

他的手掌心冰凉无比，放在她的眼睛上，她感觉到眼眶都要冻住了。

乔晚不再说话，男人低着头，一手胡乱地按了电梯的楼层。他好看的眉心拧起头要炸裂开似的疼痛，他的手劲一松，乔晚便挣脱了他的手掌。

她睁开眼睛，看见男人的脸色更加的苍白，淡漠之中平添了一抹妖冶。

乔晚伸手握住他的手，冰凉一气，他的眼神动了动，这次倒是没有甩开，她一刻都安心不下来。

她紧紧地握住他的手，恨不得自己能让他暖和一点，一路上就这么握着他的手，等到病房的时候，总算是没有那么冰了。

一到病房里面，男人脚步加快，他抬起手，乔晚不得不松开了握住他的手。

"我去给你弄吃的，有事情或者有别的想吃的就给我打电话。"乔晚开口，细心地比了个打电话的手势。

祝靖寒眸光冷漠，他转过头目光看向窗外。

她走到祝靖寒的床前，然后把他来时穿的西装拿起来，从兜里掏出了手机然后放在他旁边的柜子上。

他扯了扯病号服，胸口处包扎好的伤口处流了血，乔晚的心里就像是被割断的树枝划了一下，粗糙锋利。

她将祝靖寒一下子推到床上，他高大的身子直接躺了下去，他捂住心口，闷哼一声，她一偏头便对上他冰冷漆黑如墨的神情，他薄唇冷然，迅速起身将乔晚给翻到了身下，他微微低头，冰凉如水的气息轻呼在她的脖颈间。

乔晚被弄得脸色绯红，却因为他的动作起了一身鸡皮疙瘩。

他身上好闻的清香一阵一阵钻进鼻尖，乔晚眼神一晃竟然出现了错觉。

"你不生气了？"乔晚皱眉开口。

他突然抬起眸子，漆黑如墨的眸子望进她忐忑不安的眼眸里，魅惑诱人，男人身形动也未动，只是好看的眸子带着审视，他微微低头，神情冰冷。

"谁准你下去那种地方的！"窗外豁然的白光，十分刺眼，他的眼里带着怒火，紧紧地盯着她白皙的脸色。

"我担心你才下去的。"乔晚说出的语气弱了很多。

祝靖寒眸色一暖，他眯起眼睛，不禁偏过头去猛地咳了几声。

她坐起身来拍着他的后背。

祝靖寒眼神缓和下来，嘴角几番话上涌，再也没舍得责怪她，还好她没事。

Chapter 10
一生向晚

1

黑夜，如期而至。

乔晚睁眼，室内一片黑之后，她拧了拧眉。

乔晚缓慢地下了床，她走到病房门口开了灯，室内的情况让她一下子屏住了呼吸，因为祝靖寒不见了！

她像是被人扼住了呼吸，眼眶中的泪水蓄意而发，刚走到门口，便撞到一个人的怀里，熟悉的气息袭来她被他紧紧地抱住。

"你去哪儿？"沙哑的嗓音，听起来有气无力的。乔晚眼里氤氲，流下来的泪水浸湿了他单薄的衣衫。

"我以为你不见了。"她没了浑身的刺，伸手环抱住祝靖寒的身子这才发现他的后背一片湿。

"你去哪儿了？"她颤抖着开口，心里方寸大乱。

他轻轻地笑了一下，勾起嘴角。

"卫生间。"他的声音温和好听，优雅如他此时站得没那么笔直。

乔晚把脑袋埋在他的胸膛里，安心地呼吸着。

祝靖寒的脸色特别苍白，他刚才觉得五脏六腑上下翻涌，所以跑出去吐了。

"晚晚，我们去看日出好不好？"他轻笑着开口，俊逸的面庞带着浅浅的笑，一改之前恼怒的神情，整个人都很温和。

"好。"乔晚点头，生怕他如刚才那样突然消失不见。

现在是晚上七点，离第二天的日出还有好久好久，两人牵着手走出医院，他走得十分缓慢，脸色苍白不见血色，乔晚目光担忧却不敢说什么。

乔晚想着，握紧了他的手，两人拦了一辆出租车，祝靖寒身子倚在后面，他的样子看起来很疲惫。

乔晚侧眸伸出手去探他的额头，他俊美清隽的脸上浮出浅浅的笑意，他伸手握住她略凉的手指尖，葱白修长的手指骨节分明。

南山就如它的名字一样坐落在海城以南，海城被开发得最好的一座山，修好的公路沿着山一路向上，大概到半山腰处，公路才横断需要步行。

这么晚一般车是不会过来这里的，所以当祝靖寒拦到一辆车时，他给了司机十倍的价格。

两人下车后，迎着风，他猛地咳嗽了两声，乔晚所有的话都哽在喉间，她只能伸手，拍着他的后背。

"我们先找个地方睡一晚上，等到早上日出前两个小时再过来就好。"乔晚手掌心紧紧地握住他的手臂。

他低头，似是思索，缱绻的神情。他伸手，圈住她消瘦的肩膀。他闭了闭眼轻笑，似乎十分喜欢这样慵懒的时刻，他的头发被夜风吹着，整个人的温度都很高，她的手紧紧地圈着他的后背。

"我们过去吧，早上再来，你发烧了。"她颤着声说话，神情根本无法平静。他的后背濡湿一片，湿漉漉的都是汗。

"好。"他应声，而后睁开眼睛，眸子里面清亮一片。因为常年来这里的游客极多，所以半山腰处建了不少酒店和野营区，两人来到一家不大的旅馆住了进去，房间里设施齐全，乔晚跑出去给祝靖寒买药。

祝靖寒大手撑着卫生间的门走进去，他脱下身上的衣服，然后俊朗的眉宇一片清冷，背后的纱布被他全部揭下来扔在一边，身后是一大片划痕，血迹斑斑。他苍白着嘴角，然后关上了门，打开淋浴头，温热的水浇在身上，就像是酒精洒在伤口上，他大手按在墙壁上，维持着一个动作冲刷着后背。

而跑到药店的乔晚，报完退烧药后，就发现那个营业员呆愣愣地看着她，乔晚蹙眉，低头后却发现，右手的手臂处一片血红，她整个人踉跄了一下，有些不知所措，那哪里是汗水，那明明就是血啊。

乔晚强作淡定地买了涂抹伤口的药，她都不知道他的身上还有别的伤口。

拿到药后，乔晚没有停顿快速地往旅店的方向跑，跑到住的地方，她拿着感应卡打开了门，室内漆黑一片，她伸手开了灯，客厅内和卧房都没有他的身影，只有浴室传来水声。

她拿着药走到浴室的门口，让自己平静下来。

"祝靖寒，你出来。"她伸手，拍打着门，随即，里面的水声停止。

沙哑的男声传来："就出来，你别着急。"

乔晚停住动作，然后退后了两步，没一会儿，门咔嗒被打开，他穿着棉质的白睡衣走了出来。

他看着乔晚，漆黑的眸子划过光亮。

"哭什么？"

乔晚上前，把祝靖寒拉了过来，然后让他坐在沙发上，她不知道哪里来的力气，一下子把他上身的睡衣给扒了下来。

祝靖寒眉头一动，轻笑："等不及了？"

乔晚没理会他调侃的话语，直接绕到他的身后，身后有许多条交错的新伤口，有深有浅，一条一条的，看起来极为瘆人，冲洗过的伤口，又流出了新的血液。

她的眼里氤氲一片，伸手擦着眼泪，一句话没说，拿起放在一边的药膏开始抹。祝靖寒嘴角勾起，人生第一次被女人强了，强迫扒了衣服。

"趴下。"她开口。

祝靖寒听话地趴在沙发上，然后闭上了眼睛，本不想让她知道的，他呼吸沉沉，状态一点都不好。

乔晚小心翼翼给他涂抹着伤口，他趴在那里一声不吭的。

2

夜色正浓，两人谁都没睡着，早上三点钟的时候，便再也躺不下去了。乔晚起身走到窗边，拉开窗帘看到外面夜色阑珊，这个方位外面空旷的景色可以一览无余。

一个小时后，天亮了，蒙蒙白的天色，隐约泛光的天色，两人动身顺着山腰，一步一步地向上走。

祝靖寒不笑的时候，眉眼总是冰冷的，休养了一晚，显然比昨天的情况好了太多，时间一分一秒地过去，两人走着大路登山。

他突然回头，望着身后的某个方向，而后眸光清冷一片。

远处一抹身影现身，他的眸子是妖冶的红色，带着不羁的笑意，他的眼神沉沉，身上穿的白衬衫白裤子，他的额间有一处已经凝结的疤痕。

他伸手碰了碰自己的脸，比了个胜利的手势，他嘴角魅惑的笑意越来越大，妖冶的眸光迎着鱼肚白的天，恰似一轮红日。

祝靖寒对着他轻轻点了点头，男人转身离开。

男人薄唇紧抿，那个人叫西决，是祝氏暗部组织中前任首长的长子，因为天生瞳孔异色，被视为不祥之物，所以被组织首长亲手关在那间特殊的房子里面，一关就是这么多年。

他与西决从小相识，所以知道西决从小天赋过人。

这次抓住秦五爷，若不是西决拉他一把，他很可能就和车一起葬在里面了。事件解决后，他也兑现了给西决的承诺。西决沉寂了许多年，现在也该自由了。

祝靖寒与乔晚到达山顶后，红光缓慢地升起，直到天色大亮，这个城市的一切都看得清楚。祝靖寒眯了眯眼睛，转身低头看着乔晚，他的嘴角勾起一抹笑意。

"我们下去吧。"乔晚敛眸开口，他的状况实在很不好，乔晚握住他的手紧了紧。祝靖寒的衬衣被风吹得贴合着完美的肌理，他的头发张扬地飞舞，泙薄的唇闪过一抹清冷。

"乔晚，别离开我。"他伸手拢住她的肩膀，他的长睫毛浓密颤动，白皙的皮肤上光滑细腻，一点瑕疵也无，迎着光，他的脸色柔和的不像话。

乔晚迟迟不回答，他眼中盛气的光亮一点一点地暗淡下去，他闭了闭眼，伸手抱紧乔晚，他的呼吸就在她的耳侧，那么安心，乔晚的眼底红了一片。

她握住他的手，然后抬眼望着他。

"下去吧，我送你去医院。"

乔晚看着祝靖寒深邃的眼眸，然后别过眼，祝靖寒薄唇勾起一抹笑意，那笑意中带着凉意，他跟上了乔晚的脚步。

车上，祝靖寒闭着眼睛，乔晚坐在一边，他的大手一直紧紧地握着她的手，没一会儿，他的脑袋便靠在了她的肩膀上。

乔晚侧头低眸，心里特别复杂，她知道祝靖寒刚才的话是在挽留她，她轻叹了一口气，眼中深沉了下去。

东时就在医院焦急地等待着，祝靖寒怎么又不见了呢？看到他和乔晚下车，东时这才放心了些。乔晚没提要走，她把祝靖寒送到病房，祝靖寒幽深的眸子一直一动不动地锁在她的身上，直到乔晚给了东时一个眼神示意他出来。

东时得到眼神之后，是片刻都不敢去看祝靖寒的，祝靖寒眼眸里面太神秘，让他心虚。看着乔晚和东时说话，不和他说话，他不得嫉妒啊。

两人站在病房外，乔晚一脸的严肃。

"东时，如果可以，你就在病房里看着他，麻烦了。"

"你不在这里陪着祝总？"东时皱眉，乔晚要是走了，他家总裁不就又会发脾气了吗？

"我还有些事情要处理。"

东时点头，觉得自己不要把总裁想得那般暴躁，但是乔晚走了，就东时自己进去的时候，他觉得自己还真是想错了祝靖寒。只见他的脸色比炭块还要黑，整个人阴沉沉的，明显看起来就是生气了。

东时扶额，然后走了过去，他伸出手握住祝靖寒的手，祝靖寒眉头蹙起，神情不悦。

"乔小姐让我照看你一会儿，你别这样子看我，看得我都没食欲了。"

祝靖寒哗地掀开被子后站了起来，刚才乔晚在的时候那副乖宝宝样消失得不见踪影。

"哎哎，祝总，你看你脸色一点都不好就别起来了。"

祝靖寒紧抿着唇，他的眼里迸发出寒薄的怒气，他以为乔晚不会丢下他走的，他都这样了还没肖御一个电话重要吗，他咬了咬牙大步地走出病房追了出去。

乔晚刚下电梯走出医院，刚伸出手去准备拦车，手腕便被握住，然后她便撞入了一个坚硬温暖的怀中，熟悉的香味蹿入鼻尖，乔晚眼神一怔，他怎么出来了？她一抬眸，对上他怒气勃发的眸子。

"不准去。"他冷冷地开口，手里是一点没松，他的另外一只手也揽住她的腰，狠狠地禁锢着。

"我得过去一趟。"乔晚平静地跟他说，想让他松手，刚才她出来的时候收到了肖御的短信，他说他要回权城了，而且给她还有孩子都订了机票。

祝靖寒的眸光有些复杂，神情看起来怪让人心疼的。

"我不允许你单独去见肖御。"他冷冷地出声，有些沉不住气。

"肖御要回权城，御成现在在他那儿呢，我去接御成回来。"乔晚看着他的样子，难得静下心来解释道，祝靖寒听闻，眼里有些冷凝，旋即抿紧嘴角。

"那也不行。"他直接将乔晚给扛了回去，最近她撒谎他都看不出来了，所以他绝对不允许她和肖御那男人见面。

肖御身旁是收拾好的行李箱，他的旁边坐着乔御成，乔御成晃荡着腿，嘴里是肖御给他买的棒棒糖。

"肖叔叔，大晚说什么时候来？"

他的目光熙远，眼神紧了紧，其实刚才乔晚没接电话的那一刻，他就知道，她不会来了，她很有可能正和祝靖寒在一起，他蹲下身子，然后看着乔御成。

"小肥球，先跟肖叔叔回去好不好？大晚到时候就会来了。"他开口，目光灼灼，眼里带着疼爱。

乔御成把棒棒糖咬碎，咯吱咯吱地咬着糖，他摇了摇头，对着肖御说道：
"我等大晚，肖叔叔你先回去吧。"他爸妈都在这里呢，他才不想跟肖叔叔走。

肖御去抱他的手顿在那里，无奈地笑了笑。

"胳膊是拧不过大腿的。"说白了乔御成跟他在一起的时间更长，把乔
御成放在这里，他不安心，而且如果孩子在他那里，那么乔晚是一定会回权
城的。

他二话不说，把本来赖在这里的乔御成一下子抱了起来，然后大手拖着行
李箱走了出去，乔御成眼睛瞪大，一脸的茫然。

飞机起飞前，肖御给乔晚发了一条短信，发完之后便关了手机，伸手捏了
捏一旁气鼓鼓的乔御成，嘴角平静。

"我真的是去接孩子。"乔晚咬牙挤出这几个字，祝靖寒把她固定在怀里，
根本容不得她走。

见祝靖寒的态度很坚决，乔晚不得不软和了下来。

"御成在肖御那里，我得去看看他。"她的声音温软温软的，软糯的声音
让他的眸子又添了一抹暗沉。

他的手放在她细软的腰肢上摸了摸，压根就没听乔晚说了些什么，他手心
的温度太烫，让她一下子回过神。

"祝靖寒，你耍流氓！"她不知道哪里来的力气，一下子就把他给推开了。
祝靖寒一个没防备，后背触地，他咬了咬牙，乔晚一想到他后背有伤，当即一
下子就紧张了起来。

"你后背没事吧？"

祝靖寒闻言站起身来，目光紧紧地盯着她。

"你过来。"

见她不动，祝靖寒挑眉然后转身，伸手指了指自己的伤口处，那样子就像
是说这是你的杰作，你不负责我就死给你看！

"我去给你找医生。"她就算在这里也没办法，她又不是药，她说着已经
走到了门口。

"晚晚，过来。"他的语气放低，然后眉头蹙着似乎有些痛苦，乔晚停住脚步，他大步向前，将乔晚拉到一边，推到墙壁上，他的大手摁在她的肩膀上，深眸撞入她的眸心。

乔晚眼神紧张，手不知道往哪里放，只是挡在前面像是防狼一样地防着他，祝靖寒把她打横抱了起来，然后往浴室的方向走。

"你干吗？"她嗓子眼里咕咚一下，感到不安。

祝靖寒眸子眯起，他嘴角沉沉一笑，眸中锋锐尽显。

"看不出来吗？我要和你洗鸳鸯浴。"

这么说着，祝靖寒打开卫生间的门，一下子把乔晚放了进去，然后自己在外面，砰的一声把卫生间的门关上。

他一只手抵住门，随后摸出手机打给东时让他送药上来，东时对他的情况是知道的，早已经开好的单子只是没去拿药而已，所以也知道祝靖寒要什么药，两分钟就赶上来了。

乔晚被他关在浴室里，整个人都要气炸了。门铃响起，祝靖寒松开手打开卫生间的门，然后勾唇一笑，趁她不注意，轻啄了一下她光洁的脑门。

"来人了，我去开门。"

说完，他又看了乔晚一眼，乔晚脸上有些挂不住，直接推开他，然后砰的一声关上了卫生间的门，又忙不迭地躲在了里面，她就知道他是故意的。

祝靖寒看着她的笑意落在了眉间，他转过头去，眉宇胜雪，他突然觉得，他的小女人也挺有意思的，闹起来跟小猫一样。

3

东时把药递给他之后便离开了，他把药随意地扔在沙发上，然后大步迈向卫生间，一把把门拽开，乔晚一个没防备就直接撞在了他的身上。她刚想离开他的范围就被男人大手揽在腰上，然后把她挤进了卫生间里面，而后带上门。

他的眼神漆黑如墨，紧紧地盯着一脸防备的乔晚。

"我要出去。"乔晚拧眉。

"去哪儿？"他的声音暗哑，眉间隐约带着一抹火光。

乔晚隐下心中的焦急，不能让祝靖寒看出什么别的破绽，否则依照他的性子，她是绝对出不去的。

"我饿了，从早上到现在还没吃饭呢。"乔晚目光柔和，望进祝靖寒的眸光中，他的目光缓和了一下，眯了眯眼，墨黑的眸子带着紧绷之色。

"洗完我带你出去吃东西。"说完也不等她的回应，直接把她推到了后面，他伸手打开喷头开关，水哗地就洒了下来。

乔晚还好，只是湿身，但是祝靖寒就不一样了，他的后背就跟撒了盐一样，一下一下刺激着他的神经，乔晚眼中落下一抹不忍。

"别洗了，你现在伤口不能沾水。"

"刚才被你踹到地上，不洗多脏。"他低头，水珠顺着脸颊缓慢地流下来，堡垒般的腹肌，一块一块的十分诱人。

她只是推了他，又没踹他。

突然，沉静的气氛中男人坚定着声音开口："我会试着做一个好丈夫、好父亲，我发誓以后不会再让你伤心难过，不会再伤害你了。"

乔晚眼神怔了怔，即便他说的是真的，她也不能很快接受他，她承认她从未忘记过祝靖寒，可是一码归一码。

祝靖寒看着她沉默的样子，突地勾唇一笑，那笑意晃动了乔晚的眼睛，他勾住了她的腰，低头吻住了她的嘴唇。

所谓的鸳鸯浴过后，祝靖寒身子多少有些虚弱，即便不是下意识的也觉得特别困，只是他睡着的时候还抓着乔晚的手。乔晚坐在那里看了一会儿他的睡颜，转头拿起放在一边的手机，打开之后便看到了肖御的短信。

"我带小肥球先回去了，明天我会办理出国手续。"

乔晚眼神闪了闪，她抬头看了看门口，而后抿唇，她知道如果他回来看到她不见了一定会生气，可是不管怎么样她都要送肖御一程的。

她把自己的手轻轻地从他的手中抽了出来，然后把半干的头发扎了起来。她走出病房后，订了一张最近时间去权城的机票，便火速地打了辆出租车赶往机场。

病房内，空荡荡的一片，祝靖寒的表情阴沉沉的，额头青筋暴起，涔薄的唇越加冰寒，他的目光犀利寒冷，站在一边的东时大气都不敢出。

祝靖寒拿出手机，给乔晚打电话，那边是通着的，但是没人接。

男人漆黑如墨的眼眸里不带一抹光，他脸色紧绷着，手指攥得紧紧的。

"你查一下，最快一班去权城的飞机几点起飞，乔晚在不在那班飞机上。"他冷冰冰地开口，他生着病乔晚就抛开他去找肖御了，肖御就真的那么重要吗？

东时快速地查着，半点废话都不敢有。

"祝总，中午十一点十分，乔小姐……在。"

祝靖寒看了一眼现在的时间，面色冷厉，沉着的气氛毫无温度，他站在那里，周身冰冷。

"该死的。"

祝靖寒转身开始向外跑，现在过去不知道还赶不赶得上，东时二话不说跟了出去。

祝靖寒上车，快速地发动引擎，把东时甩在了后面。

车速飞快，让人只觉得一阵风似的就开过去了。车子赶到机场，他刚下车一架飞机轰鸣着起飞，伴随着巨大的响动越飞越高。

他站在那里，寒薄的唇紧抿着，他低头，腕表处的指针刚过了十一点十一分，他啪地一拳砸在车上，手指关节处立刻青了一片。

祝靖寒立马打给东时，让他在十分钟之内准备好私人飞机。

飞机滑翔着落地，乔晚从机场出来打了一辆车去了肖御那里，她伸手敲门，肖御从里面将门打开。

"肖……"她刚开口，便被男人一把抱在了怀里，肖御的下巴放在她的头顶，眼底掩下太多的意味。

"御成呢？"乔晚没有看到儿子的身影，不禁问道。

"刚回来就送去学校了。"

肖御松开她，低眸看着她的脸，肖御眼中滑过一抹异色，乔晚的脸上无妆，干净得像是婴儿的皮肤。

砰的一声巨响，门被人从外面踹开，祝靖寒就站在那里，猩红着眸子，一双眼睛如万丈深渊一样，冰冷不见底。

"祝总，你这串门的方式倒是特别。"肖御冷声开口，看着祝靖寒。

祝靖寒眼中闪过锋利的光芒，他涔薄的唇紧紧抿起，漆黑的眼中中隐约映着火光，他偏头看着乔晚然后伸出手去。

"晚晚，跟我回去。"他努力地压抑住自己的怒气，她没有牵住他的手而是自己走了出去。

祝靖寒眼神眯了眯，漆黑如墨的眼神中第一次有些迷茫。

"乔晚，我到底该怎么对你？"

他究竟该怎么做，她才会回头；他该怎么做，他和她才会好好的？乔晚从来没有觉得像现在这么无望过，只觉得心里像是撕裂一般地疼。

祝靖寒眼中的怒气蔓延，似乎怕是迁怒于她，他转身快步地离开。

就在乔晚正犹豫着要不要追上去时，肖爸肖妈竟然来了，他们看到乔晚后，下意识地把乔晚当成了肖御的女朋友。

这孩子看起来长得漂亮，又有气质，怪不得前一阵子肖妈要给儿子介绍女朋友，他说他有女朋友了。起先他们还不信，现在在儿子家看到了这准是没错了。

"看看这孩子，长得真水灵。"肖妈开口，"干干净净的让人看着舒服。"

乔晚微笑，看着肖御的目光有些局促，她还是第一次看见肖御的父母。

肖御爸妈得知儿子要回澳洲，这次来这里本来是帮助儿子打点公司转手后的业务，只是没想到遇见了这么大的惊喜。

此时张一也把乔御成接回来了，她跟肖御打了个招呼之后便离开了。

"大晚，肖叔叔。"乔御成向着乔晚跑了过来跟两人打了个招呼，看到那个奶奶之后，脚步停住。

肖妈肖爸转头看到这个孩子后，肖妈突然一笑。

"晚晚，这是你弟弟？"

"阿姨，他是我儿子。"乔晚眉眼温和，看着孩子的面容柔情似水。肖妈眼神一怔，看了一眼乔御成，眼神陡然冷了下来。

那这说明，这女人还带着个孩子？

"小肥球，来叔叔抱。"肖御开口，对着乔御成说道，乔御成也感觉到气氛不太对，乖乖地就向着肖御跑过去了，肖御蹲下身子把乔御成一把抱在怀里。

"这是怎么回事？"肖妈整个人不禁有些恼怒。

"什么怎么回事？"肖御挑眉，有些不解。

"这孩子是捡的还是领养的？"

乔晚眉头拧起，她走到肖御面前抱过孩子，因为肖妈是长辈，她忍着不发火，脸上维持着笑意。

"阿姨，御成是我十月怀胎生下来的。"

肖妈一下子就变了脸色，还不如是领养的或者是捡的，她脸色不太好。

肖爸走上前，对着肖妈说道："你这是跟孩子们说什么呢。"

肖爸倒是无所谓，儿子喜欢最重要。

"什么说什么，你们之前为什么不告诉我，要不是今天这孩子来了，你们俩想瞒我到什么时候？"

乔晚眼神一冷，有些不明白肖御母亲的意思。

"阿姨，你是不是误会什么了？"

肖御的母亲冷眉看着乔晚，愣生生地对肖御说道："傻儿子，你这是要给别人养儿子啊。"

"我的儿子我自己养？""哐"的一声，门口的鞋柜被男人踹翻，男人幽深的眸子带着杀气，薄唇冷冽，眉间清冷，整个人如同从阎罗殿出来的一样，乔晚转头，不知道他怎么又回来了。

"关你什么事？"肖妈有点被吓到。

"当然关我的事，乔晚是我女人，你口中别人的儿子是我儿子。"祝靖寒眸子彻寒。

肖妈瞬间就不吭声了，难道她误会了什么？

肖御闭了闭眼，感到头疼："妈，我和小晚没交往。"

他之前为了应付母亲老让他相亲的事情，所以他骗二老说自己有女朋友了。因为两人在澳洲自然也管不到这边来，他没想到母亲看到乔晚后会下意识地带入。

祝靖寒不知道现在有多生气，他忍着怒气不对肖妈动手。

东时就在后面，面色紧张，他叹了一口气，当初高芩每次为难乔晚的时候，祝靖寒不管手头的事情多么重要，甚至是重要的国际会议都会毫不犹豫地抛下去找乔晚，把她带出来。

可是肖御呢，刚才半点声都没吭，若是两人真的在一起了，他能撕下脸来保持公正吗？

东时摇头，这就是差距，祝靖寒对乔晚的爱不张扬，霸道却渗入了骨髓，怪只怪，他不知道怎么表达，他只知道以为自己能给乔晚最好的，她就一定会喜欢。

肖妈自知理亏，也不说什么话了。

祝靖寒牵住乔晚的手，转身进了对面的家里。

"你平时跟我伶牙俐齿的，怎么受欺负了也不知道还回去？"祝靖寒生气了，刚才那女人说话也太难听了些，什么叫替别人养孩子，他的儿子他自己疼还疼不过来呢。

乔晚深吸了一口气，把乔御成放了下来说道："她毕竟是长辈。"

何况她本就跟肖御没有关系。

祝靖寒冷着眉眼，俊眸清冽："我先走了，明天再过来。"

他知道现在自己不能逼得太紧，否则会适得其反，他再也不会让乔晚不开心，再也不会让乔晚没应声。看到祝靖寒要走，乔御成有些着急。

"妈妈，爸爸要走了。"他揉了揉眼睛，有些着急，祝靖寒听到后觉得有些幻听，他低眸猛地看向乔御成然后一把将他抱了起来。

"宝贝，你刚才叫我什么？"

乔御成吧唧亲了他一口，甜甜地叫他爸爸。他只感觉到心里都要融化了一样，所以他打算今晚不走了，毕竟他可爱的儿子这么喜欢他，盛情难却啊。

"那我今晚不走了。"祝靖寒抱着孩子大步地向着孩子的卧室走去，乔晚一瞬间没反应过来，他刚刚不是要走吗？这回怎么改变主意了？

"你不是要回去了吗？"

"我后悔了还不成吗？"

"……"

乔御成在卧室里面用画板画画，祝靖寒下了楼，刚好看到肖御和乔晚站在门口。他冷着眸子走了过去，底如万年寒冰，眼神神秘到让人很难探查清楚。

"晚晚，我替我妈给你道歉。"肖御觉得抱歉，平白让她受这种委屈。

"没事。"乔晚眼神淡漠，倒是没有太在意。

祝靖寒面色冷峻迈着步子过来将门一下子关上，直接将肖御关在了外面，他打算待会儿把密码给换了。

乔晚深吸了一口气之后转身走到沙发前坐下，其实肖妈的话很现实，所以她现在很庆幸她并不喜欢肖御。

祝靖寒薄唇轻抿，他伸出手去把她脸上的头发一点一点地都拨在耳后。

4

晚上，乔晚给乔御成讲着睡前故事，门吱嘎一声打开，男人高大的身影走了进来。

"我来看看孩子。"祝靖寒开口，然后轻轻地关上了门。

乔御成看到祝靖寒之后，非常喜悦，他站起来一下子扑到祝靖寒的怀里，祝靖寒顺势抱着乔御成钻进了被窝。

"祝靖寒，你怎么躺下了？"他不是来看孩子的吗，看就看，怎么还躺下了？

"嘘。"他伸手，做了个嘘的手势。

"御成，你觉得祝这个姓氏好不好听，酷不酷？"

祝靖寒声音温和地开口，乔御成点头说道："酷，超级酷。"

"那你姓祝好不好？"他的声音柔软，极其蛊惑人心。

"好。"

说实话，祝靖寒不太满意御成这两个字，成还好，御总会让他想起肖御。

"爸爸给你换个名字好了，以前那个不大气，叫什么御成一点都不好听。"

"……"乔晚站在那里，扯着嘴角。

祝靖寒看了她一眼，然后拍了拍乔御成身边的位置示意她躺下。

乔御成此时超级给力地回头说道："妈妈，你怎么不睡？"

"马上就睡。"乔晚有些尴尬，她掀开一边的被角，然后躺在乔御成的身边，祝靖寒的手一下子就从被窝内向着她伸了过去，大手直接把她也揽了过来。

乔晚拧眉，伸手去推祝靖寒的手。

"妈妈，你别动。"乔御成转头。

乔晚："……"

"宝贝，我想好了。"那神秘的笑意着实让母子俩起了一身鸡皮疙瘩。

"就叫祝晚成！"

"是不是超级喜欢。"祝靖寒觉得听起来朗朗上口，既结合了他和乔晚的名字，也有大器晚成之意，综合起来比御成强多了。

"喜欢。"

"记住，以后别人叫你祝晚成才答应，听见没？"

"听见了。"祝晚成乖乖地听祝靖寒的话。

"好了，爸爸哄你睡觉。"

祝靖寒心里感到很幸福，他伸手揉了揉孩子细软的头发，声音温和地讲着给他讲着故事。孩子入睡总是快，没一会儿就传出了孩子小小的均匀呼吸声，乔晚却是怎么也睡不着，黑暗中祝靖寒睁着眼睛，深邃如寒潭。

"睡了吗？"他轻声地开口，声音醇厚好听。

乔晚闭了闭眼，然后轻启嘴角："还没，现在孩子已经睡着了，你也回去睡觉吧。"

祝靖寒拧眉，他才不自己睡。

"我自己睡不着。"

他有老婆有儿子的凭什么自己睡，祝靖寒觉得心里有些不痛快，他起身然后轻手轻脚地越过祝晚成，把他挪到了一边，最后抱住乔晚。

乔晚扭了扭，拧眉，他怎么胆子这么大？

"嘘。"祝靖寒手掌心贴着她的腰部，把她整个人都卷在怀里，"睡觉吧。"

肖御在第二天早上便要搬离这个地方，乔晚下楼的时候，不期然地碰到了他的身影。

"要走了吗？"她轻轻地开口，神情柔和，肖御神情复杂地扯出一抹笑意："嗯，明天去澳洲的飞机。"

LK 已经被盘了出去，今天就要易主了。

"那，再见。"乔晚一如初见那般的温婉，肖御点头和她道别："再见。"

车子启动的一刹那，肖御面前空空一片，他有些茫然，以后和乔晚相见无期了。

祝靖寒开着车过来接乔晚的时候，看见她站在那里一动不动，他的目光略微沉静，但最后什么也没有说。

祝靖寒先将孩子送去幼儿园，再把乔晚送去了公司。

晚上公司有聚餐，因为要给肖御开欢送会，气氛很热闹，乔晚不禁多喝了几杯。

她晃悠着身子被张一给搀出门外，送走张一和秦逸后，乔晚缓慢地沿着街边走，她深吸了一口气

乔晚感觉胃里面翻江倒海，她扶住路边的树俯身干呕，有人轻轻地给她敲着后背，乔晚抬眸便对上了男人深如潭的眸光。

"你什么时候来的？"乔晚忽地一笑，手掌抱住了男人的胳膊，然后身子下滑，缓慢地蹲在了地上。

见她醉了，祝靖寒弯唇说道："走，回家。"

"我不走。"她露出白白的牙齿，见祝靖寒黑漆漆的眸子看着她，她伸出手脆生生一笑。

"除非你背我。"

祝靖寒一怔，薄唇扬起，随后失笑，他的笑意在这漆黑的夜色中熠熠生辉，眼中灿如星河，他想，他真是爱惨了这个女人。

祝靖寒脱下身上的衣服然后给她披在身上，他在她面前蹲下身子转过身去。

"上来吧，幼稚。"他的声音很温柔得像三月的春风，凉润地刮在耳侧，乔晚的眼前模糊一片，她伸手把双手搭在他的肩膀上，祝靖寒把身后的女人背了起来，她的身上披着他的黑色西装，她把两只手在他胸前交汇，握得紧紧的。

祝靖寒迈着步子背着她走，街边的通道由青灰色的石头铺成，朴实的颜色和街边的奢靡形成了鲜明的对比。

乔晚不知道多久没有像现在这么安心过了，而这片刻的安宁还是他给的。

她湿了眼眶，她其实清醒了很多，可是她不想醒，她的手明显地收紧，祝靖寒清冷着眸光，眸底藏匿着鲜为人知的温暖。

这条街似乎没有尽头，他一点都不觉得枯燥乏味，心里甚至觉得，如果一辈子都可以这样背着她就好了。东时开车慢慢跟在后面，不敢打扰这片刻的安宁。

街边偶尔有几个骑着摩的、头发染着五颜六色、气焰嚣张的、长得还不错的小混混，向着两人吹口哨。乔晚闭上眼睛，感到这样的场景似乎很熟悉，她闭了闭眼才想起，原来以前祝靖寒也曾背过她回家。

她在他的后背上睡着了，东时把车开到前面然后停住，祝靖寒冷眸漆黑，他走到车边把车门打开，要是从这里走到家，可得好几个小时了，他把乔晚放进车里，然后自己坐了进去。

乔晚的脑袋偏向一边，他伸手把她的小脑袋移到他宽厚的肩膀处。

到家之后，祝靖寒抱着乔晚下车然后上了楼，乔晚的脑袋安静地倚在他的怀里。门打开后是乔御成小小的身影，他看着祝靖寒抱着乔晚，目光紧了紧。

"你和大晚去哪儿了？"

"约会。"祝靖寒开口，乔御成小嘴一瘪，他怎么感觉他的大晚现在成了爸爸的大晚了哪。

祝靖寒抱着乔晚进了卧室，乔御成屁颠屁颠地跟了过来。

"去睡觉。"他的声音沉静,望着眼巴巴看着乔晚的小不点。

"我要跟大晚睡。"

祝靖寒拧眉,他走近乔御成然后一下子把他抱了起来,乔御成看祝靖寒是要把他往外带,瞬间开始蹬腿。

"你要干什么,我要和大晚睡,你不许跟我抢大晚。"他怎么觉得,这些天他是引狼入室了呢。

"晚晚本来就是我的。"祝靖寒白了他一眼,要不是这个带把的,他至于那么久都找不到乔晚吗。

祝靖寒把他送进自己的小卧室,将他放在床上把被子扯着盖在他的身上,祝靖寒俯身亲了亲他的额头笑意深浓:"乖儿子,好好睡觉。"

他的目光审视着乔御成,乔御成拉着被子盖在脑袋上,他嘴角扬起一抹笑意,起身带上门出去了。

5

祝靖寒从柜子里翻出两套睡衣,眉头蹙起嫌弃地举起其中的一件。

白色蕾丝?她什么时候买的,肖御三天两头地往这边跑,她还敢穿这个?

他伸手用力一扯,然后扔到一边的垃圾桶里,他眉宇间有着怒气,进了卧室后发现毫不知情没心没肺的女人还睡得憨熟,还翻了个身,雪白纤细的腿卷起被子,可以清晰可见她白皙的大腿根。

祝靖寒走到床边把被子扯开,乔晚拧了拧眉,转过身去。

他爬上床伸手把乔晚抱坐了起来,她的脑袋靠在他的胸膛上,他耐心地给她换了一件相对柔软保守的睡衣。

乔晚睡着睡着,就觉得有一个冰凉的东西钻了进来,她拧着眉然后伸手使劲儿地推,手就放在祝靖寒的胸前。

"凉,出去。"她模糊不清的开口,男人的脸色越来越沉,他大手揽住她的腰把她整个人都举了过来,然后紧紧地贴近。

乔晚瑟缩了一下,迅速把脑袋窝在他的脖颈处,没一会儿他浑身变得死热死热的,乔晚又不舒服了。

她转过身掀开被子想出去，祝靖寒黑着脸坐了起来说道："乔晚，你有完没完。"

　　乔晚哪里知道身边还有个人，只是无意识地又翻个身环住了他的腰，祝靖寒倒抽了一口凉气，气得就差把她的手给拍开了，没心没肺的。

　　他撑着手臂躺在她的身侧，一双深邃的瞳孔越来越深。

　　"乔晚。"他声音沉静地开口，仔细听就会听出里面所带的沙哑音色。

　　"嗯。"她无意识地应了一声。

　　祝靖寒失笑，他俯下身去准备亲她，火烧眉毛的时刻，祝靖寒的手机不应景地响了。祝靖寒强迫自己听不见，可是手机继续响，他本想着不理但是没预料到乔晚突然睁开眼睛。

　　"接电话，好吵。"她迷迷糊糊的，不过是真醒了。

　　他的手还放在她的大腿上，乔晚伸手拂开他的手，转了过去之后拉上被子。

　　祝靖寒坐了起来，然后拿起手机，直接接了电话。

　　"喂。"他的语气不太好，那边的东时吓了一跳，这个时间他家总裁该不会正在做什么不合时宜的运动，而且恰好被他的电话破坏了吧。

　　"总裁，我没啥事，要不先挂了吧。"

　　"滚。"一声爆喝，东时震得耳朵一颤。

　　祝靖寒啪地把电话扔在一边，然后从床上下来站直身子，他双手叉腰，黑眸沉沉的，三秒过后他转身就出去了，他要去浴室里降火。

　　当祝靖寒三分钟后从里面出来，走到乔晚的卧室门口时，他修长的手指握住门把手，拧了拧没拧开门。

　　他眉头一凛，她怎么把门给锁上了，祝靖寒有点气恼，然后敲门。

　　"乔晚，开门。"

　　祝靖寒越敲门越心烦，最烦的是敲了半天还没人应，她这个醉鬼不会睡着了吧？他这么一想，神情透着浓浓不悦，他转身轻轻地走进了乔御成的卧室，而乔御成正翻来覆去没睡着，祝靖寒突然进来吓了他一大跳。

　　乔御成坐了起来，头发乱乱的。

"祝叔叔，你被大晚赶出来了啊。"小孩子的感官就是那么准确，要不是被大晚赶出来，他大半夜跑到自己这里委曲求全做什么。

"叫爸爸。"祝靖寒眉头一凛，他一下子跃到床上，然后把乔御成扑在了身下。

"爸爸。"乔御成乖乖地叫了一声，祝靖寒心里的阴霾散了不少，顿时眉开眼笑的，他起身掀开被子钻进了儿子的被窝，可给他冻毁了。

"爸爸，你去游泳了？凉死了。"乔御成嫌弃地往边上靠了靠。

祝靖寒心里一闷。

"你爹我这是天生体凉。"祝靖寒不敢去冰孩子，毕竟孩子还小，他老实地躺在那里一动也不动。

乔御成咯咯地笑了两声，他都懂，房间不暗，祝靖寒可以看清楚孩子的眼睛，长得和乔晚很像。

"小没良心的。"祝靖寒转过身去。

乔御成不知道大晚怎么惹着他老爸了，不过看起来他老爸好像挺生气的样子，他往祝靖寒身边凑，然后小手抱住他放在身侧的胳膊。

"不嫌凉了？"祝靖寒开口，身子转了过来。

"嫌。"乔御成笑着开口，但是直接凑近了祝靖寒的怀里。

祝靖寒抿唇，眸子熠熠生辉，他侧过身大手抱住孩子的腰。

"爸爸，你忙吗？"孩子软糯的声音，甚至带着些小小的期盼。

"不忙。"祝靖寒低头看着乔御成，然后大手放在他的小脑袋上。

"那你为什么不带我和妈妈出去玩。"孩子的问题总是很天真的，祝靖寒勾唇亲了亲孩子的小鼻子。

"因为妈妈生爸爸的气了。"他突然低头在乔御成的耳边说了些什么，乔御成一脸的不情愿。

"快去。"他把乔御成抱着下了床，祝靖寒给乔御成换了小拖鞋之后，便打开卧室的门示意他出去。

乔御成迈着小脚步走到乔晚卧室的门口，然后一阵沉默，回头看到祝靖寒一脸"你不开口你就吃不了兜着走的"样子看他，他就有点惊悚，他伸出手敲了敲门。

“妈妈，我害怕，妈妈妈妈，我害怕，你快开门。”他的声音很大，祝靖寒一脸的满意神情。

乔晚一听到乔御成在喊害怕，猛地从床上爬起来去开门。

见孩子站在门口，乔晚伸出手去。

“御成，妈妈抱。”

她的手还没碰到乔御成，便被一双温暖的大手握住，然后祝靖寒欺身上来把乔晚挤到了卧室后关上了门。

乔晚瞪大眼睛。

“祝靖寒，孩子说他害怕，你干什么呢？”

“他不害怕，我害怕。”祝靖寒微笑，颇有死不要脸的架势，要不是乔御成，乔晚怎么会开门。

“你无耻。”乔晚瞪大眼睛，她大概知道了是祝靖寒教唆自己儿子过来装害怕的，祝靖寒笑开，他推着乔晚去床上。

直到倒在床上之后，祝靖寒嘴角的笑意越来越大，露出洁白整齐的牙齿。

“你数数，一共三十颗，一颗不少，喏。”

乔晚失笑，他无赖起来不是一般的无赖，他伸手把被子扯过来，然后给她盖在身上。

“你给我老实地睡觉。”祝靖寒自顾自地躺下，目光灼灼地看着乔晚，祝靖寒的眼睛跟镀着金似的，就这么看着她，她有一百个胆子也睡不着啊。

室内一片和气的景象，室外就是另一番景象了。乔御成气呼呼地蹲在客厅，脚上的小拖鞋是小黄人款式的，看起来和他十分的相称。

他发现，他亲爹实在是有够不要脸的了，他噘着嘴蹲在地上等了半天也不见里面的人出来看看他，委屈了一会儿他突地站起来，屁颠屁颠地去睡觉了。

天色亮起，乔晚幽幽地睁开眼睛。

身旁的男人睡得正熟，其实昨天应酬祝靖寒也喝了不少酒，外加上昨天冲了两个凉水澡，身体有点不适，所以现在还没醒，他的大手还搭在她的腰上，精壮的胳膊修长的手，他头发有些凌乱，这也是只有乔晚见过他的家居样子，与平时的冷清不同，反而有些闲适俊朗。

乔晚伸手将他的胳膊拿开，祝靖寒一下子睁开眼睛，黑眸微动，他看到乔晚一脸诧异地看着他，突然失笑，然后把脑袋凑近乔晚的肩膀。

"我想吃小笼包。"他开口，声音带着刚醒时候的沙哑。

乔晚拧眉，这大早上她去哪里给他弄小笼包。

"我要去上班，没时间。"乔晚拒绝。

祝靖寒轻笑，眸子亮亮的。

"今天周六。"他的声线很轻，说话的语调十分好听。

乔晚觉得，就算祝靖寒一无是处，毫无身价，他也可以活得很好，有颜，有胆识，弄不好可能会被那个娱乐公司看中，主要是声音这么好听，去配音也可以。

乔晚出去后，祝靖寒掀开被子起身，他站在窗前，把手机开机，里面有两条未读信息。

东时一条，10086 一条。

他勾唇，然后打开东时的。

"总裁，肖御离开权城了。"

祝靖寒眉宇俊朗，他把手机扔在一边，然后转身，把衬衫穿在身上，身后的伤口还有些疼，想来也是该去拿新药了。

乔晚果真去了厨房忙活，乔御成打开房门揉着眼睛出来，两父子的眼神一对上，乔御成似乎是有什么话想跟祝靖寒说，他伸着手屁颠屁颠地走向祝靖寒。

祝靖寒故意抬起头装作没有看到他，大步地越过他走了过去，乔御成现在存在值已经到了地面上，他爹比他高出了太多，非常明显的差距让他不得不仰视。

"爸爸。"乔御成突地坐在地上，大有撒娇之意。祝靖寒回身，看到穿得一身可爱的大胖儿子坐在地上了，他的脸色突然就严肃了起来。

"祝晚成，我是不是跟你说过，不准光脚丫在地上走，你现在坐在地上是想做什么？"

乔御成瘪嘴，突然有些委屈。

"你不理我。"

祝靖寒眼神一软，走到乔御成身边，然后大手把他抱了起来。

"那也不能坐地上。"他似是无奈，旋即把他抱在了沙发上。

乔御成缩了缩脖子，嘴角露出笑意，到底是孩子一下子就把祝靖寒骂他的那句给屏蔽了，吧唧地亲在祝靖寒的脸上。

6

周一一大早，AH娱乐里面仿佛笼罩着七彩祥云，因为所有的员工都发现今天他们总裁的心情真是好啊。

每次他都严肃举行的会议，这次轻松结束，就连行程方面出了点问题，他都一笑，让他们重新排就好了。

祝靖寒今日的大好心情几乎让所有人都震撼了，东时站在办公室里，盯着十分钟笑了三次的总裁，初步判定就是发情了，要不笑得这么不怀好意干什么？

"总裁，你要不要喝点水？"东时抿唇开口，这绝对是和家里那位和好的征兆。

祝靖寒抬头，就见东时一脸八卦地看着他。

"把下午的行程都挪过来，我要把下午的时间空出来。"他还有一件重要的事情没做。

"可是总裁，下午有个国际会议，这个时间恐怕……"东时嘴角发干，总觉得这么说有点不好。

"哪那么多废话，调不过来的就推了。"

"好嘞。"

祝靖寒双手背在脑后，身子倚在椅子上，似乎是想起来了什么，他拿起手机给乔晚发了一条短信。

"中午的时候一起吃饭。"

他伸手举着手机，等啊等，那边终于回复了一条"嗯"。祝靖寒蹙眉，他使劲儿地翻了翻，他发了九个字，乔晚就回了一个字，他伸手把手机扔在了一边然后起身，拿起西装就往外走。

于此同时，乔晚从 LK 收拾了东西出来，她已经给新上司递交了辞呈。张一不舍地拉着她的手送她去门外，眼眶通红，可是最终还是没有挽留住她，她目送着乔晚坐上了祝靖寒的车离开。

乔晚决定回海城了，那里毕竟是她真正的家，而得之这一消息的祝靖寒自然要和她一道回去，他从海城调了一个高层去权城打理着分公司。

回到海城后，下午时分，一辆路虎停在花店门口，男人推开车门下车，他走进花店买了一束白菊，男人目光清冷，身上穿着严肃的纯黑色西装。

他的目光被花店正中央的一束百合所吸引，男人的眸子轻动，带着缱绻，他的嘴角掀起，然后把那一整束全部都买了下来。

走出花店将百合放入后备厢，他走到主驾驶的位置上，坐进去后发动引擎，车子平稳地行驶。

现在的男人一改往昔，好像获得了新生。

路虎所行驶到的目的地是建在郊外的墓园，现在比房价还要贵的地方就是死后要安息的地方了。

男人下车，然后拿着买来的一束白菊走到高处的一块黑色墓碑前，他弯腰把花放在那里，然后站直身子。

他的双手合十，缓慢地闭上眼睛，长长的睫毛卷而翘，俊朗的样子让风都失了方向，他的面容带着暖意。

"爸，我会照顾好小晚的，您放心吧。"

他开口，声线暖融，他的手放下来，然后目光沉静，这不是什么特别的日子，前来看已故之人的只有他一个，男人站在那里，傲世而独立。

乔晚和祝晚成被祝靖寒送回家去了，他没带两人来扫墓，是因为他怕乔晚心有芥蒂。

他手从西装的兜里掏出一个精美的盒子，那里面是一对对戒，是那天让东时把行程挤到上午，他和乔晚吃完饭后，自己偷偷去挑的，不知道她会不会喜欢。

乔晚这次和他回来，并没有接受他的意思，他也知道现在她的心很乱，他不适合再去问她一些别的事情。

乔晚坐在家里看着母亲忙来忙去，目光有些茫然。

"大晚，啊啊啊。"祝晚成从二楼跑下来一下子扑到乔晚的身上，然后细软的头发在她的身上蹭来蹭去。

乔晚一笑，她把祝晚成抱在腿上，目光温柔地看着他。

"晚成，你喜欢爸爸吗？"

祝晚成一笑，然后小手搭在她的脖子上，毫不犹豫地一字一句道。

"当然喜欢，虽然有点不爱幼，可是我觉得我爸爸是世界上最帅气的爸爸。"祝晚成对祝靖寒的评价是非常高的。

他想着自己长大以后也会像他老爸那么帅，也要找一个妈妈一样温柔漂亮的女孩子在一起。

乔晚心里了然，她抱紧祝晚成。

"宝贝，你更爱妈妈还是更爱爸爸？"这是一个世界上所有小朋友都很难答的题目。

祝晚成噘着嘴，然后说道："那妈妈我问你，你是更喜欢爸爸还是更喜欢我？"

"当然更喜欢你。"祝晚成眉眼笑开，他听着外面车子停下的声音，打算等他老爸进来，他一定要炫耀炫耀。

门铃响起后乔晚起身去开门，她刚开门便被一束百合给堵了回来，他把花塞在她的手里，给了她一个明媚的笑容，乔晚的脸都被花遮住了。

祝晚成坐在沙发上，晃荡着两只小肥腿，他看着自己的老爸进来了便快速地跑下地，然后屁颠屁颠的拽住祝靖寒的袖子。

祝靖寒低头，发现小肥儿子又没穿鞋，他一把把肥儿子抱了起来，然后从茶几上拿出纸巾给他擦着小脚丫。

"爸爸。"祝晚成开口，一脸的嗝瑟，祝靖寒头都没抬，直接将他放在沙发上。

"怎么了？"他的声音沉静，祝晚成享受了一下自己老爸好听又男人的声线。

"刚才大晚说比起你更喜欢我。"

祝靖寒表情没什么波动，只是声音越发沉静。

"女人都是口是心非的生物。"

祝晚成气鼓鼓地看着自己的老爸，老爸分明就是嫉妒，嫉妒大晚更喜欢他。

"下次下地之前记得穿拖鞋，要不就别要脚了。"他挑眉对上祝晚成略带不服的眼神，祝晚成表情变了变，然后突然泪眼汪汪的。

他向着乔晚伸出手去，然后奶声奶气的似乎受了极大的委屈。

"大晚，他欺负小孩子，他说要咬我的脚。"祝晚成那表情，简直就是受到了莫大的惊吓。

祝靖寒的眼皮挑了挑，这臭小子睁眼说瞎话的毛病绝对是像了乔晚，乔晚嘴角动了动，然后轻笑。

"你跟我过来。"祝靖寒上前握住乔晚的手然后拉着她上了楼，祝晚成吸了吸鼻子，伸手擦了擦在眼角打转的眼泪，晃荡着小脚丫一脸的无辜。

乔晚被祝靖寒拉到了乔晚的卧室，轻车驾熟得跟自己家一样。

"你带我上这里做什么？"乔晚疑惑地问。

祝靖寒抿着唇，眸子里有点寒气，他把她手中的花抢过来放在一边，然后大手揽住她的腰肢，他微微低头，长长的睫毛轻战。

"你说，你更喜欢我还是更喜欢祝晚成？"

乔晚的面容白净秀丽，精巧的鼻子小巧的唇，看起来是那么好看，他刚才不是一副满不在乎的样子吗，怎么现在来兴师问罪了？

"快说。"祝靖寒眯了眯眼，一副霸道的架势，乔晚失笑，这两父子真是……

"当然更喜欢晚成，他是我儿子。"乔晚伸手推开祝靖寒，祝靖寒眼神一沉，他漆黑的眸中闪过锋锐。

"我还是你男人呢。"

他现在真想把祝晚成塞回去回炉重造，他还没和乔晚好好地过二人世界呢，就有个儿子来捣乱了。

乔晚无语，她干脆不打算理会祝靖寒，越过他去开门，她的身子突然被一阵强有力的力量圈住，她被他转过来，突地撞入他黑白分明的眼眸中，他的鼻尖和她的鼻尖近在咫尺。

"你更喜欢谁？"他的大手圈住她的身子，乔晚的鼻息间尽是他身上好闻的味道，让人脸红心跳的距离，两人唇和唇之间不过半厘米。

乔晚整个人心跳加速，她的脸上毫无瑕疵，皮肤白嫩，就像是十七八岁的小姑娘一样，此时羞红的样子让祝靖寒乱了心跳。

"嗯？"他似乎是不嫌烦，一遍一遍地问。

乔晚终于撑不住被这样问话，她的声音很小，不过他还是听见了。

"你。"她低头。

祝靖寒掀起嘴角，然后挑眉。

"这还差不多。"他一下子松开乔晚，她一自由转身就打开门冲了出去，祝晚成正晃荡着腿吃着乔妈给他削好的菠萝，给他酸得龇牙咧嘴的，见乔晚脸通红地出来了，他瞪大圆圆的眼睛。

"大晚，你脸烧红了。"

他小小的手指指着乔晚绯红一片的脸，乔晚就差仰天长叹了，而祝靖寒此时正躺在乔晚的大床上，卷着被单翻滚着，脸上是抑制不住的喜悦。

祝晚成嘟着嘴，看着自己老爸满面春风的样子，他穿着拖鞋下地，然后拿着竹签叉了一块大菠萝块，快速地走到祝靖寒的面前，伸手拽了拽他老爸的皮带。

"爸爸，你吃。"他伸出手去，祝靖寒蹲下身子，然后张开嘴一下子把大菠萝块吃了下去。他的腮帮子鼓着，表情一下子一个样子，然后伸手把祝晚成扛了起来，快步地走到沙发上，边吃菠萝边笑，祝晚成心里有点不太好的预感。

果然，他被某个孩子般的大人给放倒，然后上下其手了。

"爸爸，爸爸，我错了，痒，哈哈哈哈哈，别动了，我痒。"

祝晚成在沙发上来回翻滚着，希望可以脱离祝靖寒的魔爪，但是就那么巴掌大的地方，被他控制住了，祝晚成根本没有翻身的余地。

乔晚在厨房里帮忙，她听见孩子的笑声，走到厨房门口看到两人的景象后，她站在那里，嘴角噙住一抹清浅的笑意。

7

三分钟左右，祝晚成躺在那里，连反抗的力气都没了，而罪魁祸首坐在一边，大手放在他的小肚皮上，准备伺机而动。

祝晚成背后凉飕飕的，他只感觉如果他再敢以下犯上的话，估计就没好果子吃了。

"老爸，你怎么知道我怕痒？"祝晚成开口。

祝靖寒听到"老爸"这两个字瞬间皱眉。

"不许加老。"他拧着眉。

"那叔叔，你怎么知道我怕痒？"

祝靖寒眼皮一跳，瞬间无奈。

"还是刚才那个比较好点。"祝晚成蹙眉，他爸怎么这么难伺候呢，比他还难伺候。

祝靖寒伸手，把他的小衣服向下拉，盖上他圆滚滚的肚皮说道："因为你妈妈最怕痒。"

"我哥经常不回来吗？"乔晚在厨房里洗菜看向母亲，刚才乔楚给她打电话说不回来了。

"那倒不是，只不过最近好像有大生意，有点忙，你没事的时候，也给你哥物色物色好女孩子，你哥也老大不小了，也该成家了。"

"我哥啊，眼光高着呢。"

"你哥可不像你，老小就不学好地早恋。"乔妈白了乔晚一眼。

乔晚拧眉，她那是轰动的暗恋好不好，她和顾珩还是朋友，乔楚交过的女朋友都可以排成营了，她噘了噘嘴，她老妈就是偏心那个坏乔楚。

"我这想抱孙子的愿望不知道得几年了。"乔妈摇了摇头感叹道。

"那还不快，说不定哪天乔楚就给你抱回来了一个，到时候估计不是惊喜就是惊吓了。"乔晚伸出手，做了个虎爪的手势，然后张开嘴，乔妈顺势往她嘴里塞了一个西红柿，然后将她推出了厨房外。乔晚嘴唔唔地发不出声，她瞪大眼睛，愣生生的被自己老妈给推了出来，然后对上祝靖寒那带着笑意的眸子。

她伸手把西红柿拿在手里咬了一口，走到门口打开门走了出去，祝靖寒迅速地站了起来，祝晚成低头玩着变形金刚，等抬头的时候，发现爹妈都不见了。

乔晚站在偌大的花园里，看着母亲种的那些花，他走了过来，站在她的身侧，他身上是好闻的清冽的气息，乔晚仰头看着祝靖寒，祝靖寒望着她唇边的一点红，随即失笑并伸手抹掉。

"你下午穿得那么正式去哪儿了？"乔晚问道。

祝靖寒眉间锋利，然后抿唇，他目光落在院子里种的这些五颜六色的花上面。

"去看爸了。"祝靖寒说完，便陷入了沉默。

乔晚眼神一怔，而后笑了笑。

乔晚的沉默让祝靖寒眼神更加深沉，里面波涛汹涌，许久，她开口："那很好啊。"说完之后转身进了屋子。

日光西斜，逐渐烧成血红色，妖媚得无可比拟。

西边的天色，一大片火烧云，祝靖寒的眸子望着那边，手中紧了紧。

他站在一片花田中，身上穿着白衬衫，高大的背影看起来有些孤寂。

晚风吹过，立秋已经过去，浓厚的秋风和夏风不同，带着沁人的冷意。

他的衬衫被吹得晃动，眼神深邃如墨，刀削般的侧颜冷酷如雪。

可是他知道，以后他不会一个人了。

他嘴角勾起，面若桃花，他魅惑的瞳孔泛着好看的光泽，眼神微挑，他侧眸，惊诧了光年。祝靖寒转身，顺着乔晚刚走过的路，伸手打开门，然后关门，里面与外面隔绝开来。

舒城的婚礼定在这周末，乔晚提前三天接到了婚礼的请帖，白色的卡片，烫金的字体，里面的话挺有意境的——

我希望陪伴你，从心动到古稀。

婚礼定在祝氏集团的七星级酒店，时间还早，就来了不少人。

舒院长人脉很广，所以这次来参加婚礼的人很多，祝靖寒和乔晚来的时候，已经几乎座无虚席，好在舒院长提前给祝靖寒和乔晚留了座位。祝靖寒在接礼的地方给了一个大红包，而且乔晚还幸运地接到了捧花，祝靖寒调侃她说她要二婚了。

祝靖寒参加完婚礼后，载着乔晚回了两人的婚房，进门后他便先行上了楼。乔晚一个人站在偌大的客厅里，其实并不是特别久没回来，只是觉得感慨，现在看看，这些年来不仅家具没换，就连装饰画都没换。

见她没跟着上来，祝靖寒又从楼上的房里出来了，他快步地走到楼下拽住乔晚的手往上走，这女人真是的，怎么就不知道跟着他上来呢？

乔晚被他带到楼上的婚房前，祝靖寒大手打开门，里面让乔晚着实惊诧到了。大红色的被单，上面铺了一床的红玫瑰，窗台前还摆了好多，整个屋子简直就跟花店一样。

乔晚一步都不想往里面走，没地方下脚啊。

"祝靖寒，你打算搞副业卖花了？"

乔晚拧了拧眉，实在是有点摸不透祝靖寒的作风。

祝靖寒瞪了她一眼，这个不懂情趣的女人，他把乔晚推进去，高大的身子斜倚在门扉上面，淡淡地说道："你今天就在这里睡，床上的花瓣一瓣都不许睡掉了，我可都记着位置呢。"

乔晚愕然，难不成他还数了多少片啊。

"现在才四点，我不睡。"

祝靖寒斜站着，目光凝起笑道："晚上你该没法睡了。"说完他便关上门走了出去。

乔晚一下子倒在床上，然后后背被一个硬物给硌了一下，乔晚条件性地一下子蹦了起来，然后伸手摸了摸后背被硌到的地方。

她拧眉，然后伸手去扒拉那块的玫瑰花，很快，一枚钻戒在玫瑰花的掩护下逐渐的显露出来。

她手里拿着戒指十分的讶异，放下也不是，拿着也不是，门复又被打开，吓得她直接把戒指给攥手里了，祝靖寒一身冷气地走了进来。

他看乔晚竟然还在地上站着，床上的玫瑰花竟然真的一片没掉，他的心里有些压抑。

"你没躺？"祝靖寒开口，带着些紧张。

乔晚猛地摇了摇头，祝靖寒咬牙，一下子蹦到床上，他的动作很大，一上去上面的花瓣都哗啦啦地掉落在了地上，一点也不温柔。

他伸手在里面翻啊翻，翻啊翻，除了一手的花之外什么也没翻到，东时那小子不是说红床单红玫瑰的话，钻戒在里面比较显眼吗，要不东时的提议他怎么会搭配这么艳俗的颜色，可是戒指呢？

他在床上转了一圈怎么翻也没有，他下地然后在地上转圈，伸手去翻掉在地上的花瓣底下，可是依旧没有。

"你是不是在找这个？"乔晚伸出左手，祝靖寒一抬头，便看见那戒指稳稳地戴在她的无名指上。

他起身走到乔晚身边，伸手握住她的手将戒指给拿了下来，乔晚心里有些没底，这该不会不是送给她的吧。

祝靖寒的额前细碎的头发微垂着，此刻的他看起来特别柔和，他温软的表情抹杀了他本身所带的戾气。

"哪有自己戴的？"他声线好听地开口，然后又牵过乔晚的手。

乔晚嘴角不自觉地扬起一抹笑意，她的手任由他牵着，低眸看着他把钻戒缓慢地套进了她的手里。

祝靖寒伸出手，一脸温和地看着乔晚。

"给我戴上。"

"可是我没给你准备。"乔晚也不知道他会这么求婚，一点预兆都没有的。

"我准备了。"

祝靖寒转头，伸手指了指放在窗户旁边那一堆花里面，而后欠揍地说道："我忘记在哪一束花里了，你去找找。"说完还一脸闲适的看着乔晚。

乔晚立马转身去那堆玫瑰花里，开始翻找，祝靖寒则是站在她的身后，一脸的笑意。

随着日头的西下，乔晚弯着腰已经找完了一半，她起身，头发散下来了不少，祝靖寒依旧是那副样子，站在她的身后不急不恼，也不帮忙。

终于，乔晚在最后一束花里，找到了和她手里成对的戒指，她直起腰，咬着牙有点气恼，祝靖寒这个大浑蛋。

"找到了？"祝靖寒开口，笑意肆虐，"要是从另一边开始找不早就找到了，笨。"

乔晚的样子让他觉得特别可爱。

祝靖寒突然单膝跪地，漆黑如墨的眸子对上她清澈的眼神，他开口说道："晚晚，嫁给我吧。"

他伸出自己的左手，乔晚心意一暖，不禁笑开，她将手中拿着的戒指套在了他的手上，然后点了点头。

祝靖寒嘴角扬起笑意起身将乔晚圈在怀里，他紧紧地抱住乔晚，似乎是想融入到骨血里一般。眼见着时间还来得及，他迅速将乔晚以及所需的证件带出家门，去了民政局婚姻登记处复婚。

天色露出鱼肚白，室内的视线昏暗，乔晚睡得憨熟，他的大手搭在她的腰间，温润的唇凑在她的耳朵边上轻轻地说道："晚晚，我爱你。"

死生契阔，与子成说，执子之手，与子偕老。

祝靖寒眸中笑意俊朗，向前吻住她的唇。

－ 全文完 －

扫一扫看更多图书番外，作者专访

图书在版编目（CIP）数据

一生向晚.2/ 奇葩七著.-- 贵阳:贵州人民出版社,2016.10
（2020.3重印）
　　ISBN 978-7-221-13666-4

Ⅰ.①一… Ⅱ.①奇… Ⅲ.①长篇小说－中国－当代 Ⅳ.
①I247.5

中国版本图书馆CIP数据核字(2016)第259009号

一生向晚·2

奇葩七　著

出 版 人　苏　桦

出版统筹　陈继光

选题策划　杜莉萍

责任编辑　潘　乐

流程编辑　胡　洋

特约编辑　雁　痕

封面设计　逸　一

封面绘制　闫听听

出版发行　贵州人民出版社（贵阳市观山湖区会展东路SOHO办公区A座
　　　　　　邮编：550081）

印　　刷　三河市华东印刷有限公司

开　　本　710mm×1000mm 1/16

字　　数　240千字

印　　张　17.5

版　　次　2016年11月第1版

印　　次　2016年11月第1次印刷
　　　　　　2020年3月第2次印刷

书　　号　ISBN 978-7-221-13666-4

定　　价　48.00元